漳州作家丛书
陈燕松／主编

水中的夏天

叶子／著

中国华侨出版社
·北京·

图书在版编目（CIP）数据

漳州作家丛书 / 陈燕松主编 .—北京：中国华侨出版社，2018. 10
ISBN 978-7-5113-7767-8

Ⅰ . ①漳… Ⅱ . ①陈… Ⅲ . ①中国文学—当代文学—作品综合集 Ⅳ . ① I217.1

中国版本图书馆 CIP 数据核字（2018）第 216910 号

漳州作家丛书：水中的夏天

主　　编 / 陈燕松
著　　者 / 叶　子
责任编辑 / 高文喆　王　委
责任校对 / 孙　丽
经　　销 / 新华书店
开　　本 / 670 毫米 ×960 毫米　1/16　印张 /324　字数 /4281 千字
印　　刷 / 三河市华润印刷有限公司
版　　次 / 2018 年 11 月第 1 版　2020 年 2 月第 2 次印刷
书　　号 / ISBN 978-7-5113-7767-8
定　　价 / 980.00 元（全 24 册）

中国华侨出版社　北京市朝阳区西坝河东里 77 号楼底商 5 号　邮编：100028
法律顾问：陈鹰律师事务所
编辑部：（010）64443056　　64443979
发行部：（010）64443051　　传真：（010）64439708
网　址：www.oveaschin.com
E-mail：oveaschin@sina.com

《漳州作家丛书》总序

漳州是中国历史文化名城，历史悠久，文化深厚。在文化的星空，群星璀璨，先后涌现出黄道周、林语堂、许地山、杨骚等文化名人，令我们引以为傲。

四十年改革开放，四十年风雨兼程。漳州土地，生机盎然，文学创作也迎来繁荣发展的春天。应是春风吹拂，应是文脉相承，一支包括了老、中、青三代作家的队伍正在悄然形成。2004 年，漳州市委宣传部、漳州市文联编辑出版了第一套《漳州作家丛书》，有十二人，十二本。时隔十多年，在祖国改革开放四十周年的今天，漳州市委宣传部、漳州市文联再次编辑出版第二套《漳州作家丛书》，展现活跃在省内外文坛的二十四位当代作家的创作风采。十二到二十四，这不仅是作家作品数量的增加，更是漳州文学创作水平质的飞跃。

《漳州作家丛书》的出版，旨在展现漳州作家的创作成果和创造实力。以期让更多的人，通过这套丛书，了解漳州，关注漳州，热爱漳州。同时，我们也希望，通过这套丛书的出版，能够激发漳州作家深入生活，体验人生，潜心于文学创作，用更好的作品回馈家乡，回馈人民，回馈时代。

《漳州作家丛书》编委会

2018 年 10 月 1 日

目/录

水中的夏天

张清标第一次听说人脉这个词时，很有些不屑。什么人脉？就像蜘蛛，苦心结网，好把小虫网到自己腹中。张清标不想活成一只蜘蛛。蜘蛛是贪婪的，有毒的。他想当一只蜻蜓，餐风饮露，优雅、闲适地在空中飞。事实上，他也是按照这样的认识和想法生活的。于是，这只蜻蜓越活越孤独，饿了只能喝些水。生活对他这只蜻蜓特别残忍，儿子刚出生不久，老婆便得了绝症，拖了一年多，留给他十几万元的债务，拍拍屁股自顾自上天堂去了。家中空了，再没有女人的笑声与说话声，只是多了一张遗照。张清标不知自己前世种了什么因，今生得到这个果。生活一下子沉重起来，养孩子处处需要钱，可张清标最不会的就是赚钱。他不敢炒股，那点工资万一赔了怎么办？自从师院大专毕业后，他从没有做过兼职，同事有的种花、有的开店、有的养鱼，八仙过海各显神通，唯有他领着那份死工资，下班后悠哉游哉地捧着一本书看。他最信奉梭罗“我最大的本领是需要极少”，好在老婆也是个清心寡欲的人，并不逼着他去赚钱。但现在，现实逼着他不去赚钱不行。他只好利用双休日和寒暑假补课，可惜他教的是生物，没有学生愿意补生物课；他只好补作文，作文是他的拿手项，厚着脸皮往自己脸上贴金，把自己得过的所有获奖证书复印了一溜烟贴在墙上，所谓的广告效应。生源慢慢有了十几个，但同事却不高兴了，认为他越界抢了别人的吃食，不过看在他是个鳏夫的分上，也就不与他计较。

若要真论人脉的话，父亲大概是张清标在这个世上最可靠的人脉了。父亲是张清标来到这个世上的因，儿子是张清标的果，是张清标在这个世界上唯一存留的果实。张清标把儿子放在父亲那里，父亲成了他最放心的保姆，且不用付工资，还时不时倒贴，买些吃食给孙子。张清标每次回到家，最常听见的就是父亲养的猫高一声低一声叫唤着要吃的。父亲先后养过很多只猫。张清标印象最深的是去年养的那两只。第一只黑猫，短尾巴，俗称麒麟尾，眼里露着绿色的凶光。每天天不亮便来叫门，吵着要吃的，你不开，它便用尖利的爪子抓挠门框，那门框的油漆都被抓得脱落了，只剩下裸露的高低不平的木头。听着那猫在门外叫得一声比一声高，一声比一声凄厉，人再也睡不着，只好起床侍候给它吃的。吃饱喝足后，黑猫便摊开肚皮，在清凉的树荫里打滚，或者懒洋洋地捉跳蚤。后来，这只猫跟其他公猫跑了，再也没回来。父亲很快就淡忘了这只无情无义的猫，又向人要了一只黄猫回来。这只黄猫也真是规矩，你不许它进门，它便不进，只是静静地在旁边守候，直到你端了一碗鱼骨头倒进院子的猫碗里，它才欢天喜地跑过来。同样是猫，性情举止天差地别。动物尚如此，何况人乎。张清标有些悲伤，自己就是那只规矩的黄猫，别人给他一口饭吃，他才敢把饭吃进嘴里。哪知这世道早就变了，这世上的好东西都得去争去抢，再也没有人跟你讲礼让。你只要腿脚稍微慢些，好东西便被抢得一干二净，连碎屑都不留。

因为经济上的拮据，张清标很自觉地尽量不与朋友一起玩耍。玩耍是要花钱的，人脉是靠金钱堆积起来的。你要和人吃饭，你要和人K歌，没有钞票铺路，那怎么行得通？有一次他出差到厦门，想起如今一个在厦门高就的同学，要是去找他，同学请他吃饭喝酒K歌到风景区玩玩那是不成问题的。关键是吃了喝了玩了呢？下次同学到香城来，自己有能力请人吃喝、K歌、到风景区玩吗？所以，到厦门出差开完会，张清标很自觉地待在宾馆里，没有与同学联络。不是不想联络，是联络不起。

没有了老婆，生活一片混乱。混乱中儿子到了上小学的年龄。跟天底下所有的家长一样，张清标想让儿子上好一点的小学。可是，自家的施教区所在小学质量不好，想到实验小学去，就得找人。张清标急得像猴子被老虎追赶必须上墙，可是墙上光溜溜的，怎么上？就得抓着藤蔓上。这藤蔓就是人脉。张清标把自己认识的有限的几个人拨拉一遍，想起师院李同学的大哥在教育局办公室当主任。李同学是个极善钻营的人，领导的喜好，流行的娱乐方式，他都能够马上嗅出来，并且加以迎合，所以很快改行进了土地局。这是张清标以前极为看不起的，现在却不得不硬着头皮去逢迎。于是茶烟酒开道，结识了李同学的大哥。皇天不负有心人，儿子顺利进了实验小学，张清标欢天喜地。按道理，这条人脉不能丢，因为儿子小学升初中说不定还用得着这位大哥，借着现在这个由头，逢年过节的提点礼物上门，到时就好说话。可是小学要六年！整整六年！这六年真长得让张清标发愁，长年累月供一尊菩萨，还真供不起。儿子要买教辅，要买营养品，要喝牛奶，要买衣服鞋袜，还得偶尔带他出门玩一玩，不能让儿子觉得自己不如别人，不能让儿子产生自卑心理。

春节很快到了，张清标掂量了再掂量，狠狠心，决定不登门拜访那位帮过忙的大哥。可是他一整天都魂不守舍，心慌慌的，也不知自己的决定是正确还是错误。他只能自我安慰：说不定儿子争气，成绩好，被重点中学录取，也就不用找人了。多省心。与其经营人脉，还不如靠自己。

事实证明，自己有时是靠不住的。时间过得很快，六年过去了，儿子考重点中学，差了一分。这要命的一分哪，要用三万块钱来买！而且不是你有三万块钱就能买得到的。张清标真是灰了心，却又不忍心责怪儿子，看着儿子面黄肌瘦的模样，他感到心疼。窗外金黄色的太阳光线射进客厅，晃眼、刺目，儿子沐浴在那片黄光中，满脸忧愁。儿子自小就比较懂事，他已经竭尽全力了。戴着厚厚的近视镜，侧面看像厚厚的啤酒瓶底，头顶上竟然有了一两根白发，很少笑，看起来像个小老头。脚上那双旅游鞋去年刚买时是天蓝色，现在已经褪白，变成灰扑扑的蓝色，因为没有替换的鞋子，只能成天穿着。儿子的脚明显长长了，脚指头紧紧地抵在鞋头，那个地方被抵得稀薄，丝丝缕缕的，说不定哪天用力一踢，就会露出一个洞，脚指头就会从洞里探出来。这六年来，张清标风雨无阻接送儿子上下学，下课了，校门外家长人头攒动，孩子一眼看到自己的父亲或母亲，父亲或母亲在熙熙攘攘的人群中一眼看到自己的孩子，这大概就是血缘吧？为了这血缘，无论如何也要为他争取一个好将来。张清标一阵辛酸，这样懂事的儿子，自己再怎么样贴上自己的脸让人踩也得为他争取一个好学校，好学校就意味着好的将来。儿子那张忧愁的脸时时刻刻在张清标眼前晃动，张清标一激动，拍着胸脯向儿子保证一定想办法让他上实验中学。过后，张清标又后悔，自己把话说得那样满，万一没有退路怎么办？想来想去没有其它路，唯有李同学大哥这一条。现在张清标懊悔了，恨不得买颗后悔药吃。舍不得孩子套不着狼，早知如此，自己无论如何也要勒紧裤腰带供好这尊菩萨。不就是六年吗？那时候觉得六年如此漫长，怎么一眨眼就到了？

没办法，张清标只得觍着脸再去求李同学。张清标带着侥幸的心理，希望儿子这次上实验中学能像六年前上实验小学一样顺利。进了李同学的门，李同学明显不如六年前热情，大概觉得张清标过河拆桥，不过他也知道张清标的处境，还是按礼节给张清标泡了茶。张清标厚着脸皮说明来意，李同学一摊手：“真不巧，我大哥去年调到厦门了，还真帮不上。你看看你的朋友中还有没有人可以帮上忙的。”

茶越喝越淡，张清标绝望地走出李同学家。他心里清楚得很，要是自己和李同学是铁哥们，即使李同学的大哥调走了，人脉不是还在吗？只要李同学大哥肯帮忙，这件事就一定能成功。可惜自己和李同学不是铁哥们。他不恨李同学，世道就是如此，恨只恨自己没有好好地经营这条可贵的人脉，没有紧紧揪住这条藤。张清标万分沮丧地走在路上，大街上人来人往，张清标一片茫然，不知他们从何处来要往何处去，只觉他们都喜气洋洋，日子过得有滋有味很有奔头。张清标四肢无力，不知该怎么回家面对儿子那张满是期待的脸，拐进中山公园，挑一张无人的长椅坐下。他真是愧为人父。再仔细一想，他不仅愧为人父，还愧为人子。如果单从个体来讲，他真是愧为“人”字，白白玷污了须眉男子这样的称号。夜幕吞噬了他，他孤单单坐在一片黑暗里，不知名的蚊虫咬着他，他也不想起身。越想越郁闷，他真恨不得地震。地震一来，所有的烦恼都震没下，他再也无须为儿子的升学苦恼了，无须为微薄的工资苦恼了。据说中国城市人均月收入已突破八千人民币大关，张清标看到这个消息不禁黯然神伤，仔细盘算盘算，他何止拖了香城的后腿呀，他都拖到香城的大腿根了，对不起了，他都把香城的裤衩拽掉了。

深夜，露水越来越凉，打湿了张清标的鞋袜，他才机械地起身回家。

接下来几天张清标骑着电动车像无头苍蝇一样在城市里到处乱撞，到处碰壁。日子越过张清标心情越不好，觉得越活天地越狭窄，像一只狗被拴在狭窄的地盘里苟延残喘。过日子什么都要靠关系，银行里有个熟人你就不用排队了；柜台告知你火车票卖完了，只要有熟人，你马上能买到一张票；车子被偷需要警察；牙齿痛了需要牙医……总之，张清标发现凡有规则必有例外，人脉可以帮你在最短的时间内以最快的速度解决你的麻烦与问题。在这个世界，人脉成了个体最大的因果。在张清标这里，总是别人成为他的因，他自己承担最后的那个果，而且那个果往往是苦的。在张清标这里，大概只有同学是他可能的人脉了。今年师范学院毕业二十周年同学会，班长、副班长、文娱委员接连打电话来，让他一定出席。张清标有时三五天也没人打电话，有时一整天热闹得很，电话、客人源源不断，搞得头昏。这人也真是奇怪，总爱往热闹的地方挤。同学会就在香城，对张清标来说最为便利，但张清标不想去，他目前为了儿子入学的事急得嘴唇起泡，还有两个说不出口的原因，一则去了要交费（当然，很可能会有混得好的同学埋单），二则去了要一遍一遍重复自己亡妻的故事，他不想当播音机。况且很多同学鲜衣怒马，自己骑着一辆破电动车，很是无趣。说出来让人笑话，张清标至今不认得宝马的标志。本来张清标决意不去参加同学会的，但他想着说不定同学之间有谁认识香城教育界领导，说不定有意外的惊喜与收获，再则想到自己天地这么狭窄，平时画地为牢，总得跳出井底去看看井口外的天，最终张清标鼓励自己该去参加同学会，看看别人的模样。为了不出丑，他特地上网查看了名车标志。原来宝马车就是一个圆，里面四等份。车尾巴有这么一个圆，便有上百万的价值，这个圆可真贵。

同学会定在香江酒店。张清标骑着电动车上路了，骑到九龙公园四岔路口，一个穿着天蓝色警服的交警把他拦了下来。张清标心知坏了。怪只怪自己近视得太厉害，不知道这里有这么一只拦路虎。这一阶段香城在创建文明城市，对电动车管理特别严格，首先要上牌照，上牌照之前要交两年强制性保险，加上工本费，要交一百七十块钱。张清标舍不得交一百七十块钱，没有上牌照。他心里很不平，买的时候怎么没要求上牌照呢？当初卖了一大堆超标电动车给老百姓，现在又来限制，说骑电动车的人没有交通安全意识，经常在路上横冲直撞，有时甚至表演杂技似的载了三四个人，又不戴头盔，危险得很。张清标一肚子气，原来限制电动车是因为电动车危险，那就让老百姓每人都买一辆宝马开好了！开宝马最安全了！张清标的气是有道理的，小城里虽有公交车，但需要等，而且小街小巷进不去，还是电动车最方便，比宝马还方便，随到随走，哪里都可以出入。张清标对他的电动车很有感情，骑了七八年了，载着儿子上课、补习、买菜等等，电动车简直就是他的功臣。可现在，交警把他拦下来了，也不跟他废话，直接刷刷刷开了罚单，让他到银行交钱，等交了钱再来领车。太阳很大很毒，水泥路烫得可以烤肉，人人心里都烧着一把火。交警头戴警帽手上戴着白手套腰里扎着皮带，本来张清标可以没事的，但交警突然就看着这个戴着眼镜的猥琐男不爽，好不容易撞来一只傻鸟，就权当作拿他泻泻火。张清标还想说说好话博得交警的同情，他想跟交警说他正在办牌照，就是排队挺慢的，他想跟交警说没有这辆电动车他简直没办法生活，可是交警忙得很，交警汗流浃背一脸疲倦，根本没时间让张清标套近乎，挥一挥手就让张清标走人，请张清标别妨碍他执行公务。

张清标再也没有心情参加同学会了，去参加也迟到了，若同学问起迟到的理由，讲出去简直是天大的笑话。他垂头丧气地往回走。偏偏今天太阳出奇的大，出奇的毒，张清标走了一会儿就满身大汗。烈日炎炎，这样一个大好晴天自己怎么会碰到这样一件倒霉的事呢？他尽量往树荫下走，往商铺的阴影里走，还是感到了一阵晕眩。什么时候自己的身体变得这样虚了呢？走这样一段路都受不了。张清标想拦一辆三轮车回家，一问价，要八块钱，他没舍得坐，最后还是咬着牙坚持走回了家，没有了电动车简直就像没有了脚一样。

张清标回到家后一屁股蹾到椅子上，给自己倒了碗凉开水，骨碌碌灌下喉咙去。稍微平静下来后，他开始在脑袋瓜里搜索有什么人可以帮他把电动车从交警手里讨回来，突然他眼睛一亮，妹夫的同学不就在交警队上班吗？还是个中队长呢。不过，张清标的心情很快又黯淡了下来，自己和任何人都没有铁到打一声招呼就可以办事的程度，都要靠礼物铺路。即使妹夫的同学是个爽快人，愿意无条件帮忙，自己也过意不去，觉得欠了人情，至少也得买些水果再赔上一大箩筐好话。这样一想，张清标就泄气了，老老实实到银行缴了罚款。

有了这一次教训，张清标痛下决心去给电动车办牌照。有了牌照，他的电动车才有身份，跟民国时的良民证一样。不然，就他这个高度近视眼，被多罚几次，还不如将电动车送给交警算了。一着手办理，才知道事情并没有这样简单。张清标打听到交通局下午三点开始上班，他中午只眯了一会儿不敢贪睡，赶在两点多到交通局前守候，一看傻了眼，黑压压的一帮人等在那里，一个办公人员发给他一张号，是七十五号。一整个下午，张清标填好表，里面有他的个人信息还有车架号合格证号什么的，填完后等呀等，到了五点多才轮到他。他把表格和购买电动车的发票递给工作人员，工作人员看了一眼马上把材料还给了他："你这不是发票，只是收据，要到你买电动车的地方去换成正式发票才能办理。"工作人员高喊下一个，张清标无精打采地走出交通局。哎，办个事还真难呀。自己真可笑，好歹也是个知识分子，收据和发票都分不清，还被糊弄了这么久。

第二天，张清标便去电动车行换正式发票，先是登记，登记完通知他两天后过来拿正式发票。张清标跑了三趟才拿到正式发票。照道理张清标现在应该忙着奔波儿子入学的事才对，可如今一辆电动车搅得他团团转，真是屋漏偏逢连夜雨。他拿着正式发票重新排队，交了强制性车险。交完车险，办公人员冷冰冰地告诉他今天人太多了，电脑录入不完，等明天再来排队领车牌。如此三番五次折腾，张清标觉得受了无数侮辱，真想拿颗手榴弹炸了现场。办公场所乱哄哄的，一个老汉满肚子委屈大声嚷嚷要找局长，因为轮到他的时候刚好下班了。屋子里的空气浑浊不堪，来办证的人和工作人员都是一副气急败坏的模样。张清标看着一屋子的人，想着这一屋子的人活该被折腾，活该被看不起，有钱人早就买小车去了，小车行里有美女有热茶有热腾腾的笑脸，不用到这里来受罪。

等张清标终于拿到临时的黄色牌照，他听到了一个令他瞠目结舌的消息：只要多花点钱，超标电动车就可以作为非超标电动车上绿色牌照。绿牌是永久的，黄牌只管两年时间，两年后就禁止上路。说得有鼻子有眼，也不知是真是假。张清标愤怒得想揍人，却又无处发泄，只能踢踢小区里的狗。人脉，人脉，又是人脉！做什么事都要找人，做什么事都要熟人，这是什么世道！没有人脉也行，钱就是通行证，就拿办电动车牌照来说，现在有很多代办点，只要你出钱，什么事都帮你办得好好的。张清标自怨自艾，生活天天在教育他，什么时候才不被教育呢？大概只有入土的那一天吧！活了一大把年纪，才知道你不活成蜘蛛，就只能活成一只被网住的小虫。再清高的人，也要在生活面前低下高昂的头颅。总之，书生误事，不会赚钱的书生就是个傻子，没有人脉的书生与引车卖浆之流者无异。

眼看时间一天天过去，儿子入学的事毫无进展，电动车牌照的事又忙里添乱，将张清标的心情搅得一塌糊涂。到最后，张清标彻底绝望了。看来，儿子只能老老实实到所在施教区中学就读了，他颓丧地安慰自己，坏学校也有好学生，只要儿子争气，考个好大学不成问题。这样还能省一大笔赞助费呢。他打算彻底认命了。张清标踌躇了几天，准备把这个坏消息告诉儿子。儿子正在有线电视上打游戏，打得哈哈笑，儿子说了，要趁上中学之前好好享受这个假期，听说实验中学的练习卷满天飞，在国庆节的时候各路神仙一齐使劲，练习卷共达五十张之多。一想到那漫天飞舞的练习卷，这个暑假就显得倍加珍贵。张清标咳嗽了一声，努力让自己用一种漫不经心的语调说话：“儿子，爸爸跟你说件事儿。”儿子懂事地扔了遥控器，兴奋地问：“是不是上实验中学的事儿搞定了？”看着儿子满怀期待的眼神，张清标狠了狠心，说：:“没办法了，爸爸已经尽力了，咱们就到三中读吧，只要认真，哪里都可以考上好大学。”儿子脸色一变：“爸爸，你不是跟我保证一定让我上实验中学的吗？

我牛皮都吹出去了，跟我的同桌约好实验中学见，你这样让我怎样做人？”儿子又气又伤心，最后竟然哭闹起来。张清标又气又急，只觉有大片大片的火，灼灼焚他的心，一恨儿子不懂事，二恨自己没本事，气急之下，竟然狠狠扇了儿子一个耳光。儿子“哇”的一声捂住被打的右脸，仇恨地看着张清标，就像陌生人一样。仇视了一会儿，儿子跑进卧室，“嘭”的一声把门关上，还“啪嗒”一声反锁了。张清标怒吼道：“你就不能把门关得轻点吗？”吼完顺手把茶几上的玻璃水杯用力砸过去，杯子哐啷一声碎了，水嘀嗒嘀嗒沿着门框往下流，玻璃碎片无辜地躺了一地。

窗外一只鸟无聊地叫着。房间外和房间内的人同时陷入了死一般的寂静。张清标一转头看见外面的那棵紫薇树，有几片黄叶已经在枝头摇晃了一段时间，突然有一片黄叶翻了一个跟头，从枝头栽了下去。张清标坐在沙发上发呆，像落水的人一般绝望，也不知谁能把他打捞上岸。后来，他起身掸了掸妻子遗照上的灰尘。每当无助的时候，他就会想到妻子。可是，想一个死人又有什么用呢？

记得儿子六岁那年，因为一条浴巾的触动，张清标动了再找个女人的念头。那年夏天儿子吵着去游泳池游泳，小家伙在水里鱼一样快活地扑腾，他并不会游泳，只是在水里玩，张清标笑眯眯地坐在旁边看，他的心怦然一动，跳出一个诗意的想象：水中的夏天。一个小女孩不游了，从泳池里上来，她妈妈从塑料袋里拿出一条折叠得整整齐齐的浴巾，将小女孩包住，开始擦女儿湿漉漉的头发，一股淡淡的香味弥散开来。这时，儿子也从水里上来了，张清标从塑料袋里拿出那条胡乱揉成一团塞进去、早已皱巴巴的浴巾，把儿子包住。他心虚地看了那女人一眼。女人面目姣好，身材不错，挺让人赏心悦目。哎，自己过的是什么日子啊，这么粗糙，这么混乱！这哪里是生活，纯粹只是为了活着！甚至在出发前，他翻箱倒柜找儿子的泳裤，也不知塞哪儿去了，找了老半天也没找着，最后只好又重买了一条。哎，有女人才像个家，家里有个女人，即使是唠叨，即使是责骂孩子，也是一种生气啊。张清标想起有一次在父亲家，儿子在院子里玩耍，他很有耐心地将一条条蚯蚓撕成两半，玩得不亦乐乎，被撕断的蚯蚓不时有黏糊的体液渗出来。张清标吓了一大跳，儿子什么时候变得这么残忍？看来，没妈的孩子究竟心理不大健康啊，自己再怎么努力，也代替不了妈妈在儿子心中的位置。

就这样，因为一条浴巾的缘故，张清标开始考虑接受同事们叫他再找个女人的建议。老婆死后不久，确实有几个人向他提起相亲的事，但当时张清标处于悲痛之中，根本没有心思，等他现在有了这个心思，大家却认为他一心为老婆守节，反而没人向他提起相亲的事了。张清标只好涎着脸请同事帮他介绍对象。大家一迭声地好好好，嘴角带着一丝暧昧的笑。过了大半年，才有一个消息，说女方也是死了丈夫的，带着一个女儿。张清标一听带着女儿，头就大了，但饥不择食，也就答应见一见。不料，竟然是泳池边的那个女人。女人显然对张清标那条皱巴巴的浴巾印象非常深刻，她也一眼认出了张清标，眼前这个羸弱的男人就是那个泳池边的男人。她视察了张清标的两居室，礼貌地留下来吃了一顿饭后离开了，再无消息。中间人传了话来：她至少要找个三居室的对象，不然，夫妻一间房，像张清标这样儿子要占一间房，她自己女儿也得有一间房，难不成让儿子和女儿同睡一间房？即使对方是女儿或者没有孩子，也得有一间客房才像样。张清标听了就像被霜打了一样，好不容易萌生的再找个女人让家里添添人气的想法就这样轻而易举地被击碎了，从此再也不敢动这方面的念头。他告诉自己，从今以后世上所有的女人和自己都是平行线，永不可能再有交集。这么多年了，张清标这根老藤苦苦地喂养着儿子这颗小小的果实，直到今天遇到了进实验中学这样的大难题。他成天告诫自己这棵藤不能老，儿子这唯一的果实才不会从枝头掉落。可现在已经山穷水尽，出路究竟在何方呢？

儿子就这样把自己反锁在卧室四五天，第一天没吃饭，第二天确实扛不住了，把张清标放在门口的饭菜端了进去。到了第五天早上十点多，卧室的门突然开了，张清标以为儿子想通了，高兴地迎了上去，却见儿子背着书包往外走，张清标拽住儿子的书包：“你上哪儿去？”

儿子说：“爸，今天实验中学报到，我得赶紧去上学，不然就迟到了。”张清标吓了一跳，见儿子仿佛梦游，头发乱蓬蓬的，好似走火入魔一般。难道关在房内四五天，精神都不正常了？张清标心如刀割，温言哄道：“儿子，你记错了，要8月15日才报到呢，来，你先回房休息一下。”儿子愣愣怔怔的，放下书包说：“爸爸，你以前老担心我考不上实验中学，我叫你别担心，这不考上了嘛，你白白担心了那么久。我早就说过，我一定不会让别人看不起的。”张清标把儿子哄回房间，儿子继续说道：“爸爸，我要给小宇打电话，告诉他我已经接到实验中学的录取通知书了，也不知小宇接到实验中学的录取通知书没有。”张清标找不到理由阻止儿子，只好掏出手机让儿子打电话。电话通了，那边嘟嘟地没有人接，儿子有些失望，说晚上再打。张清标心想幸亏那边没人接，否则丢脸丢大了。他调出手机里的游戏让儿子玩，儿子这才高兴起来，同时又有些诧异：“爸爸，你平时不是不让我玩手机游戏吗？是不是对我考上实验中学的奖赏？”张清标忍住心头的悲伤，点点头。

掩上门，张清标的眼泪夺眶而出。可怜的孩子，现在是大白天，可他却生活在梦里。张清标咬咬牙。好不容易养大一个儿子，绝不能让他发了疯。自己即使给人当孙子磕头，也要把儿子送进实验中学，只要儿子进了实验中学，这种轻微的癔症应该会不治而愈。就在他准备再次上李同学家的时候，一个电话从天而降。电话是实验中学教务主任打来的，说排在儿子前面的几个学生到别的学校就读，于是名额就落到了张清标儿子头上。主任在电话里问：“你们要来吗？学校需要你们马上决定，你现在就答复我一声，若你们要到别的学校就读，我马上打电话通知后面的人选。若你们要来就读，请在明天之内带上三万元赞助费到学校报名。”主任一副公事公办的口吻，反正好学校从不愁生源。军情如火，容不得张清标半秒钟的犹豫，张清标赶紧一迭声地答应下来。放下电话，张清标发现电话筒都被他攥出了汗，湿湿的，滑滑的。张清标喜极而泣，苍天啊，大地啊，天地终于开眼了，不然真的要出人命了。

张清标手头只有两万元存款。老婆死去的前几年，张清标慢慢地还清了债务。这几年来，张清标过日子的计量单位是以四个月为一个周期。他的工资三千元，再加上绩效、补习等杂七杂八的收入，四个月刚好凑足一万块钱还给别人，只留下一点点钱做伙食费，餐桌上经常清汤寡水的。四个月时间总是如此漫长，存折里盼星星盼月亮刚有了一和四个零，马上便清空，一切从零开始，这样的生活既让人充满希望又让人绝望。一年还三万，他用了四年时间还清了债务。儿子上五六年级的时候，张清标放松了警惕，花钱大手大脚一些，钱像水一样从指缝里漏掉了。他真后悔这两年没有像前几年那样吃苦，人真是不能放松的。怎么办？只有两万元存款，还差一万元，肯定要向别人借。说到借钱，又是对人脉关系的大考验。哎，这千丝万缕的人际关系网啊，就是你活在这个世界上最大的无厘头的因。张清标知道，人与人之间最难的就是借钱，向人借钱，简直就是要人的命，这年头，钱就是命。真难为人啊！只有一天的借钱时间，若钱交得晚了，说不定名额就变成别人的了，一想到这，张清标比热锅上的蚂蚁还要煎熬。张清标决定化整为零，找两个人借，一人借五千。如果只向一人借，只欠一个人的人情，这样固然好，但被拒绝的风险较大；如果向两个人借，虽然要欠两个人的人情，但被拒绝的风险要小些。

于是，张清标开始了借钱行动。他先找李同学，李同学算是这几年和他比较有来往的，而且当年在大学里是上下铺关系。李同学一脸为难："你儿子要上实验中学是好事，我是真想帮你，只怕有心无力。不怕你笑话，你也知道，我家有只母老虎，钱全部捏在她手里。不然晚上你到我家里坐吧，你跟我老婆说说，她要是同意了那皆大欢喜。"张清标摇了摇头，从虎口里拔牙，他没有这个本事，还是知难而退吧。就这样，张清标第一回张口就碰了壁，又接连借了几个人，接连碰壁，每个人手头都很紧，有的买房有的装修有的买车有的投资，谁都没有多余的闲钱。张清标最后死活当活马医，向同在生物组、刚毕业一年的小孙开口，没想到小孙倒挺爽快："我兜里也就刚好剩下这五千块钱了，张老师你可挑得真是时候。我卡没带在身上，明天早上带来给你吧。"张清标左一句谢谢右一句谢谢，感激不尽。他又到学校总务处预借五千元，让学校从他下两个月里的工资扣钱。总务主任说要校长同意，张清标直奔校长室讲了情况，又抢在校长打官腔之前说："校长，我确实没办法了，要不，我让我儿子来求你，你要他下跪也行。"校长皱着眉头签了字。

张清标心想总算凑足了一万块钱，回到家整个人都放松下来，烂泥般瘫在椅子上。

第二天，张清标一大早赶到自己学校，眼巴巴地守在校门口。小孙久久不出现，张清标打小孙的手机，无人接听，又拨了无数次，还是无人接听。正当他望眼欲穿的时候，小孙终于来了。看着张清标那张热切的脸，小孙满心歉意，说话都结巴了："张老师，真对不起，我昨天陪女朋友逛街，她看中了一条铂金项链，花了三千块钱……"

张清标一听，脸都青了，顿足道："你早跟我说嘛，这样会出人命的……"小孙愧疚地从口袋里掏出两千元塞到张清标手里："张老师，我只有这两千元了，其余的你再想想办法吧！"张清标勉强控制住自己骂娘的冲动，向小孙说了声谢谢，直奔父亲家里。到了此时，他只剩父亲这最后一根救命稻草了，本来他打算尽量不向父亲开口的，现在被逼到绝路了，没办法。不料父亲家门竟然锁着。张清标扯着喉咙大喊，用力捶门，门纹丝不动，张清标气得朝铁门踹了一脚。父亲没有手机，当然是出于节俭，此时张清标真恨自己，要是以前帮父亲配一把老人机就好了，两百多块就能解决，现在却坏了大事。张清标像无头苍蝇一样到处乱窜，到地里寻到圩市上寻，硬是不见父亲的踪影。回到父亲家门口，还是铁将军把门。张清标心头熊熊大火喉咙冒烟，直想揣上一把刀去抢银行。在这气急败坏的时候，他还是不忘给实验中学的教务主任去电话，说他正往学校去，请教务主任务必等他。打完电话张清标头脑稍微冷静了些，抢银行终究是不敢，只得再去寻，就这样折腾到下午三点。张清标想完了完了，没指望了。正当他垂头丧气的时候，他一抬头，看见父亲竟然走在他前面。张清标满肚子火，吼道："你哪里去了！找你半天了！"

父亲诧异道："我到老张头家里打牌，你找我吗？怎么不事先打个电话？"

张清标道："火上房了！你孙子要上重点中学，差三千元，你有没有？今天再不交就没学上了！"

父亲吓了一跳，他手里刚好有个三千元的存折，是为了防备万一有个头疼脑热之用的。两人气喘吁吁跑回家里，父亲拿了钥匙开锁拿了存折，张清标简直是一把抢了过去，飞身就往外跑。父亲在他身后喊道：“密码是你的生日！”

张清标将电动车骑得飞快，回到市里将近五点，银行已经在结账了，那个漂亮的女孩操着一口流利的普通话对张清标说：“先生，对不起，我们下班了，你明天再来吧。”张清标苦苦哀求，免不了祥林嫂般将儿子的事重复了一遍，他好话说尽，直说得口干舌燥，女孩一脸为难，最终答应了。取了钱，张清标如消防队员救火般直冲向实验中学，教务处正要关门，张清标一把抵住门，气喘得说不出话来。教务主任温和地看了他一眼：“你歇歇再说话吧，瞧你气都快接不上了。孩子上学的事比天大，你怎么拖拉到现在呢。”

面对埋怨，张清标不敢有任何反驳。交了钱，把发票攥在手里，张清标这才长吁了一口气——所幸不辱使命，再差一会会儿，可能乾坤就要颠倒了。今天这日子，简直不是人过的日子，太煎熬了，要是多过几天这样的日子，他非得心脏病不可。

得知消息，儿子欢天喜地，他过了一段亦真亦幻的日子，自己都浑然不觉，仿佛水过无痕，张清标在心里祈祷老天不要再让儿子出什么差错才好。

张清标的想法终于慢慢地改变了。改变张清标把经营人脉看作是毒蜘蛛结网的想法的是一次无意的阅读。报纸上说，看似寻常的植物，其实并不简单：抽穗期，冬黑麦的根共有一千多万条。如果把它们圈连起来，总长度可达六百千米以上。青香蕉的根向四周延伸，直径可达二十七米。沙漠中的骆驼刺，其根入土可达十米有余。植物通过增加侧根，加深长度，扩大面积，来吸收尽可能多的水分和养料，所以，当人看到一茎弱草，或一抹葱绿，不要幼稚地认为它们只是大地闲散的符号，因此，人要向植物学习，要有自己的生命脉根。张清标合上报纸，内心隐隐激动。可说着容易，真要建立自己的人脉何其难！你是哪种人，就有哪种脉。张清标脸皮薄，怕被人拒绝，平日圈子狭窄，生活的范围等于办公室加上他家，别人说话他只有听的分，去哪里建立人脉？为了表示自己的决心，张清标趁儿子不在家的时候把家里的藏书全卖了，有的书陈旧，上面落了尘土；有的还是崭新的；有的里面圈圈点点可见经过一读再读。书一斤四毛钱，共二百多斤，卖了八十几块钱。梭罗的那本《瓦尔登湖》，张清标原本舍不得卖，看着它孤零零地立在书架上，张清标突然来了气，恶狠狠地将它摔到已秤过的书堆里；又不舍，将它捡回来，又扔，如是者三，最后，张清标朝收纸箱矿泉水瓶的老头挥挥手："带走吧，带走吧，这本不要钱。"老头走后，张清标有点想哭，鼻子酸酸的，仿佛那本《瓦尔登湖》是最后的祭品，原本想把祭品留着的，现在手起刀落，赤条条无牵挂，不留一丝痕迹。从今以后，再也不思考"你从何处来，又往何处去"这样虚无的问题了。张清标发誓从今以后不再让别人成为自己的因，他自己要成为自己的因，这样才能得到自己想到的果。儿子回家后诧异地问："爸爸，你的书怎么都不见了？"

张清标抽了抽鼻子，平静地回答："卖了。家里不是位置小吗，腾出位置给你放参考书。我们晚上吃红烧肉。"他快活地拿起手中正在切的肉朝儿子扬了扬，"卖了八十几块，可以买好几斤肉呢。"厨房里的油烟慢慢蒸走了张清标对《瓦尔登湖》的痛惜，古人不早说了吗，只读书不做事，"审事机无识，办经济无力，笔墨精神多，则经济之精神少"。张清标在红烧肉的香味中送走了一个旧我。

张清标现在最大的目标就是赚钱。有了钱就有了人脉，他认准了这一点。所以，能赚钱的门路他都要跟着折腾一下。课上完了，张清标便到各个办公室串门。逢人便问："你来玩会吧！"所谓"会"是本地一种说法，是民间自发的一种集资手段。一人一月出两千，每月利息一百元不等，若二十个人参加，抽到头签的人便可以一次性拿到四万元，以后每月要付两千一百元给别人。当然，利息不等，有时是一百元，有时上下浮动，全凭口头协议。组织者当会头，负责收钱发钱，会头可以免利息。你若有燃眉之急，可以先拿钱，以后慢慢还本钱和利息；你若有闲钱，可以在后面拿，因为别人付给你的利息高于银行存款。张清标这个会头做得有滋有味。放在十年前，打死他也不相信自己能当会头。有时夜深人静，张清标也会发发呆，想起自己青春期时那只餐风饮露的蜻蜓，那只孤单的蜻蜓，摇摆着透明的羽翼在另一个世界低飞，它曾经像一架小小的直升机停在水面迎风摇曳的荷叶上，有时栖息在河滩的菖蒲叶上，有时踮着脚尖站在柳枝上，后来，它在风中久久徘徊，最终匍匐在地。

张清标现在想清楚了，能否结交到对自己有用的人，一定程度上取决于自身的价值。每个人都有自己的圈子，在结交另外一个人时，会判断对方是否属于自己的圈子，再决定是否与其交往以及交往的深入程度。如果你与对方的价值相等，属于同一个圈子，双方有建立人脉关系的基础，就比较有深入合作互相帮助的可能；如果不相等，双方产生交集便有一定的难度。事实教育张清标：在需要人脉之前一定要先结好网，就像一定要在口渴之前先挖好井，自己一定要把目前的死脉变成活脉。儿子上了实验中学，欢天喜地。张清标却忧心忡忡，他担心儿子的中考、高考，万一又差一两分那可怎么办？他决心重新维系李同学哥哥这条人脉，就算是供菩萨，供上个六年，等儿子上了大学就好了。可是，大学毕业找工作怎么办？还不是要人脉？以后的事以后再说吧，先抓紧眼前这条救命藤蔓再说。

他听说李同学要提正科了。要是十年前，张清标会远离这些达人，一方面是蔑视，一方面是畏惧，很复杂的感觉，说不大清楚。现在，张清标鼓励自己往李同学身上靠。人到中年，胆子慢慢大了，脸皮也慢慢厚了。张清标发现年纪也是一个资本。年轻人看长官，难免心生畏惧；年长了，看长官是同龄人，且长官身上有几根毛你清清楚楚，他还有些难以启齿的把柄是你熟知的，所以你不必抬头看他，只需平视。这十几年，同学、哥们个个高升了，唯有张清标原地踏步。李同学的正科昨天刚刚公示，张清标在网上看了公示，就用鼠标把页面关了。别人有别人的命，自己没这个命，没这个能力，也无须怨叹。晚上，张清标梦见在大街上遇到李同学，平日里李同学和自己算是亲热的，只是今天不知为何，张清标远远地跟他打招呼，李同学却冷着一张脸，似乎不认识张清标似的，自顾自走了，把张清标扔在街角，呆呆的。醒来，张清标满腹惆怅，这李同学，还真是人一阔脸就变啊，刚提了个正科，就不认识他了，自己还傻乎乎地拿热脸去贴人家的冷屁股，也真是自作多情。

不料，公示结束后，李同学却榜上无名。有人举报了李同学。听说李同学关系到一块土地的招标问题，他帮忙一个投标的人，而这个投标人又请黑社会去恐吓另一个投标的人，其中之错综复杂是张清标难以想象的。李同学的世界是张清标这辈子永远进入不了的世界，李同学已经不是一只普通的蜘蛛了，他已经成了盘丝洞里的蜘蛛精。张清标觉得诧异，原来梦是如此灵验，只是自己会错了意，不是李同学目中无人，而是李同学失意了。张清标无端地觉得有些心慌，但愿李同学不要怀疑是自己举报了他才好，天地良心，李同学拒绝帮张清标的儿子上实验中学，张清标是没怨恨过的。李同学要高升，他也没有妒忌，只盼望李同学越升越高，自己有事好找他。当官方面，张清标也曾动过心，年轻时争取过，那时学校说他太年轻，现在又说他太老，总之就是不合时宜，慢慢的，他也就死了心。对于李同学的高升，他真的没有妒忌这一说，心底不知为什么总觉得李同学疑心是他暗地里举报的，一想到这，张清标心里便很虚。

这天，张清标鼓起勇气拎了两条中华和一袋明前茶再次出现在李同学家里，他告诉自己：要钓鱼，一定要像鱼一样思考。他觉得李同学现在大概挺需要温暖。果然，李同学因为身受挫折谦和了不少。让座后，李同学埋怨道:“同学会你怎么不去参加呢？热闹得很，你在香城这么近，不去参加，未免太不念同学情谊了。”张清标为了博取李同学的同情，老老实实把自己电动车被抓的事当笑料讲了。李同学拍着大腿叫起来:“操！你怎么不早说！你就为了这破鸟事不去参加同学会！我打个电话就把事解决了！”

回到家，张清标简直是从皇宫回到了贫民窟。他环视了客厅一眼，家具都是灰扑扑的，连人也是灰的。终于攀上了一条常青藤，可以歇口气了。儿子啊儿子，一想到儿子，张清标的心永远吊在半空中。儿子暑假那次轻微的癔症让他心有余悸，万一以后再碰到什么波折，也不知会发生什么祸事。张清标为自己泡了一杯茶，有些爱怜地看着自己的手，这只手，皱得像干枯的地瓜藤。张清标一阵恐慌，这只手太衰老了，活力在一日日地消逝，仿佛一缕就要消失在天边的白烟。张清标不知不觉发呆了，这几年来，他经常发呆，习惯性地。杯子里的热气慢慢升向空中。也不知过了多久，张清标机械地端过杯子喝一口，茶水已经冰凉。

柳条呀你为什么这样柔

一

民警李冬华和张吉祥两人到白塔村为王树林杀人案取证的时候，村里人异口同声说，“这个林仔，早就该吃枪子儿啦！见到母狗他都想搂一搂，闻到钱腥就往前扑，枪毙他还嫌浪费国家子弹呢！”张吉祥做笔录的手有点僵，不大听使唤，这里海拔较高，比乌石市区要冷一些，阴霾的天色和未化的白雪，让赤水县城寒意阵阵。

县城战备大桥后面，一条盘山路通往白塔村。从赤水县到白塔村的盘山公路，平日只需一个小时车程，因为结冰，现在需要两个多小时。一路上李冬华憋了一泡尿，迫不及待想小便。死者王富的弟弟王贵指引他来到布帘后的尿缸前。李冬华一看，里面的尿液满得快溢出缸沿，李冬华迟疑了一下，他估摸着自己这一泡下去会马上水漫金山，紧了紧皮带问：“有其他地方吗？”

“村东口有一个简易厕所，不过挺远的，要不你在墙根解决一下？”王贵抱歉地笑了一下。

墙根？众目睽睽之下李冬华缺乏这样的勇气。他走到村东口，简易厕所的门是一个可以移动的木栅栏，走进去，几只苍蝇惊慌地飞起，有一只竟然无厘头地蹭到了李冬华的脸上。蹲的地方卧着一条粪便，已经干硬。李冬华闭起眼睛速战速决，一尿完提起裤子就往外跑，总算可以长长地吁出一口气。

等他回到王贵家，村民已基本散去，他们三三两两扛着锄头下地锄草，热闹要看，草也是要锄的。王贵见李冬华回来了，马上对两个警官重申自己的观点:“我哥肯定是王树林那个夭寿的害死的啦!”

案件是这样的:王树林和王富曾经一起到乌石市打工,结算工钱那天王富肚子疼得没法起床,由王树林代领。王富躺在宿舍的烂草席上,身下的草席蒸腾着一股又一股的湿气。宿舍内蚊子成群地飞舞,在他眼前蜘蛛网般地飞起又降落,犹如一张移动的黑网。王富肚子疼是因为昨晚半夜里肚子饿,饿得实在睡不着,他找到了晚上吃剩下的米饭。米饭已经馊了,呈现出软烂的黄色,他还是毫不犹豫地吞下肚去,没想到肚子一直疼到天亮。王富一边骂着自己的肚子矫情,一边让王树林帮他领一下工钱。结果王树林私吞了王富一千三百块钱,还骗王富说是工头不给:“哎哟哟,那工头赚那么多钱要带到阴间里花呢!”一千三百块钱是个大数目,可以买三分之一个山里老婆了,王富打听清楚自己的工钱被王树林装入他自己的腰包后,多次向王树林催讨,两人反目相向,王富悲愤地用皲裂乌黑的手指着王树林:“你的良心被狗吃了!你不得好死!”半年后,两人又为了一个叫素花的寡妇争风吃醋。据素花交代,那天晚上,王树林从围墙跳进了她家的院子,正好碰上走出来的王富,王富当时还在系裤腰带。

牛高马大的王树林抬脚就向王富裤裆踹去,素花赶紧扑上去抱住王树林。王树林恶狠狠地叫道:“不要女人家掺和!我们到村头坟口单挑,谁活下来素花就是谁的!”

“谁怕啊!怕了是你孙子!你那满脸横肉吓得了谁?”两人骂骂咧咧往外走,素花不放心,想跟上去,两人都呵斥她:“娘们别来!”

就在那晚,王富失踪了。过了两天王富还是不见人影,他弟弟王贵沉不住气了,赶到派出所报了案。他还拉来了一个证人:赵老头。赵老头结结巴巴地说:“那晚我早早灭了灯躺下了,正睡得香,听到王富和王树林吵架打架的声音,我惊醒了,但我不敢出去看。前年我在圩场上给人劝架,结果胸口挨了一拳,到现在还常常心口疼。”

“你确定是王富和王树林的声音,你没听错?”警察很谨慎。

“肯定是。没听错。我的耳朵最灵了。”赵老头很肯定。

“后来呢?谁打赢了?你有没有看到王树林把王富杀死了?”警察

很认真地做着笔录。

赵老头摇摇头："没看见。我听见他们打了一会儿，很快就没有声音了，我又睡过去了。第二天早上起来一看，附近地上一摊血，两个人都不见了。"

法医在打斗现场提取到了王富和王树林的血迹，警察在附近展开地毯式搜索，却没有发现什么凶器，也没发现尸体。

尽管王树林杀害王富的嫌疑极大，但王富生不见人死不见尸，王树林被拘留审问了几天，还是被放了出来。那天，手铐和脚镣摘下时，王树林觉得手和脚变得那么轻，整个人像要飞起来的样子。沉重的铁门缓缓移开，王树林梦一般飞到门口，他抬头看了下天，天蓝得像块刺眼的亮晶晶的蓝玻璃，仿佛稍微一晃就会破碎一地。王树林又回头看一眼看守所，看守所门口挂着竖写的白底黑字招牌，四周是灰白色的砖墙，砖墙东面有一间岗哨，一个穿绿色衣服的武警端着冲锋枪在岗哨上踱来踱去，这么近的射程让王树林心惊肉跳，他迅速奔跑起来，害得老婆在后面大喊："跑什么！你疯啦！坐我的摩托车！"

回到村口，王贵一见王树林，从地上捡起半截砖头就砸过去："老天爷没长眼，怎么把你这挨千刀的放了出来！"

王树林急急辩道："我真的没杀你哥！"

"你当然没杀了！哪个杀人犯会说自己杀了人？你等着，老天长着眼在看，总有结果你狗命的那天！"王贵恶狠狠地诅咒。

王树林恨道："我真的没杀你哥！我被你哥打晕过去了，醒来他就不见了。这狗日的王富肯定被鬼抓去了！我真是上辈子欠了你哥，这辈子要这样被他牵连……"

王贵哪里听得进去，扑上来就要动手，王树林撒腿就跑。王树林在村里成了惊弓之鸟，一方面怕王贵家打击报复，一方面怕公安局再来抓他。他一天到晚不敢放心睡觉，和老婆时时注意着门口的动静。有一次听到警笛响，他马上奔向后山去。他一辈子从来没有这样迅速地奔跑，就像疯了一样。往后山跑的时候他慌不择路，经过一处石崖时滑倒了，掉了下去，落在一块尖尖的石头上。他的内脏受到了重击，腹腔剧烈的疼痛使他失去了知觉。老婆找到他:“警察是来抓小偷的，不是抓你。哎呀呀，我真是上辈子作孽哟，你到底有没有杀王富？连累我一辈子跟你担惊受怕。”老婆叨叨着将王树林扶起来，王树林狠狠地冲老婆脸上打了一巴掌:“我当然没杀人！怎么连你都不相信我？”

老婆捂着火辣辣的右脸哭骂道:“你这挨千刀的！你没杀人，那为什么王富和你打完架后就不见了！肯定是你杀的！你有本事跟警察横去呀，冲我横做什么！警察真不该把你放出来！”

王树林怒极，想起身踹老婆，无奈腹腔剧痛，根本爬不起来。他只好怒目瞪视着老婆。老婆气得扭头就走:“我不管了，有本事你自己回去！再不行，你叫那骚婆娘王素花来背你回去！”王树林大叫:“赶紧把我弄回去！你这狠心的婆娘！我没死在警察手里，反而要死在你手里！”

老婆走到一半，终究不忍心，回来将王树林弄回家去。

这天夜里，王树林全身痛得睡不着，又不敢大声叫唤，疼得在铺上滚来滚去。老婆买了消炎药和退烧药回来，一宿折腾得没睡。

就这样过了一年多，王树林老婆神经变得有点不正常，经常好端端地从睡梦中惊醒，喊，警察来了！要么喊，王贵，你别砍我！有时候砍着柴火突然就愣住了，惊慌地往四面看，大声喊警察来了！其实四周静悄悄的，只有树叶哗哗哗的声音。

二

事情关键性的变化在一年后。白塔村后山发现了一具无头、无四肢、高度腐烂的尸体。村民张大勇在山上种茶，想铺一条地下水管作为灌溉用，没想到挖出了一具尸体，他的老婆发出了一声凄厉的惨叫，连连作呕。张大勇差点被无名尸的腐臭熏倒，到底是男人家，他定了定神，连忙到派出所报案。

警车停在山脚下，王贵闻讯赶来:“哥，你死得好惨啊！今天终于找到你了，你再也不用做孤魂野鬼了！警察大人，青天大老爷，这次你们一定要把王树林抓起来枪毙，他那条狗命已经多活一年了！”

警察道：“你放心，我们绝不会冤枉一个好人，也绝不会放走一个坏人。你先站到警戒线外，不要妨碍我们进行现场勘察。”一年前，派出所也曾经搜过山，但山太大，野坟又多，当时并没有在山上发现什么蛛丝马迹。

王树林很快就被拘押起来，这起刑事案件也被移交到乌石市公安局。警灯刺眼地闪烁着，王树林变成一只瓮中的鳖，警察不费吹灰之力就把它捉了起来。

李冬华和张吉祥就是此时正式介入这个案子的。审讯王树林的时候，张吉祥乍一见一米八〇的王树林，附在李冬华的耳朵上说：“这身材可真不错。”剃着光头的王树林坐在提审室那张特制的木圈椅里，身子僵直，双手紧紧地握住面前的横挡板。他大声喊冤：“我真的没有杀王富！那天晚上我是真恨不得杀了他的，可惜我没能杀了他。事情我已经说过无数遍了，那天晚上，还没走到村头坟口，我们就打起来了，我个子大，他吃了我不少拳头，他急红了眼，顺手拿起倚在赵老头家墙角的一根棍子就朝我劈来，我眼前一黑昏了过去，就什么事都不知道了。后来还是老赵头把我救起来的。你们看，我前额流了很多血，伤疤还在。”说着就把额头凑过来让两个民警看。

张吉祥厌恶地扭开了头：“你坐好！给我老实点。贼喊捉贼的多了！明明是你把王富杀了，还把尸体埋到后山。”

“我对天发誓，如果我杀了王富，让你们操我祖宗十八代！”

李冬华的怒气涌了上来：“没人对你祖宗十八代感兴趣。我审讯过多少犯人了，还没见过一个一开口就老实交代的。每个人都口口声声说自己清白无辜，只是运气不好被冤枉，个个在心里诅咒可恶的警察、无能的律师、铁石心肠的法官。看来要让你跟电棍握握手，你才会吐真话。”李冬华摁下了电棍的开关，顶端触头和金属放电条间立即跳出一道蓝色的电弧。

李冬华是河东警校1998届为数极少的优秀毕业生之一，警体训练、打靶、散打成绩均是全校第一，是校园里冉冉升起的新星，是无数同学艳羡的对象。干上刑警后，他的热情慢慢地被现实凝结成了冰块。去年，他的同事魏明杰与抢劫犯搏斗的时候，被歹徒连捅十七刀，抢救无效而死。魏明杰是他的单亲母亲含辛茹苦把他培养到大学毕业的，刚刚走上工作岗位不久，不料人生之路还未展开就走到了尽头。痛失爱子的老母亲数度昏厥不得不送进医院抢救。李冬华恨透了那些犯罪分子。三年前，局里一个命案迟迟未破，犯罪分子太狡猾了，没有留下任何蛛丝马迹。周围的老百姓冷嘲热讽，说他们是吃白饭的，让李冬华一肚子气无法发泄。有时悬案突然找到一个物证，经过鉴定却发现跟疑犯屁点关系都没有，犹如狗咬猪尿泡空欢喜一场。这种空欢喜，对刑侦队来说，已是家常便饭。李冬华觉得，把坏人变为好人，简直就是想把方的变成圆的。看到那么多人逍遥法外，真恨不得一人给他们一颗枪子儿！

对着那道蓝色的电弧，王树林害怕地叫喊起来："你们这是逼供！"他叫喊的声音太大了。本来李冬华只想吓唬一下他，结果王树林嘴巴乱说话，李冬华一生气，电棍就直接捅进了王树林嘴里。

王树林的嘴巴痛得像刀割，嘴唇紫了一大片，跟猪八戒一样。等电棍一停下来，王树林马上喊："我要见你们局长！"

"局长？我们局长忙着呢，他正在大连开全国警务会议。即使局长有空，他也不会见你这样的垃圾。你还是老实交代吧。"李冬华用平常看待每一个犯罪嫌疑人那种厌恶的眼光看着王树林，这些狗娘养的，你不时时刻刻提防着，他们就会突然恶狗一样向刑警扑过来行凶。他们一个同事就曾经被咬掉半边耳朵，李冬华可不想当有半只耳朵的人。

王树林咬牙死不承认王富是他杀的。他知道，要是自己画了押，可能马上吃枪子儿，这么冤枉，真是白来世上走一遭，他还想留着命回家和媳妇过日子呢。

这场审讯整整进行了六个小时。李冬华和张吉祥都累到了极点，他们准备去吃快餐。李冬华拿着电棍敲了敲王树林的头："老实点，想清楚了再告诉我们。"王树林本能地一闪，李冬华笑道："没摁开关，你不要紧张。"

张吉祥回头给王树林递上一杯水，对他说：“明天就是清明节了，你媳妇也在另一间审讯室里接受审讯，你家里没人，我们可以帮你给你老父亲扫扫墓。你还是别撒谎了，赶紧认罪吧，不要弄得大家都累。”

王树林媳妇披头散发，脚走起来一瘸一拐的，大概在警察那里吃了不少苦。擦肩而过的时候，他想跟她说几句话，可警察不让，怕他们串供。她可怜巴巴地望着丈夫，她想告诉他她的腿被棍子打过，他们让她直起腰，屁股不挨地长期跪着，以致两个膝盖长时间直不起来。可是，她没有寻到说话的机会。

“你们真的可以帮我给我爹扫墓？”王树林的眼睛亮起来。

张吉祥从烟盒里抖出一根烟，塞进王树林嘴里，还替他点了火：“你放心，我们说到做到。”

王树林闪亮的眼睛很快就黯淡了。不招，没出路；招了，死路一条。他扭过头，紧紧地闭上嘴巴。

端着快餐盒正要吃的时候，李冬华的手机响了，是老婆的号码。糟了，今天是老婆生日，前几年因为办案都没能陪她，李冬华夸下海口说今年无论如何一定要给她好好过生日，可今天被这个狗日的王树林一搅和，李冬华早把老婆的生日忘到爪哇国去了。李冬华未等老婆开口，一迭声地检讨自己：“老婆，生日快乐！我没有忘记你的生日，实在是忙得脱不开身，一个犯人要连夜审讯。这样吧，明天我一定给你补过一个盛大的生日，怎么样？”

老婆没有跟他吵，只是声音冷得像冰：“算了，你继续当你的优秀警察吧。我不妨碍你了，我等了一年又一年，早已经等得非常非常厌倦了。”说完啪的一声挂掉了电话。

昨晚孩子又哭闹了。

她用力揍孩子。

她在同事面前装出一副笑脸。她心情糟透了。她想抓烂这面具。抓烂它。她想歇斯底里地朝这个世界吼叫。

她已经绝望了。不再指望老公什么，如果她想去哪里，无须问他要不要陪她去，因为答案总是否定的，她只需拎包就走。就像一个未婚的女人。

黄昏一点点黑下来，门还寂寂无声，她内心的绝望正在飞快地堆积。从今以后，恐怕她和李冬华就我不认识你，你也不认识我了。

李冬华抽空回到家里，已经人去楼空。他打开衣柜，老婆的衣服全不见了。李冬华一拳砸向墙壁。打老婆手机，关机。打丈母娘家里电话，没人接。李冬华这时候应该到丈母娘家里一趟的，可是上班时间马上到了，只好先上班再说。他真想辞职不干算了，摆个地摊也可以活人。多少次看着别的男人带着长发飞扬、裙袂飘飘的妻子在散步，他多想也能在下班后和妻子一起在江滨路上无忧无虑地走，吹吹江风，看看江上的白鹭，不知有多爽。可这个极简单的心愿总也不能实现。一个电话，就可以让他放下吃了一半的碗赶回局里。夜里蹲点抓嫌疑人的时候，有时手枪握了一夜，嫌疑人却没露面，过后手酸得抬不起来。有一次他在外追捕逃犯追了一个月才回家，两岁多的儿子睁着亮晶晶的眼睛喊他叔叔！他心里一酸，几乎掉下泪来。老婆并没有热切地迎上来，而是在旁冷冷地说：“儿子，你喊得真好！”李冬华赶紧把老婆最爱吃的樱桃拿出来递给老婆：“给，路上刚买的，很新鲜。”老婆像是没听见他的话，继续叠着儿子的衣服，眼皮连抬也没抬。

当然，一家子也有少数几次快乐的时光，他们一起逛公园，然后到公园旁的麦当劳吃汉堡薯条，可惜次数太少太少，少得被生活的鸡毛蒜皮全部淹没了。

干脆不干算了！可是他不甘心，就这么辞职，那么在警校军训时、警体训练时所受的苦不是白受了？少一个警察，犯罪分子就多一份猖狂。他想起高考填志愿时的激动，在十八岁少年的眼里，警察代表着国家形象，威武严肃，雷厉风行，使用最精良最现代的武器与违法犯罪分子作斗争。这样的场景不停地在十八岁少年的梦境中上演。他又想起接到警校通知书时的情景，热血沸腾无法入眠的夜晚仿佛还在昨天。不，他不甘心。

王树林已经三天没睡觉了，警察轮番审讯他，他眼皮一合，就会被电击，让他瞬间清醒过来。有时手铐铐着吊起来练金鸡独立，睡着了用耳光抽醒。王树林最怕坐老虎凳，他们将他在老虎凳上将躯干和双手绑好，大腿紧并，与凳子捆在一起。接下来，拿一根细而长的绳子，先用绳子中间的部分把他的两个大脚指绑在一起，剩余两端较长的绳头，再一边用力推压他的脚尖，让他的踝关节弯曲成五六十度，同时把绑住大脚指剩余的绳头用力向下拉，绕过他的小腿，多缠绕几圈之后系紧。王树林的膝关节撕心裂肺的痛，噼啪一下脱臼了。王树林醒来后，李冬华问：“怎么样？说不说？我就不信撬不动你的嘴，任你是铜牙铁嘴我也撬得开。”

第三天，换张吉祥上阵。张吉祥倾着上身，将交叉并拢的十指落放于并拢的膝盖上。在那一瞬间，王树林几乎以为张吉祥是包公再世。然而此时，张吉祥与李冬华意味深长地对看了一眼，王树林马上知道张吉祥也只是想骗取他的答案。一旦他交代完毕，这个姓张的胖乎乎的警察便会毅然决然离开，与李冬华击掌相庆。王树林紧紧闭上嘴巴，他端起手铐，艰难地用中指搔后颈的痒。

到了第五天，王树林被金鸡独立得怕了，脚疼得不行，接下来是麻，因为全身不断往下坠，他不得不痛苦地分配左右脚休息的权利。王树林觉得这样活着还不如死了，于是痛痛快快地承认王富是他杀的。

李冬华问：“你的作案工具呢？”

“我抢过王富的棍子把他打死了，打在脑袋上，也不知砸到哪根筋就死了。当时想，这死人总不能就让他横在路上吧，于是我把他扛到后山上，又跑回家拿了菜刀，切了王富的头和手脚，找了个隐蔽的地方挖个坑把他埋了。”

“刀呢？”

“扔进池塘里了。”

听着王树林交代的犯罪事实，李冬华手中的笔兴奋地蹦跳起来，最后重重戳在笔记本上，就像文学家写出了代表作。他把笔录本扔到王树林面前：“签字吧。”王树林迫不及待地抓起笔签下自己歪歪扭扭的名字。他读的书不多，很少有写字的机会，几乎快忘了自己的名字要怎么写了。现在他终于可以美美地睡一觉了。

民警押着王树林到他所说的池塘里打捞那把菜刀，结果一无所获。

王树林睡够了，一看菜刀没找到，马上翻供："我没杀人！我没杀人！是你们逼我说的，你们不让我睡觉，用电棍电我，我全身上下没一个地方是好的，我要告你们！你们全他妈的不是好人！"

李冬华长嘶一声，巨大的鼻翼像河马般一张一翕："妈的，你把老子当猴耍啊！不见棺材不掉泪！"他两手一拍，左手平伸，右手高举，用力向下剁，用力做出斩首的姿势。张吉祥高兴得哈哈大笑起来。

如此反复，王树林一共做了九次有罪的供状。一会儿说是用菜刀砍的，血像泉水一样带着泡泡从王富的脑袋里咕噜咕噜往外冒，他的衣裳都被浸湿了。可是王树林带着民警到池塘里找不到菜刀。王树林又说是用砖头砸的，大概是砸到了王富后脑勺里的死穴，王富一下子就直挺挺地倒在地上，没气了。

在这期间，法医很严肃地告诉王贵："由于后山发现的尸体高度腐烂，我们做了四次 DNA 鉴定都无法确定死者的身份。"

王贵的眼睛霎时瞪得像铜铃："你他妈的什么意思？"

"也就是说，证据不足，不能定王树林的罪。"法医的声音尖尖的细细的。

王贵歇斯底里叫喊起来："你这个娘娘腔的死太监！是不是要等你哥被人杀了，你才会说可以定罪！"王贵使用的词汇都是最恶毒的，经过认真的推敲，仿佛是几十年训练的结果。

法医无缘无故被侮辱，脸上青一阵白一阵，最终忍住了，掉头走开。法医一肚子气，昨晚想跟老婆亲热，老婆一下子打掉他的手："一想到你这双手天天摸死人，我就起鸡皮疙瘩！"

他辩道："我都有戴胶皮手套，验完尸都有再次消毒的！"

老婆尖叫起来："尸尸尸！尸你个头！晦气能消毒得了的吗？哪天我被你摸成了死人才好看咧！"

法医在心里狂喊："真晦气，下辈子再也不干这天天跟死人打交道的差事了，谁再干谁就是狗！”

王贵回到村里，对哥哥的三个儿子说：“杀你们爸爸的那个人可能会被放出来，你们知道吧？你们可不要让村里的人笑话咱们老王家是泥捏的！”三个十几岁的少年眼里充了血，拳头捏得咯咯响，说：“知道。”王贵拉了一大帮亲戚，打着“血债血偿”的条幅在公安局门前静坐。在这种情况下释放王树林肯定是不合适的，要是释放了，王树林刚走出公安局门口，就会被打成一堆肉酱。

这天，李冬华眉飞色舞拿着一摞纸来给王树林看。王树林一看，是他老婆的供词，说是丈夫杀了王富，那天晚上她亲眼看到丈夫拎着血淋淋的菜刀走回家，还亲耳听到丈夫说他把王富给杀了。王树林听说后长嗥一声：“这烂舌头的女人，等我出去后第一件事就是把她杀了！”原先硬犟死犟的王树林慌了，老婆的供词对他太不利了，老婆的供词可以直接要他的命。他原先一直对自己说，杀人的事我不能认，认了就要当冤死鬼了。现在看来，自己认不认都不重要了，因为那么多人已帮他认了。

王树林羁押在看守所几乎被人遗忘了。案件层出不穷，警员经常忙得四脚朝天。李冬华的高中同学在工商局上班，经常打电话给李冬华：“喝酒啦！喝酒啦！”

“没钱喝！”李冬华一肚子没好气。他的工资只有三千块多一点点。

“我请你不就行了？”同学喜欢跟李冬华一起喝酒，两人酒量旗鼓相当，又有话说。

“没空！”

“怎么会天天没空？耍我吗？”

“我要你干吗？又不是吃饱了撑着。我们警力不够，一个市起码需要一千个警力，可我们只有五百个编制。我们平均每人一个月要破四起案件，每起案件平均只有七天破案时间，这样平均出来的数据够荒唐可笑的吧？”

老同学叫起来：“一会儿没钱，一会儿没空，活着有什么狗屁意思？你这警察也当得够窝囊的。别人至少是有钱没空或有空没钱，你啥都没，连运气也没，干脆叫三没得了！”

以后，老同学见了李冬华就三没三没地叫，直叫得李冬华脸色铁青。

一个很有本事的同事调到税务局去了，欢天喜地请客。李冬华喝得酩酊大醉，三十三岁的李冬华显得老态，看起来像四十五岁的年纪；而税务局的人，四十几的年纪，看起来则像三十几。

局里常规例会，局长很严肃地念着文件。散会后，李冬华朝地下呸了一口：“我操，又要提高破案率，又要降低发案率，这到底叫人咋整！”

三

看着被退回来的案卷，主管刑侦的汪仁祺副局长在办公室里吞云吐雾，眼睛下陷，挂着大大的黑眼袋。骑虎难下啊，王树林的案子破不了他的前程就毁了。他做了一个最大胆的假设：如果王富不是王树林杀的，凶手另有其人，汪仁祺真希望有其他犯罪嫌疑人在录口供的时候能顺带供出王富的命案，这种情况以往也发生过，但是没有一个新案件涉及王富。一年多了，就是没有。王富就这样像一滴水无声无息地消失于大海中。王树林不是也供认过自己杀人的事实吗？他反复翻供，只能证明这是一个极其狡猾的罪犯。上个月省政法机关把王树林案列为重点清理的超期羁押案件，此时王树林已被羁押三年零三个月了，政法委要求迅速结案，或释放，或判刑。尚方宝剑就悬在头上，汪仁祺能不发愁吗？他多次派刑警回白塔村调查取证，但事过境迁，并没有发现什么新的有力证据，唯一可以肯定的是当年王富是在和王树林打完架后的当晚失踪的。乌石市公安局两次将案卷交给乌石市检察院，都被退卷了，理由是证据不足。现在已经是公安局第三次移交卷宗了，检察院还是拒绝再次接卷，并且再次强调：公安方如果要向检方移卷，那一定要提供尸体 DNA 鉴定，进行补充侦查。而警方坚持认为王树林是杀人凶手，不能放人，王树林于是在看守所被长期羁押。事情就在那里僵着，乌石市政法委等多次就该案召集开会研讨案情，王树林让一帮人忙得团团转。

汪仁祺的办公室里四面挂满了警旗，大部分都已经褪色了，只有一面是鲜艳的，那是前年洪桥村村民李桂东感谢局里破了命案送来的锦旗。锦旗上的烫金字已掉了不少，红色旗面上落了一些灰尘。西面挂着黄来法制报和法院办的《正义周刊》。汪仁祺的眉头皱成了一个深深的“川”字。

汪仁祺今天被恶狗咬了一口，恶狗名叫李汉明。主管网络的副局长李汉明恶毒地攻击汪仁祺：“汪副，怎么样，两年多了，案子还挂在那里吗？老百姓都说我们是吃白饭的。”

汪仁祺冷笑：“李副你放心，在我任上命案必破！”汪仁祺是乌石市公安局有史以来最年轻的副局长，在成功的同时，他也收获了一大堆妒忌者的冷言冷语。汪仁祺知道，一个人的梦想会被很多人嘲笑，那些一辈子一事无成的人最喜欢嘲笑、打击别人，因为这样你就会从半空中掉回原地，和他们待在同一个低矮的失败的阵营里。这些人巴不得他们阵营中的人越多越好，如果你做到他们没有做到的，他们就会竭尽全力证明你的成功是因为你的运气或你的投机，而完全无视你所付出的巨大努力。你如果天真地向他们解释那绝对是徒劳的，一部分恶毒的人还会对你造谣中伤，极尽污蔑诽谤之能事。看到你越痛苦，他们的心情就越愉快，就好比一个破产的商人，希望全世界的商人都破产一样。

命案必破说出去了，就没办法悔改。从理智上来讲，汪仁祺也知道命案必破实际上是公安部门一个最大的伪命题。虽然从内心来讲，每一个人都希望每起命案都能侦破，但略微知道刑事诉讼规律的人，都知道这是不可能的。因为案件的侦查都是对已经过去的事情重新回溯，从理论上讲，侦查人员只能尽力还原客观事实，根本不可能百分百还原过去的真相，这跟当时可能留下的证据、现实的客观侦破条件。甚至人的记忆遗忘等诸多因素都有很大的关系。要知道，人的记忆力是最不可靠的玩意儿。况且，在同一时间同一空间如果有很多人观看同一个事件都有不同的看法。更重要的是，有些案件因为受正当程序所限也无法真实地查清犯罪事实，例如，我们可能内心确认某人是作案人，但律法明文规定不能对他刑讯逼供。如果强行追求命案必破，那么就会产生两种结果，要么破坏正当程序搞刑讯逼供，要么弄虚作假，搞假数字和假案子。汪仁祺现在骑虎难下，唯一的办法就是试着把这个伪命题变成真命题。

汪仁祺与检察院院长葛富平是好朋友。他们一起开完政法委召开的会后，汪仁祺说："老葛，我请你喝酒吧。"

三杯酒下肚，汪仁祺发起了牢骚："老葛，你这不是故意跟我为难吗？"

葛富平摆摆手："你们没有追查到凶器，也没有确定凶器所能造成的伤痕是否与尸体的伤痕相符。这些都不符合法律对杀人罪定性的要求。再者，尸体高度腐烂，你们先后做了四次 DNA 都未确定死者身份。所以我觉得你们把尸体确定为王富这种定论具有极强的主观色彩。最大的疑点是，你们根据残尸对死者身高进行了确定，为一米六五。但实际上，失踪的王富身高有一米七左右。注意，证据链一定要严密！严密！可你们公安局现在掉链儿了，严密不起来！这太容易让人诟病了，要知道，现在的媒体不是风就是雨，我们抵挡不住的。"

"谁不知道证据链一定要严密？老葛，你就帮我一把吧。老局长下个月就要退休了，我需要一个好的宣传才能再上一个台阶，而一桩迟迟未破的杀人案对我一点儿好处也没有。我可以把白塔村村民的调查记录给你看，所有人都认为王树林该死。连王树林老婆都供认她丈夫杀人了，王树林也说他杀人了，难道这一切还不足以定罪？"汪仁祺今天如此急迫，完全是因为昨晚他受了很大的刺激。

昨天晚上女儿非拉着他下五子棋不可。汪仁祺没有想到，下个五子棋还会下出这么大的不愉快。女儿正热衷于下五子棋，拉着爸爸妈妈一起参战。家中凡事以女儿为老大，汪仁祺经常和老婆争夺老二的位置，谁都不愿排老三，老婆性起，对汪仁祺说："咱们来杀一盘，谁输了谁排老三。"

汪仁祺把袖子挽起来："谁怕谁呀！"

老婆说:“我先走。”

“好吧，让你先走。”

老婆一步领先，抢占了有利地形，果然赢了棋。老婆哈哈大笑:“嘻，从今天开始，你排家中老三。”

汪仁祺很丧气:“我要是不让你，我就不会这么被动，一步步都要追着你跑。”

老婆沉下脸:“我想赢，所以我说我先下。你想都不想就答应了，你的性格就是这样。这次局长的位置，人家都说，让给老余吧，老余资格老。你是不是就真的想让了?你要是想赢，像我这样抢着说我先下，结果就不是这样了。”

提拔这件事是汪仁祺最不愿提起的。老局长拍着他的肩膀语重心长地说:“你要大胆表现。但你要小心，表现和炫耀，只有一线之隔。这个世界上还有很多有才华的人，是因为没有机会，所以看上去，成就比不过那些才华一般却得到机会的人，小汪啊，机会宝贵，如果你想得到机会，一定要付出超出常人的努力。”

自那天晚上喝完酒后，检察院最后放弃了DNA鉴定没有结果这一疑点，进行了公诉。因为葛富平也曾经有过汪仁祺这样的时候，汪仁祺的话深深地打动了他。当时，有贵人帮了葛富平一把，现在，葛富平决定当汪仁祺的贵人，帮好朋友一把。

四

法院很快开庭了。从2000年1月3日公诉，到当月27日判决，该案的审理在法院仅经过20多天。法院全部采信了公诉人的意见，而公诉人的意见其实就是公安部门的意见。

庭审时，王树林的眼睛一直看着他的指定辩护律师赵清明，眼神里尽是哀求。赵清明身材瘦削，胸部平得像飞机场，脸上总是一副忧郁的表情，三十五岁了，至今还是单身，唯一可以凸显她女性特征的是她的一头长发，这是她身上唯一保留的浪漫。她原本也是警察，在这个岗位上干了一两年之后就待不下去了，因为她觉得警察的工作就是折磨犯罪嫌疑人，并且还确信自己是在完成一项天底下最重要的职责。他们心里根本没有对这些疑犯应负的责任，只有他们的官职和规章制度，他们把这些看得比什么都高。因此她果断地转行当了律师。说实话，干律师也干得很累，人人都觉得自己是弱势群体。自己的同行孙永，因为伪造证据被判处有期徒刑三年。可她不能不干，这是她唯一擅长的一项本领。赵清明不断地问自己："究竟是我疯了，所以才会看到人家看不到的事，还是他们疯了，才会做出我所看到的这些事情？"

在开庭前，她无法向王树林允诺什么，她只能温和地安抚王树林："我会尽力。"

今天，赵清明提前十五分钟到了审判庭，她喜欢凡事留有余地，这样才能从容不迫。从审判庭偏高的窗口望出去，外面是一排柳树，柳枝婆娑像女人的披肩长发随风起舞。看到柳树，你就坚硬不起来，你的心就会变得特别柔软，可世上不知有多少铁石心肠啊，真应该让这些铁石心肠的人来多看看柳树，多向柳树学习。西南角还有一棵松树，古枝联臂环抱，若盖若伞，那遒劲沧桑令人肃然起敬。赵清明搞不清楚，这两种风格如此截然不同的树木为什么会同时出现在一个地方。

外边是冬日的阳光，风依旧是冷的，赵清明试图看清城市边缘西山的轮廓，却只能勉强看见西山的尖顶。一阵冷风灌入衣袖，赵清明不禁颤抖了一下。风掀动着她放在桌上的纸页，她走过去，将纸页用随身带的瓷化茶杯压住。

还有十分钟，她翻开自己的笔记准备最后捋一捋自己的辩论思路。作为王树林的辩护律师，她希望王树林能够无罪释放，因为照刑法规定，凡是找不到有罪证据的，可以大胆地做无罪的判决。但照目前这种形势来看，这个希望等于零，因为王树林被羁押如此之久，公安局不可能眼睁睁看着王树林被无罪释放，假如王树林被无罪释放，那就是公然打公安局的耳光。相反，王树林完全可能被判处死刑，从政法委召开的公检法大会的基调中，赵清明早就嗅到了其中危险的气息，义正词严的背后是凛凛的杀机。为王树林争取个死缓吧。赵清明在心里这样对自己说，要紧紧抓住至今不能确定王富遇害这一事实为王树林争取一个活命的可能性，即使这活命的可能性是存在于监狱的高墙与铁窗之内。

长廊尽头是办公室，审判长和审判员正准备前往审判庭。审判员感叹道："哎，王树林不要跟那寡妇好就不会出命案了，自古有多少男人栽在女人手里啊。"

审判长没搭腔，以前，他是极端反对这句话的。他觉得，说这句话的人，肯定是那种搞不到女人的男人。如果女人是脏的，那男人也是脏的，要脏大家一起脏。当时的审判长正在经历一个甜美的女人，一个清纯无比的刚被他从女孩转化为女人的女人，这个女人在他的阳光照耀下日趋丰满而高挑。本来，一个女人在法官面前丰满不丰满，高挑不高挑是没有关系的，但法官也是人。而此刻审判长脑袋瓜里正燃烧着对这个女人的怒火。这个女人，被他的阳光照耀三年了，以前不吵不闹，这阵子鬼迷心窍，非吵着要从小三转正不可，这个女人拿出了他曾经认为很甜蜜的照片，甚至拿出了一个 U 盘，里面有他和她的精彩表演。他相当恼火，恨不得天下的女人全部被消灭，只剩下男人。可是，只有男人没有女人的世界该是一个多么无趣的世界？

九点时，阳光很好，庭审准时开始，公诉人用他带着浓厚地方腔的普通话干巴巴地读完了公诉材料，像一只准备好的复读机一样宣称证据来源合法、内容客观真实后便坐下了，他很高兴完成了今天的大部分任务。

赵清明反驳："证据来源合法、内容客观真实到底体现在哪里？被害人王富至今活不见人死不见尸，应该根据疑罪从无的原则当庭释放。"

公诉人马上站起来反驳："辩方律师，假如王树林没有杀人，那为什么被害人王富会不早不晚无缘无故离奇失踪？王富的尸骸如今一定被抛在某个深山老林的深处夜夜喊冤，王富的冤魂迫切等待着司法人员为他伸张正义。我想提醒辩方律师，人到中年，应该及时告别温情，告别乌托邦。事实证明，不理智的同情都是愚蠢的。"公诉人看到审判长和审判员露出赞同的神情，便倍受鼓舞地坐了下来，嘴角浮出一个讥讽的笑意。

旁听席窃窃私语骚动起来，他们弄不懂眼前这个疯女人为什么一意孤行地为杀人犯说话，难道是想钞票想疯了？照道理，王树林并没有多少钱可以送给这个疯女人，那大概就是想出名想疯了吧，这个疯女人想通过这个颇受全国关注的案件一鸣惊人。“喂，你听说了吗？这个女人至今嫁不出去。哇，这样的女人谁敢要她呀。要是哪个男人娶了这样的女人，肯定是上天对他最大的惩罚。”于是，每次赵清明说完，听众席便发出一阵倒彩声。

“我觉得法律不能奉行宁可错杀一千，不可放过一个的原则，而应该宁可放过一千，也不可错杀一个。”赵清明还在试图努力，“我的当事人说他遭遇了刑讯逼供。一切纵容刑讯逼供的行为在道义上都是刑讯逼供的共犯。假如大家眼睁睁看着刑讯逼供继续存在，我只能说你永远不可能叫醒装睡的人。如果大家为了所谓皆大欢喜的局面而默认刑讯逼供，今天是王树林，明天就可能轮到你——包括在座的诸位。”说着，赵清华用手指从左到右指了一圈。被她指到的人，心里都非常不舒服。

“你说你当事人遭遇了刑讯逼供的证据在哪里？”

赵清明哑口无言，时隔三年，王树林身上的伤早已痊愈，而他的亲笔认罪签名却还白纸黑字地躺在那儿。

“没有证据？要知道，几乎每个疑犯都是百分百的撒谎者。这种低劣的品格从古至今都存在于这些无恶不作的人身上。”

王树林站在被告席上声声喊冤，就好像恶狗乞怜一样令人厌恶，法官用槌子重重敲了敲桌面，王树林才急刹车那般停了下来。尽管王树林声嘶力竭地否认杀人一事，但他曾经做了9次杀人的笔录，法官认定：当庭否认未杀人不可信。

到了最后关键的宣判时候，王树林想，完了完了，再过几天就要吃枪子儿了，他以前在电视上见过枪毙死刑犯的场面，死囚背北朝南，仰天闭目，背后法警用驳壳枪对准死囚的心脏部位，“叭”的一枪，死囚应声倒地。那个精准哟，令人啧啧赞叹，因为执刑的法警枪技精湛，是层层选拔出来的，你别指望法警有失手的时候。约一分钟后，法警会将死囚的尸体翻转仰上，由检察官检验是否已经真正气绝。然后尸体会被送往验尸所检验，再发还家属。若没有家属，那大概就会送往医院当作医学院实习生的参观标本。王树林的老婆已经再嫁，王树林想，搞不好自己的尸体都会被野狗吃了，那真正是死无葬身之地了。

当法官开始宣判的时候，王树林腿一软，有热热的东西从两腿间流了下来。他晕过去了。法警很快把他弄醒了，轻蔑地踢了他一脚："走吧，你这软骨头，没判你死刑，只判你死缓啦。"

王树林一时有些反应不过来："只判我死缓？怎么可能？你别拿我穷开心啦！"

"我骗你做什么？"法警很不高兴。

王树林被判死缓，最高兴的是赵清明。赵清明是坚定的反死刑者，她赞成终身监禁，这对囚犯来说，是终生良心上的折磨；对囚犯家属来说，是一种无地自容的难堪的拷问。

囚禁的日子，王树林的头发被推子推得一干二净，像冬天的荒野。在这里他是十四号。一开始，他不明白那是狱警在唤他，慢慢地，他习惯了"十四号，领铁锹。""十四号，准备上工。"他记住了谁是一号，谁是二号，在这里，这些烧杀抢夺的人都变成了号码。人虽被囚住了，男人的本性却囚不住。王树林最见不得狱友的女人来探望狱友，看见狱友拿着媳妇洗得干干净净的衣服和新鲜的散发着香味的点心，他就恨不得地球马上爆炸。他不无悲哀地想，要是王富没有失踪，也不知他们两人谁会抢到素花。他痴痴地盼着素花哪一天能出现在探监室，可他有多少次希望就有多少次失望，那狗日的娼妇，肯定跟着别的男人跑了。

王树林已经服刑八年了，他最憎恨墙上那米斗大的黑字："端正态度，接受改造"。那米斗大的黑字似乎随时准备扇人耳光。他庆幸自己积极表现，由死缓改为无期，墙上的黑字爱扇人耳光，就由它扇去吧。王树林天天在狱警的带领下起床洗漱、上厕所、点名、打饭、认罪悔罪、出工劳动、整理内务，他的神情看起来有些呆滞。多年的牢狱生活让他养成了定点上厕所的习惯，时间到了，条件反射似的就往厕所跑。狱友们往往拿对监狱长和警察局长了解多少来衡量一个人的见识高低和他入狱前在社会上混得好不好，当一帮人高谈阔论的时候，王树林对此一无所知哑口无言。狱警正在百无聊赖地打呵欠，他们整天待在高墙电网之内，上班简直跟那些罪犯一样一起服刑。王树林出工回来后，每次要经过狱警的办公楼，这座五层灰色建筑在王树林看来是一个可恶的、令人讨厌的地方。自己怎么会稀里糊涂就来到这个讨厌的可怕的地方呢？夜深人静的时候，王树林一边痛恨着不知消失在何方的王富，一边痛恨着自己：谁叫自己贪小便宜吞了王富的钱呢？自己要是不昧良心吞钱，现在他和王富都可以搂着老婆喝着小酒安安稳稳地过日子，哎，真是一失足成千古恨啊。想到这，他狠狠地用右手扇了自己一巴掌。

五

2008年7月9日，白塔村村口出现了一个干瘦的、坐在一只轮椅上、风尘仆仆的人。当他出现在村里时，村民都觉得自己像是撞见了鬼，仿佛做了一场长长的噩梦。很多人都上去摸他，没错，是王富，还有呼吸，还有体温，虽然黑了，瘦了，偏瘫了，但五官确实是王富，是人而不是鬼。王贵的声音都变形了：“哥，你还活着呀！”

“嗯，还活着。”

王贵一拍大腿：“天哪，王树林真是被冤枉了，白白蹲了八年多笼子啊！哥，你这几年跑哪里去了？”

王富当年和王树林深夜打架，他一气之下抄起棍子没头没脑地一通乱打，手无寸铁的王树林很快被击倒在地上。王富吓了一大跳，他踢了踢王树林，喊道：“狗杂种，你醒醒。”可是王树林死人一样躺在地上一动也不动。糟了，自己杀人了，出人命了。王富一颗心怦怦狂跳，仿佛要跳出胸口，他窜回家，从柜里拿了身份证，又从床底纸箱盒里翻出攒下来的七百元钱，连夜骑着自行车逃到一百多公里外的安在乡。

歇了口气买了几个馒头喝了水，他还是觉得危机四伏，耳边似乎时时有警笛声，这只惊弓之鸟不断地迁徙，终于飞到了千里之外的乌有市。八年来，乌有市深夜翻动垃圾箱的无数褴褛身影中，其中一个就是王富，他靠捡垃圾为生，就这样生活了八年，直到他突然偏瘫。再也不能外出捡垃圾了，马上就要去见阎王爷了，这时，王富想到了家乡。死在家乡总比死在外头好。当年的命案已经过去那么久了，警察应该不会追究了吧？即使追究，反正自己也是快死的人了，什么都无所谓了。这么一想，白塔村便日夜向他挥手召唤。王富央求另一个捡破烂的帮他买了轮椅，那人好事做到底，还帮王富买了车票，将王富送上了火车。当然，那人也得到了一张面额百元钞票的报答。

村里已经有很多个在外就读的大学生了，他们利用网络加速了王富还活着这一消息的传播，这一爆炸性的消息一传十、十传百在无数人的唾沫里翻飞。此时的汪仁祺已经当了八年的局长。八年里他身上的赘肉飞快地堆积，整个人的身躯都不如以前灵活了。以前开案情分析会的时候，他都会准时参加并发表自己的见解，现在他经常放手让副局长去主持，他也乐得清闲。当网络监察科的小王吞吞吐吐地告诉他王富活着回到白塔村的消息时，他霍地从老板椅上站了起来："真的？"

小王无言地把从网上下载的材料递到局长面前。汪仁祺瘫倒地椅子上，无力地对小王挥挥手，你去吧，让我一个人静一静。小王轻轻地带上门。汪仁祺在心里咬牙切齿地骂道："王富啊王富，你真真是老子命里的克星！我的一世英名都毁在你手里，你早该死了！要死就死在外面好了，你为什么还要回来？！"

全局气氛都紧张起来，每个人惴惴不安，一副大祸临头的样子，出了这么大的冤案，好事不出门，坏事传千里，乌石市公安局马上会成为全国的反面典型，一旦扣上这顶大帽子，十年之内都翻不了身。等待他们的是老百姓汹涌的口水和咒骂，他们得准备破帽遮颜过闹市了。

王富真的回来了？王树林的身体像一棵草，摇摇晃晃，好像要倒下去。要是在八年前，刚进监狱那会儿，他一定会竖着中指将所有警察的祖宗十八代都骂个遍，可现在他没勇气也没力气骂娘了，他只是软软地攀着窗户上的铁条，以免自己水一样瘫到地上。

探监的日子到了，记者在外面等候，看着囚犯们走过来。记者一眼认出牛高马大的王树林，王树林有太多的话想说，反而不知从哪儿说起，他试图将手指从对话的小孔伸出去，没有得逞。后来，他低下头看手铐之间的链子。

最震惊的是李冬华。当初他坚信是王树林杀了王富，所以当王树林死不认罪的时候，李冬华认定只有电棍才会让王树林吐出真话。白塔村的村民不是也一致认定王树林死有余辜吗？没想到上天弄人，事隔八年，案子竟峰回路转急转直下。李冬华知道，是该他付出代价的时候了。妻子已离他而去，他也一直未再娶，已经伤了一个女人的心，就不要再去伤别的女人的心了。四十岁的李冬华，两鬓已经有了白发。

王富回来了，汪仁祺和李冬华应该就此事多次密谈才是。早上，李冬华守候在门卫，他一边抽着烟，一边考虑着等一下见到汪局长要怎么说才比较妥当。门卫老陈善意地提醒道："李警官，你还是别抽烟了，汪局长最不喜欢别人抽烟。"李冬华谢了门卫，把刚吸了半截的烟头扔进垃圾筒。看来自己定力还是不够啊，紧张得连汪局长的喜恶都忘了。这时，汪仁祺的黑色凌志轿车驶进了警察局。汪仁祺从车上下来，抬眼看到李冬华，他微微点了点头："早啊！"说着就直接上了自己五楼的办公室，根本不给李冬华说话的余地。李冬华在心里冷笑："你躲我干什么？我有这么让你害怕吗？我又不是瘟疫。"李冬华明白了汪局长对他的态度。他思考了很多天，最后得出一个答案：胳膊扭不过大腿，如果硬要拉汪局长下水，这种可能性不大。他李冬华已经掉进水里了，可汪局长还在岸上，强拉下水的话，可能导致岸上的人疯狂地将他摁进更深的水里，不管是用石头砸还是将水变得更深更急。现在比较理智的出路就是老老实实地进水，同时央求岸上的人照顾他的家人。

李冬华不知道自己的决定是对还是错。也许在很多人眼中，他的决定是愚蠢的。他想找张吉祥谈谈，好歹哥们搭档了十几年，听听他的主意总没有坏处。打张吉祥的手机，没人接，手机音乐在无辜地响着。李冬华自我安慰，也许是在洗澡，没听见手机响？没听到手机响那是常有的事。他走到锦绣小区，摁响了张吉祥家的门铃，是张吉祥老婆开的门："哦，是小李啊，真不巧，吉祥出门去了，也不知去了哪里，不然你进来坐坐？”李冬华见张吉祥老婆嘴巴里说着进来坐坐，半边身体却堵着门，便摆摆手道：“吉祥不在就算了，我改天再来吧。”

李冬华游魂一般下了楼。自己什么时候活成一个让人躲都来不及的人呢？他真想较较劲，就守在锦绣小区里，看张吉祥是不是真的外出了？外出总会回来的，总会遇到他。算了，不较劲了，张吉祥躲在家里也好，外出也好，关系都不大了。

主意打定，他瞅准机会截住了汪局长。这次他吸取了教训，就站在汪局长面前，上次他站在汪局长旁边，汪局长躲开了；这次，汪局长不好意思马上绕过他走路。汪仁祺见躲不过，只好硬着头皮站住了。

汪仁祺还是笑哈哈地跟李冬华捉迷藏：“小李啊，关于王树林冤案的事，你思想负担不要太重，你要相信上级，相信领导，会给这个案件一个公正的结论。”作为领导，汪仁祺总是抢先说话，他喜欢掌握事情的主动权。

李冬华心里啐道：“公正个屁！”他脸上很平静：“汪局，这个冤案是我一手造成的，怪就怪我当年太心急，采取了不正当的刑讯逼供手段。是我给咱们局抹了黑。”

这些话太出乎汪仁祺的意料，他马上精神一振，重重地拍了拍李冬华的肩膀：“你能这么想那就太好了！事情不会拖太久，结论很快就会出来。这件折磨咱们局这么久的案件终于可以画句号了。我真希望这辈子不要再见到王树林这个名字，咱们局碰到这个案子也真是倒大霉了。”

李冬华太懂事了。汪仁祺的心被极大地震动了，一方面，他非常感谢李冬华，一方面，他又极怕李冬华到时反悔。汪仁祺请李冬华喝酒。荷塘月色的酒吧小弟调的酒性太烈，两个人很快都有了蒙眬的醉意。汪仁祺久久地看着李冬华，目光里充满震慑，也有一丝丝哀求的意思。这件事李冬华其实老早就想好了，当年是汪仁祺要求他们尽快定案，所以他才会放手逼供，暗示就是纵容。按说如果李冬华要受处分，汪仁祺也逃脱不了责任。果真如此，他李冬华今后的日子不会好过。反正已经活得如此没滋没味，不如自己一个人扛了，不要再拉上别人陪葬。李冬华也曾想着拼个鱼死网破，但他知道，鱼死了，网未必破，反悔也没有用。

李冬华大着舌头说：“局长，你放心，王树林冤案都是我一手造成的，责任都在我身上。只是，要是我受处分了，希望局长能照顾一下我的妹妹和父亲。”

汪仁祺感激地拍了拍李冬华：“你是个好同志。你的妹妹不是一直没工作吗？明天马上叫她去分局做卫生工作，等一下我打电话让分局局长把原来的卫生人员给辞了。”

浑身酒气的李冬华回到家，手软得没力气将钥匙对准锁孔。他软绵绵地顺着房门倒下去，睡着了。

连续几天，李冬华白天黑夜都躲在家里喝酒。晚上，李冬华从超市里拎了两瓶红星二锅头回来，正要启酒瓶盖子，一阵敲门声响起。打开门一看，他意外地看到了赵清明律师。李冬华从柜子里拿出一个杯子，斟满，递给赵清明：“一起喝一杯吧。今天是来看我的笑话吗？”

“不是的。我是在想，我们这些警官啊，律师啊，都在用毕生的精力与过去的真相搏斗。”

李冬华仰头喝下一杯：“我输了。这个社会，好人坏人，鬼都说不清。有时我都不知道自己是不是真的很坏。我累了。不玩了。你呢？”

“我恐怕得继续搏斗下去，不搏斗就没饭吃。我只是一个在法治的路上行色匆匆的律师，法治之路犹如火车驾驶，要求车在人在，车毁人亡，就算火车要撞山，你也不能提前跳车。而你现在面临着哈姆雷特般的境地：悔过，还是不悔过，这是一个问题。悔，则面临责任追究可能人生不保；不悔，则等同于将错误坚持到底，但只要不翻案，个人乃至个人背后的集体风险都会大大降低。在这样的风险面前，要靠司法自纠来清理司法误判，实在有些过于理想化。自己做错事，真要打自己耳光，需要的是刮骨疗伤那样非凡的勇气。试问当今世上，要去哪里找第二个关羽？”

明天开会将一锤定音，李冬华知道那沉重的结局是什么。他特意拐到乌石市最有名的尚巴黎发型工作室理了头发。回家时经过楼下他十几年来都在那里理发的理发室，孙老板嚷道：“怎么搞的，跑哪里理发去了？”孙老板满怀妒忌，因为多年的习惯，她认为李冬华有义务上她那儿理发，要是上了别处，那就是对她的背叛与不忠。李冬华没心思理她，朝孙老板淡淡笑了笑，就上了楼。孙老板气得用手朝李冬华的背影劈了一下：“神气什么呀，小警察一个！”

好事不出门，坏事传千里，乌石市公检法联手制造的这起冤假错案成了全国各大新闻媒体的头条。乌石市中级人民法院副院长向媒体通报，当年审理王树林案的审判长张德海、审判员陈明坤、代理审判员李敬生已停职接受调查。涉嫌刑讯逼供的干警李冬华也已被刑拘。乌石市检察院检察长葛富平沉痛地说：“我们检察院最大的错误，就是没有坚持自己的意见。”葛富平被党内记大过，他懊悔当时为朋友意气用事。上级相关文件雪花般飞来，市、县两级公安机关人心惶惶，迅速展开三方面的工作：一是确认王富的身份，目前已经确认无疑；二是对无名尸体开展侦破，现在无名尸体的 DNA 已经再次数送往公安部进行检测；三是做好双方家属的安抚、稳定工作。

省高院张扬院长痛下决心要对司法队伍来一次大手术，进行彻底的清洁。张扬院长要求全省法院以王树林案件为反面教材，同时决定，把无罪释放王树林的 7 月 25 日定为全省法院警示日。圆桌会议上，张扬嗓音高亢：“正义虽然姗姗来迟，但总算是来了。我们应具有及时改正错误的勇气，同时今后要尽量有效预防误判。同志们，注意啊，血的教训啊，一次抹黑，我们不知要花费多少年的精力才能洗刷干净？我们千万不要被钉在历史的耻辱柱上。”张扬院长手势沉重如一把往下劈的利剑。

拘留所里，看着铁窗内的儿子，李冬华白发苍苍的老父亲情绪极为激动，这位为儿子骄傲了大半辈子的老人没料到临老会遭遇这样的耻辱。他对儿子说，如果当年王树林案的分管副局长汪仁祺未得到处理，只有儿子被处理的话，那么他一定要上告，因为他儿子在整个案件中只是一个小兵。李冬华好说歹说也安抚不了老父亲的情绪。李冬华对老父亲说，自己今年四十一岁，关两年，出来四十三岁，还有很多日子要过呢。在监狱里，他会好好锻炼身体。对老父亲的话只能说到这里，李冬华的嘴角露出一丝苦笑。

六

经过八年牢狱生活的王树林像一头动作迟缓的山羊，眼神有些痴呆。监狱长陪同审判员来送新的判决书，狱警打开锁，拉开门。王树林刚吃过饭，正将一根手指伸进嘴里艰难地捣弄牙齿，那根韭菜丝隐藏得太深太隐蔽了，已经费了他十几分钟的工夫。他还放了一个很响亮的臭屁。看到他们，王树林知道自己终于熬到头了，一生的霉气终于过去了。

重获自由的感觉就好像自由落体骤然下降一样，让人既害怕又兴奋。王树林回到村里，村子比八年前更空了，年轻人都到外面捞世界了，只剩下一些老弱病残守在村里。这个世界不知道为什么，总有一些人命中注定一辈子要受穷，虽然他们一点儿也不懒惰，但他们仿佛生下来就注定了不能拥有财富，而只能捡别人的残羹剩饭过活，一辈子都要看别人的脸色，根本不能按照自己的意愿生活。王树林家门前的柿子树还在，灰褐色的树干还是那么粗糙。上面结满了果实，有的已经开始变红，大部分还是青的，可惜无人打理，长了病菌，犹如人脸上布满了斑点。一阵微风拂过，这些长满病菌的柿子有气无力地在枝叶茂密的树枝上摇来荡去。

王树林回家第一件事是马上去寡妇素花家。现在，他有钱了，六十八万，好好地躺在银行里呢。他看着暗红色的存折，一遍又一遍地抚摸它，他的幸福全躺在这存折里。蹲这八年笼子，赚了六十八万元，也算值了。平均一年八万五，比打工还好赚。打工一年下来累死累活顶多赚两万元。他想起去年的自杀，那天心情太坏，看见一个狱友出狱了，他的女人高高兴兴地来接他。他被绝望击中了，自己是无期徒刑，又没有女人等，活着和死了没有任何区别。幸亏被救活了，不然死得真冤，没想到还有今天的好日子。

来到熟悉的院门前，素花家的旧房子已经不在了，取而代之的是两层楼的小洋房。一个手上戴着金戒指的粗壮汉子走出来，问道："你找谁？"

王树林赶紧挤出一丝笑容："请问素花在吗？"

"素花？你说的是那个寡妇素花？八年前她把地卖给我，到外省去了。"

"外省？是哪个省？"王树林不甘心地追问。那汉子不耐烦道："不知道，你去问问别人。"说着钻进他的大众车。王树林站在汽车的尾气后发呆，素花，素花，你为什么不等等我呢？

王树林失魂落魄地回到家里，外面传来汽车喇叭声，原来是汪仁祺带着两名刑警登门来了。要是在以前，这么大的官来到家里，王树林会非常激动。现在，他傲慢地看了汪仁祺一眼，甚至懒得开口让座。

汪仁祺将一个红包递过来："对不起，我们工作失职，冤枉你了。这是我个人对你的一点歉意。"

赔？王树林从鼻孔里哼了一声。说赔太荒唐了。怎么赔？

两名刑警好说歹说，王树林将红包掷还给那姓汪的，又被那两名刑警不由分说塞进了他的裤袋里，并按紧了袋口："拜托了，拜托了，要是有记者来，请你好好说话。"

坐上白色警车，汪仁祺闭着眼睛将身体完全靠在意大利真皮包裹的椅背上，他的拳头，不自觉地握紧了，好长一段时间，吁了一口气才把拳头松开，点燃了一根烟。

王树林木桩一样坐在竹凳上，望着手中的红包发呆。

这一整天，王树林忙得连喝口水的时间都没有。记者的车来了一辆又一辆，王树林老远听到喇叭声就烦。他没好气地把记者往外轰："政府给我的补偿我非常满意。我没话说了，请你们不要再来烦我。"

一个烫着大波浪的女记者仗着漂亮，堵住房门不让王树林关：“这是你的心里话吗？你是不是受了威胁，被封了口，不敢说出心里话？没事，你大胆地说，现在是法制社会，法律会保护你的。”

王树林突然发火了：“法律保护你妈的逼！”说完砰的一声把门关死了。那女记者生平从未受过此种侮辱，对天诅咒道：“这种人没挨枪子儿天理不公啊！”

媒体热闹起来了，斗大的标题怒吼着：“第二个王树林还会不会出现？”“希望第二个王树林再也不要出现。”

送走最后一拨客人后，王树林感到从未有过的疲惫。他茫然地看着空荡荡的家，天花板上有一只蜘蛛正在织网。王树林突然想去看看王富。听说这个冤家得了偏瘫，右手右脚都不能动，整天躺在家里等死。他害自己蹲了八年的笼子，也算是报应吧。不过也要感激他临死之前回到了村里，自己才能洗清冤枉，还得了巨额的补偿。他打算痛痛快快地辱骂王富一番，出一口胸中的恶气。

王树林气冲冲到了王富家，在门外大喊：“王富！王富！狗日的王富！”院子里杂草丛生，两块从屋顶掉下来的瓦片碎在地上，比他家更破败和凄凉。王树林意识到王富已偏瘫在床，不可能走出来，便大踏步进了卧房，只见王富整个人黑黢黢的，瘦得皮包骨，正颤巍巍伸出左手想去够放在床头竹凳上那个缺了个口的破碗，他的嘴唇上都是白皮，大概是口渴得厉害。王树林心中一颤，把王富拖起来让他靠在床头，再拿被子垫到王富腰后，那被子硬得像铁一样。王树林把油腻腻的碗递给王富，王富颤巍巍接过来骨碌骨碌大口喝水，呛着了，大声咳起来，上气不接下气的样子。王树林骂道：“小口喝，小心噎死你！你就是坏事做尽，老天爷不饶你，才让你落得动不了的下场！”

王富喝完水，将碗递给王树林：“林仔，对不起，是我害了你。当时你晕过去了，我以为你死了，我害怕了才跑的，没想到连累你蹲了笼子。我下辈子做牛做马给你还债。”

王树林本想痛骂王富出出气的，看着王富气息奄奄的样子，话就说不出口了。听王富说要还债，王树林突然呵呵笑了：“不用你还债，我现在有的是钱。”

王富突然骂道：“我说你蹲笼子也是活该，谁叫你要吞了我的工钱呢，凑上那笔钱，我就可以讨上老婆了……”

王树林不好意思地挠挠头：“咱俩算是扯平了。你吃过饭没？”

王富摇摇头：“还没。等死的人了，多一顿少一顿都没啥。”

王树林到村头小卖部买了些猪头肉和卤鸡翅，打了一斤散装的地瓜烧。两人碰杯的时候，王富说：“这八年你在里面受苦了吧？看你头发全白了。真对不起。”

王树林埋怨道：“说对不起有什么卵用？回不去了。倒是你病成这样子，多吃一点吧，也不枉到这世上走一遭。阿富啊，我看你这名字真是白取了，活到现在还两手空空。”看着王富那皮包骨的模样，王树林埋怨的同时又感到有些心酸。

两人都喝得有些醉。王树林临走的时候，分明看到王富眼角有泪光，他假装没看见，走出院子里，抬头看见满眼的星光，王树林的眼泪忍不住涌了出来。

亲戚们眼睛紧盯着国家补偿给王树林的六十八万元，上门借钱的人络绎不绝，有的是儿子急需上大学，有的是女儿得了绝症，有的要创业。对王树林来说，那是他拿命换来的，是他后半辈子的生活保障。这些借钱的亲戚把他的屋子搞得乌烟瘴气，让他烦得很。王树林一毛不拔，把亲戚一个个得罪光了。慢慢地，亲戚不来了，唯有一个表弟锲而不舍地登门借钱。王树林依旧不借，后来表弟也不来了，整个屋子冷冷清清的，一点人气都没有。一年后，王树林的钱被城里放高利贷的人骗光了，说是利息比银行高出十倍，王树林把钱交了，只剩下身上的一条裤衩。王树林灰溜溜地回到白塔村，他沿着河畔茫然地走着，又是一个春天，河岸边杨柳依依，柳树上缀满柔软光滑的枝条，那纤纤顺垂迎风轻轻摆动的柳条像少女的披肩秀发，又像千万条淡绿色的飘带。有的柳树把它多情的枝条垂到水中，轻轻地撩拨着河面的水，仿佛向河水表达着它的柔情。王树林折下一根柳枝，放在鼻子底下嗅了嗅，有一股略带点苦味的清新气味。他慢慢做了个柳笛，轻轻吹了一下，清脆的声音传出去好远好远。

莲花台

一

莲花不喜欢自己的名字，多俗气啊，满世界都是荷花菊花兰花什么花的。莲花埋怨母亲，“怎么这么没见识啊！给我取这么乡里乡气的名字。”母亲笑呵呵的不说话。后来，莲花看见母亲跪在莲花形状的蒲团上向观音跪拜时，莲花心里一动。以前莲花总笑母亲迷信，如今见那大慈大悲的观音身穿白衣坐在白莲花上，一手持着一只净瓶，一手执着一朵白莲。受母亲的影响，莲花有时也翻读佛经书籍，佛经说，用莲子做念珠比用槐木珠要好，同样掐念一遍，所得之福，可多千倍，可见莲花与佛教有多么密切的因缘。慢慢的，莲花喜欢上了自己的名字。

母亲拜完观音，母女俩闲坐拉家常。母亲说，昨晚我梦见你弟弟了，他坐在我床头，虽然没有说话，但我已经很满足了，他记得回来看我，说明他心里是有我的，他没有记恨我。

莲花笑母亲：“你别这样迷信好不好！”

母亲辩解道：“是真的，我去摸他的手，是热的呢。”

莲花不语，因为打破母亲的梦是一件残忍的事，所以还是让母亲继续做梦为好。莲花感到欣慰的是，自从二十一年前弟弟患了抑郁症跳楼自杀以后，原本弟弟是家里的禁忌，没人敢提起，大家都小心翼翼地绕开弟弟的名字，这几年母亲慢慢地会主动提起弟弟，说明母亲慢慢地好转了。或许可以说，是佛祖的安慰让母亲的精神状态慢慢好转的。莲花的弟弟是一个非常忠厚的孩子，他十九岁高中毕业进工厂做事，喜欢上了一个女孩子，鼓起勇气给那个女孩写了情书。哪知那个骄傲的公主第二天早上在车间办公室嘻嘻哈哈地高声宣读了这份情书。从此，弟弟走在工厂的路上永远都有人挤眉弄眼地朝他朗诵："亲爱的琴，你是我的云，你是我的粉黛与青山……"弟弟羞愧难当，他再也不敢去上班了，整天躲在家里不敢见人。后来，弟弟患上了严重的抑郁症。莲花那时候不懂得抑郁症是什么，人为什么会得抑郁症。母亲也经常对儿子说，情书被人读一下有什么大不了的？你想开一点。你为什么这样想不开呢？母亲一边这样劝解儿子，一边奔波在为儿子求医问药的路上，同时还觉得儿子太软弱了：情书被人读一下是多大的事呢？连这样的小事都禁不起，以后这个家还怎么指望他呢？可是有一天，弟弟从七楼纵身跳下，水泥地上血迹斑斑。这一跳把家里所有人的心都跳碎了，家里长年累月没有笑声，每个人都一脸愁容，仿佛笑是一种罪过。母亲的头发在大半年内全白了，脸上老人斑疯长，内分泌则短时间内全面失调，得了乳腺增生。母亲常常揉着自己的乳房，说里面在发热、抽痛。莲花时常感到恐惧，说不定哪天乳腺增生也会找到她头上；就像弟弟得了抑郁症，哪一天自己也可能得上更严重的抑郁症一样。哎，苦难今天落在这人头上，明天就可能落在那人头上，就像有些雨注定要滴入人生。

为了排遣内心的悲伤，母亲办了内退，经常跟一些姐妹到名山古刹去朝拜。母亲个子不高，肩上挎个长带子的黄布包，上面印了一朵莲花，还有"佛光普照"四个字，显得清瘦风雅，里面有一套玄色的居士服，《金刚经》《心经》各一册、日记一本。母亲居室里挂了好几尊观世音菩萨像，目光都是一致的，温暖、平常，却令莲花心生惶恐，总觉得不自在。一开始，莲花总想让母亲把这些塑像收起来，但母亲执意不肯。母女俩每一次通话总是这样开头的，接下来的话也是磕磕碰碰的，像是史前人类和外星人之间的艰难对话。母亲经常擦拭这些佛像，决不容许佛像上有一丝尘埃。有时，莲花看母亲擦着擦着，禁不住把自己的额头贴在观音的脸上，无声无息，泪下如雨。母亲大概想起弟弟了吧？

现在，母亲的右手腕上常年挂着一串褐色的菩提珠子，那是过过炉的，在母亲心里，那菩提珠串就是她的护身符，那天母亲洗澡时把菩提珠串摘下，第二天母亲去菜市场买菜发现忘了戴菩提珠串，母亲魂不守舍，连菜都没买就赶回家，进了家门第一件事就是找到菩提珠串戴上，这样母亲的魂才回来了，她才安心提起菜篮子再次走出家门。母亲还新添了每晚打坐的习惯。即使有客人来访，等客人走了，再晚母亲也要打坐。打了坐就可以入静。打坐是入静的前奏，也是顺利入定的保证。人的身体如果躺倒了，思想就很容易涣散无定，像风中的云影一样四处飘散。只要入静，思想再混乱都可以捋顺。母亲对莲花说过，在佛面前，你会觉得有光亮慢慢地进入到你心里，你就会感到喜悦，你原来黑暗的心会变得亮堂起来，好像天花如雨，光华满地。莲花听了甚是困惑。佛真有这么大的力量吗？

莲花试图慢慢理解母亲、接受母亲，正如她在慢慢理解抑郁症病人一样。以前，她一直责怪弟弟太懦弱太自私了，他那一跳他是轻松了解脱了，可是留给全家人无穷无尽的痛苦。弟弟，你怎么可以这样？后来年岁渐长，莲花才知道，在正常人眼里，死是畏途；而在抑郁症病人眼里，死亡是一种真正的解脱，抑郁症发作的时候，那是比死还痛苦的事情，觉得全世界的人都在嘲笑你，看不起你，你被全世界抛弃了。莲花在慢慢理解弟弟的同时，自己陷入了新的恐慌之中，她害怕自己步弟弟后尘也患上抑郁症。她一直在很努力地工作，可是她隔三岔五地会挨领导的批评，这让她万分沮丧，她现在进单位上班都要鼓起很大的勇气。

那天，莲花在微信上看到一个测试抑郁症的游戏，说40分以下正常，40—49分轻度抑郁，50—59分中度抑郁，超过60分重度抑郁，也就是说，你要是得了高分，那就离死亡不远了。莲花深呼吸了几口气，点了开始测试，几乎招招中的，什么“无缘无故地感到疲乏”啦，觉得自己经常做的事情很困难啦，总觉得不安啦，认为如果自己死了别人会生活得更好啦，对所有的东西都不感兴趣啦，莲花得了45分。她吓了一大跳，看来今后要出去多晒晒太阳，多吃美食，多和朋友在一起，不然，她会慢慢地朝那个深渊走下去，好像弟弟在那里朝她招手似的。

常常的，莲花陪母亲拉完家常，就慢慢走回自己家。幸亏母亲和自己住得近，幸亏自己嫁得不远，母女俩才得以经常见面。莲花走出去几米远的时候回头看了看，母亲还倚在门边，母亲已经衰老得不成样子了，满头白发在空中乱飘。莲花一直让母亲去染一染，但母亲坚持不去，说反正染完过后还是会变白的，没用。母亲经常佝偻着背拄着拐杖去公园散步，在椅子上一坐就是半天，没有人理会她孤独的身影，经常错过吃饭的时间。这时莲花就会到公园去找母亲回家，她真希望自己已经退休了，她现在害怕上班，觉得自己没有能力做好工作分内的事，她希望自己能搀着母亲，母女俩一起散步聊天，在茫茫人海中相互依靠。莲花其实有时候觉得母亲比自己还稍微幸运一些，母亲虽然中年丧子，但她信了佛，不会胡搅蛮缠，也不会动不动就发脾气，母亲变成了一个温柔、慈祥的老人，孤独寂寞时还有女儿尽心陪伴。而自己呢，膝下没有一儿半女，脾气日渐乖张，莲花真害怕自己变成了一个老了却不慈祥的惹人嫌恶的老人。

莲花每次回到家里，都要习惯性地喊一声阿俊。屋里静悄悄的，没有人应她。莲花这才意识到丈夫已经离开她了，至少这几年两人不可能再在一起了。莲花没有孩子，她曾目睹母亲养大一个孩子又失去的痛苦，这种得而复失的痛苦是她无法承受的。莲花坚持不要孩子，为这事，丈夫李俊没少跟她吵架，甚至威胁说要在外面生一个。丈夫李俊是城管局二分队的大队长，而莲花是局里广告科的科员，夫妻俩同一单位。莲花记得七八年前的那天晚上，绝味鸭脖的王老板满脸堆笑找上门来了。王老板嘘寒问暖，后来离开时留下了一个黑色手提袋。李俊把手提袋打开，是五叠整整齐齐的百元钞票。莲花吓得脸都变了色：“你赶紧去追王老板，把这个东西还给人家。”李俊难以置信地看了老婆一眼，天哪，自己怎么娶了这么一个傻老婆呢。他拿起一叠钞票在手中弹了弹，甚至又将钞票往自己右脸上贴了贴，撇了撇嘴：“你以为他是白送呢？他要我帮忙，让我们局不要拆他那在街上的三十几平方米违章建筑。”莲花记起来了，绝味鸭脖因为生意好，尤其鸭面特别好卖，队伍经常排得老长，王老板趁机在店前搭起了棚子，这一搭就由临时变固定了，王老板都产生了错觉，认为这棚子老早就和店连成一体了。现在风声一吹，王老板有点紧张，别看这小小的棚子，那可是他的财路。

莲花问：“你真的准备帮王老板吗？”绝味鸭脖店的鸭面莲花去吃

过几次，味道确实很好，甚至有人传言说里面放了鸦片壳，所以让人上瘾，几天不去吃，嘴里就痒痒。但莲花去吃了几次就不去了，不是因为不好吃，而是因为王老板每次都死活不收钱，莲花心里很不安，好像自己特意去那里讨吃的似的，这种感觉很不好，所以莲花再也不去了。有时嘴馋，去别的鸭面店买，味道不如绝味鸭脖这间店的，但没有办法，都是职业惹的祸。莲花不喜欢自己的职业，但书上说，一个人成熟的标志就是能做一些自己不喜欢做的事。可是，人虽然成熟了，自己的本心哪里去了呢?

李俊将钱收起来放进柜子里，吹着口哨准备去洗澡："动动嘴皮子就能赚钱，我为什么不帮他呢？这五万块钱来得及时，咱们不是准备付房子首付吗，别买那套九十几平方的啦，买一百二十平方的那种户型吧。"

李俊关起门开始洗澡，莲花隔着卫生间的门问："如果是茶叶啊烟啊什么的也就算了，我看这钱不妥当，还是赶紧拿回去还给王老板算了。"李俊在里面火了，声音大起来："你怎么这样烦？"

莲花从卫生间门口走回客厅坐到沙发上，她的内心越来越软弱了，九十几平方的房子确实窄了一些，如果买一百二十平方的房子，虽然只多了三十平方，那宽敞带来的愉悦是难以言说的。莲花想，就是自己当时一时的软弱害了李俊，要是当时她再坚持一下就好了，丈夫就不会出事了。当时整治市容只是吹了一阵风，王老板的大棚子躲过一劫，这几年来这个大棚为王老板赚了不少钱，王老板越来越把这大棚看作是自己的命根子。今年L市要申请参评全国文明卫生城市，消息早就公布出去了，王老板坐不住了，又上门来找李俊，他这次上门只带来了两条中华烟："李队长，你行行好，帮我想想办法吧。"

李俊摇了摇头："不是我不帮你，大势所趋，神仙也没办法，你那大棚子一定要拆掉的。再说了，你这几年赚大发了，老早就把大棚的本钱赚回来了，做人不能太贪心了。"

王老板有点生气，他在心里冷笑，你也好意思教训我做人不能太贪心了，也不知谁比谁更贪心。王老板心里恨着，嘴里还是赔着笑："李队，我的大棚子就在你的管辖范围内，又不用去求别人，只要你高抬贵手就成。”

李俊还是不松口：“没办法，真的没办法。要是能帮你，我一定会帮你的，这次真的不行。”

王老板失望地回家了。莲花开始打扫客厅，突然，一只七八厘米长的蜈蚣从那盆新买的蝴蝶兰里跑了出来，莲花尖叫起来跳到椅子上，一时魂飞魄散。李俊眼疾手快，一脚踩住蜈蚣将它碾死，莲花赶紧把那残骸扫掉，一边心有余悸。一边喃喃道：“怎么会有蜈蚣呢？怎么会有蜈蚣呢？”一边往各个角落里张望，生怕哪里又跑出第二只蜈蚣来。李俊笑她：“花盆里有湿土，跑出个把蜈蚣是正常的事，你就别自己吓自己了。”话虽这么说，莲花还是神经兮兮的，连夜翻箱倒柜把家里彻彻底底大扫除了一遍。

第二天，动手拆迁王老板大棚子的时候，王老板拿了把菜刀胡乱挥舞，阻止城管拆迁，最终被两个特警夺了菜刀架了下来，眼看挖掘机伸着长长的手臂用力一划拉，大棚应声倒地，飞起漫天灰尘。王老板心痛至极，突然大喊道：“姓李的！你真不要脸！你拿了我五万块钱，答应我不拆这大棚，现在说话不算话，你还我五万块钱！”

这话就像定时炸弹开了花，所有的人都目瞪口呆。

安静了那么一瞬间，白了脸的李俊喊道：“你这疯狗，不要血口喷人，谁拿了你五万块钱！”

单位领导询问此事的时候，李俊一口咬定没拿王老板一分钱。李俊一直以为自己一定能挺住。但是，纪委的人的手段超出了李俊的想象，每次问话，李俊都面如白纸，全身大汗淋漓，双腿发颤。在长达七天的疲劳战、攻心战之后，李俊像决堤的河水滔滔不绝地把事情的原委都说了，甚至连谁谁谁请他到酒店吃饭都说了，成为L市的一桩笑谈。

莲花这一阶段都不敢出门，整天躲在家里。她觉得所有的手指都在戳她的脊梁骨，她觉得自己快疯了。但是，她必须出门，李俊捎话都让她去看看他，给他带点吃的。她不能不去。她从来不是一个过河拆桥的人，她曾经跟李俊过了一段好日子，现在她绝不能离开他，他从来没打算跟他离婚，现在没有，将来也不会有。这是她的红字，她所应该背负的红字。

李俊剃了头，显得有些陌生。莲花对他点了点头，说："点心和烟交给看管人员了，他们检查过后会给你的。你放心，我会常常来看你的，需要什么你就跟我说。"李俊很感动："莲花，你真好。要是当时我听你的话就好了。"

莲花喃喃道："对呀，要是当时听我的话就好了，也怪我，当时坚持一下就好了。"

李俊急切地想把手伸出来，但是被玻璃挡着，够不着："莲花，你一定要等我，我好好表现，争取早点出来，你放心，我会让你重新过上好日子的。"

莲花点点头。

出了看守所回到市区，莲花满嘴发苦，饥肠辘辘，在一家小店叫了碗牛肉面，夹了一筷子正要送进嘴里，手机叫起来，来电显示是看守所的，吓得她三魂走了六魄。难道阿俊出了什么事了？莲花手忙脚乱按下接听键，只听李俊在那边轻轻地说："我想你了，你一定要等我啊。"放下电话，莲花百味杂陈。她拍了拍胸口，阿俊，你真是吓死人不偿命啊。前几年过日子的时候，莲花总觉得不安，总有一种预感，命运是不会轻易让她过得如此平顺安宁的，一定会有各种曲折。莲花甚至迷信，只有自己受苦，命运才会忘记对她的惩罚。就像家里那只突然跑出来的蜈蚣一样。

二

现在，莲花觉得全天下的人都在享福，只有她一个人在受苦。莲花脸色越来越差，母亲说，你不要整天闷在家里，你陪我一起到西禅寺去吧。莲花想想也就同意了。半小时之后母女俩就到了西禅寺。西禅寺正前方有一座约两米高的经幢、郁郁葱葱的榕树、凤凰树，前面是一口绿波粼粼的池塘。门前是一对憨厚的石雕小象。莲花正欲往里走，母亲道："等我买一下门票再进去。"

莲花诧异道："进寺庙还要门票？"

母亲有点难为情地笑了笑，好像是她收了女儿的门票钱似的。母亲往售票窗口走，莲花抢上前去付了钱。买了门票进去后，第一个感觉就是开阔和清净。顺着人流，走到当年佛陀讲经的地方，如今只剩下基座和一些石头。在高耸的树木映衬下，这些旧迹更像是另一种形式的建筑。大雄宝殿供奉着如来佛祖，佛像手指细长、身形端直、两肩丰圆、两颊隆满、目若青莲、低眉生慈，让人顿生欢欣喜爱之心。刚才买门票的不快慢慢被冲淡了。莲花看到了佛龛里的观音神态自若无遮无掩，似乎知晓世人所有的隐秘内心，莲花头上冒出一层细汗，双腿突然一软，便向观音跪下来，跪了良久才起来。

母亲点燃三炷香，交给莲花，示意莲花用右手的拇指和食指夹住香，其余三指自然收拢，和女儿并排站在佛祖的神位前，然后双手将三炷香举至眉间，默念，插香和跪拜。地上有草垫子，可母亲却直接跪在地上，一拜二拜三拜……母亲站起来后，把闪闪的佛灯端在手上，拧开盖子，找到油瓶，添了些油进去，再从旁边的香盒里抽出三炷香，用佛灯点着。不一会儿，有成群的僧人进来了。母女俩很幸运，今天她们遇到了法会，诵经声此起彼伏，犹如歌声的翅膀，让人心沉静。披着红色袈裟的大师傅，他们并不理会从身边经过的朝拜者及游客，他们闭着双眼，双唇微启，让诵经声在空气中传递，诵经声像海浪一样穿过每一个缝隙。莲花仿佛闻到了佛香，千年芬芳如故。佛祖如同一个思想家，习惯于闭目养神，用莲花指擦拭人的心境，让人看见皓皓白月与星辰，让人内心生长一朵清净的莲花，学会用沉静的眼、平和的心看待世界。莲花想，母亲是幸运的，她有幸遇见了佛祖的辽阔，找到了另一个世界的通道。

莲花在西禅寺流连了三个小时。拜完佛后她和母亲坐在台阶上吃糕点，两只麻雀在近前叽叽喳喳的，莲花将糕点揉碎了扔在地上，两只麻雀也不怕生，一一将糕点啄食了，一只先飞走了，另一只望着莲花的手心，似乎想看看莲花手中还有没有糕点，迟疑了一会儿，终于也飞走了。两只麻雀迅速消失于晴空里，隐约可辨一两点弱弱的啾啾声。

奇怪的是，在西禅寺获得的平静，一到市区就消失殆尽。莲花回到家里，她现在经常在沙发上一呆坐就是几个小时。她知道，她现在正处在自己这一生中最大的磨难里，就像当年弟弟跳楼后的母亲一样，不知母亲是怎样熬过来的？是不是所有的人都要在觉得无可活处继续往下活？对待别人的纠结时，人人都是智者；反过来，面对自己的纠结时，人人都是愚者。自己对这世上所有的事物都是一知半解，充满了困惑。

莲花所在广告科平时主要任务就是给城市的广告“美容”。有时，莲花漫步街头还是挺为科里的工作成果自豪的。华灯初上，各种风格的广告竞相绽放：光投影广告、模型广告、数字动态广告、静态灯箱广告、翻面广告、单透贴广告等在市区街头大放异彩，散发出万簇光芒。这些闪烁的广告霓虹就像这座城市风情万种的眼睛，广告上的俊男靓女要么端着浪漫的红酒深情地望着你，要么手捧最新款手机引领着时代的最新潮流，身上的晚礼服在无声地诉说着这个时代时尚、高端、大气的全新内涵与品味。然而，一开始并不是如此，没人知道里面有多少汗水。二十一世纪初期城市广告这一块还缺乏管理意识，也没有统一的规划与标准，因此街上的广告密密麻麻奇形怪状，调置无序，连难登大雅之堂的妇科疾病广告也公然在街头招摇。各个商家使出浑身解数，努力吸引消费者的眼球，广告牌一个比一个做得更大，单一看也许是美的，整座城市总体看来却像一个人身上贴满了密集、杂乱的狗皮膏药。创城任务迫在眉睫，上头下定决心先整治户外广告这一块。广告科满打满算八个工作人员，似乎比市长管得还多。科长牵头风风火火开始工作，广告整治工作开始时如一团乱麻千头万绪，科里把城市主街一条条列出来，实施扫街活动。不符合要求的前期户外广告需要拆除，广告科马上遇到了大山般的阻力，因为广告整治涉及广告商的切身利益，是难啃的硬骨头。商家们想不通，要么城管执法局一开始就制定规章制度，我们按要求来办理，等我们现在已经投入户外广告制作经费了，你们才出台政策，要我们拆除，这不是断我们财路与活路吗？几十家公司联名疯狂投诉，能投诉的地方都投诉遍了，包括省纪委。所幸上头态度明确，广告科对商家晓之以理动之以情各个击破，事情才慢慢平息了。

拆除胜利路的一个跨街广告时，广告科晚上通宵作业，从晚上十二点多开始，到早上七点多才结束。出动了公安部门、交警部门配合，将胜利路两头堵住，调动两台大型吊车。一个通宵下来，所有工作人员都两眼通红、汗流浃背，然而攻克了一个难题所有人都倍感欢欣和鼓舞。其实，工作人员并不怕熬通宵，他们觉得最棘手的是做商户的动员工作，拆除违规广告的动员工作往往比实际拆除工作多花上两三倍的时间，有时苦口婆心口干舌燥还遭遇商家的一番白眼与恶语相向，莲花装出一副孝子贤孙般的笑脸，她觉得自己的脸都快笑僵了。

莲花平时和二队大队长肖钢挺谈得来。肖钢是李俊的好兄弟，自从李俊出事后，肖钢对莲花颇有照顾。肖钢分管胜利路这一块，这天，肖钢他们到胜利路出警巡逻，莲花刚好也要到胜利路一家商铺去谈广告问题，就搭了他们的顺风车。看得出来，肖钢今天心情不大好。

早上起床后，肖钢往窗外看一眼，太阳已经出来了，天气不错，肖钢心情也不错。他问老婆:“中午我想吃姜母鸭，好不好。”老婆没吭声。肖钢连续问了三遍，老婆就是一声也不出，老婆是因为昨天肖钢的奖金被扣了而生气。肖钢气得一摔门，下定决心中午不回来吃饭。这个可恶的老婆，肖钢最痛恨这样的闷葫芦，他宁愿老婆能够高声大嗓地跟他吵一架，可老婆不吵，肖钢便觉得所有的气全堵在胸口里出不来。

胜利路这一块长期有四五家卖四果汤的小摊占道，存在着严重的安全隐患。由于四果汤味甜爽口，清凉解毒，很受老百姓欢迎。很多人穿着大裤衩趿着拖鞋喝四果汤。阿基家的四果汤花样最多，莲子、绿豆、仙草、石花，阿达籽、银耳、西瓜、菠萝，等等，挤挤挨挨摆得满满的，吃的人随心选取上面若干种喜欢的原料放于碗中，舀入白糖水或蜂蜜，再加上适量的刨冰，大热天的一口下去，比当皇帝还爽。阿基家包馅的阿达籽最为有名，不仅韧，而且清甜，外地人可能不懂什么是阿达籽，阿达籽是用木薯粉加入开水揉成面团，阿基通常会多揉一会儿，切小块，裹点干粉防沾，放进开水里煮。煮到半透明状，捞起过凉水一会儿捞起来。阿基家的四果汤一天能卖几百碗，回头客很多，连外地人都爱吃。

以前一碗两元，现在涨到了一碗五元，若一碗赚两元，一天下来也可以赚个几百块钱。

远远看到城管的车来了，阿基夫妻俩麻利地推上三轮车就跑。他们俩都瘦得像猴子一样，动作敏捷得很，而且夫妻俩早就形成了默契，先保主要的三轮车，其他塑料椅子等先丢弃不管。胖子阿宏动作慢了一拍，他还想把塑料椅子收拾收拾，结果他的三轮车被两个城管人员扛上了执法车，胖子急了，跳上车跟城管人员拉扯，嘴里用比粪便还要腥臭肮脏的语言咒骂着全世界的城管。肖钢平时训过不少家伙，基本上没遇到过跟他顶着干的，顶多嘟囔几句，或者在背后诅咒，既然在背后，肖钢就装作没听见。这些人也不容易，他们租不起店面，只能摆摊，不摆摊就没饭吃。但身为城管要是不查抄这些违法摊贩，他们就要失职下岗。彼此尊重吧。肖钢能理解这些家伙，但这些家伙似乎并不理解肖钢，一点也不尊重肖钢的劳动，那他们就是自找苦吃了。肖钢想，要是这个胖子不垂下脑袋挨训，他不仅要没收胖子的家伙什，还要罚款。

就在胖子和肖钢拉扯时，阿基老婆眼疾手快，她见场面混乱得很，嗖的一声箭一般窜向执法车把自家的锅拎了就跑。尝到了甜头，阿基老婆胆子越发大了起来，她又趁乱冲了回去把自家那叠蓝色的塑料板凳抢了回来。还好，保存了主力，其他小的损失可以忽略不计。

五六个顾客四果汤吃了一半，呆呆地捧着碗站在旁边看，待反应过来，有的吓得不敢再吃，把碗放下匆匆离去。其中一个穿裙子的姑娘胆子大，她退到边上，一边从容不迫地把剩下的半碗四果汤吃完，抹了抹嘴唇，想了想，把五元钱压在碗下，才慢吞吞地走了，姑娘希望过后摊主能收到她的五元钱。

胖子急红了眼，要是三轮车被没收了，他没法回家跟老婆交代。他俯身捡起一把西瓜刀，拿着刀四处挥舞，众人惊叫着四散奔逃，摊子不知被谁踢翻了，阿达籽、绿豆、石花散落一地。胖子直奔肖钢，肖钢想跑，脚下却踩中了石花，脚一滑，待他稳住身形，胖子的刀已在眼前。肖钢情急中用手腕一拦，手腕上中了一刀，顿时血流如注，肖钢忍痛握住胖子手腕，试图抢下那把尖刀，哪知被胖子奋力挣脱，那胖子已丧失了理智，挥刀就往肖钢心脏刺去，肖钢惨叫一声，顿时倒地，胖子拔出刀又疯狂地准备刺第二刀，周围几个城管奋力扑来，一人扭住他一条胳膊，将他摁倒在地。胖子的嘴唇磕在水泥地面，霎时肿得像个猪八戒。莲花依稀听到喊叫声从街尾那家商铺中出来，看到这一幕身体晃了晃，头晕目眩，她死死扶住门框。又是血，就像弟弟当年在水泥地上留下的那摊血一样。血，真是一个可怕的字眼。自从弟弟出事后，莲花就落下了晕血的毛病。现场一片狼藉，比起城管到来之前更脏更乱了。

救护车疯狂地叫着，急匆匆地将肖钢送往了医院。

莲花坐在抢救室外的椅子上发呆。她的脑袋瓜一团糨糊。在那种混乱的情况下，悲剧似乎不可避免。要让胖子保持理智似乎不可能，假如胖子能理智地让城管人员把家伙搬走，就不会有流血事件发生了，假如肖钢救不过来，那胖子的命也保不住。一条命换一辆三轮车，值吗？在那个时候，双方都在为自己的尊严而战，谁也停不下来。悲剧就这样发生了，双方都很悲情，都很苦——真是可怕的人间。这是为什么？以前阿俊在身边的时候，莲花还可以和他讨论讨论工作上的困惑，但现在身边连个说话的人儿也没有，莲花感觉自己像身处急流之中被裹挟而去，甚至来不及发出一声呼喊。

最近，莲花晚上噩梦连连，眼前总是晃动着那血腥的场面。一觉醒来，总不知身处何方，常焦虑是不是错过了上班时间。莲花跟随母亲去参加了几次诵经会，每次都因心烦意乱而提前退场。特别是每月初一、十五，西禅寺香火鼎盛，空气中充满香火味，善男信女挤挤挨挨的，莲花觉得有些头晕，再也坚持不下去了。她想，每个人都有这么热切的心愿，菩萨到底能不能看顾得过来呢？如果由她选择来寺里的时间，她更愿意专门挑没人的时候来。母亲连呼罪过，在公众场合又不好跟女儿拉拉扯扯，只好眼睁睁看着女儿从边门溜走。这么不虔诚，菩萨怎么会眷顾你呢？如此几次，莲花身处法会当中环首四顾，吃惊地发现周围几乎都是老妪，都是衰老的、缺乏力量的人。莲花问：我这是怎么啦？我乏力到如此吗？我怎么会跟这群人在一起？我怎么会做出这样荒谬的事情？这念头一产生，莲花就待不住了。还是单位这个地方比较适合她这个中年女人待，虽然单位有种种不如意和痛苦。这阶段在搞创城活动，全市鸡犬不宁，城管局以每人每天三百元的高价请了四个农民工，大卡车载着农民工四处巡逻，只要看到违章占道的就拖走，没得商量。这天，局里接到了举报电话，说有人在胜利路违法占道摆摊，局里马上出动人手把小摊没收，手到擒来。不知怎么的，那个举报人的姓名被泄露出去了，被没收了家伙的小摊贩组织了二三十个妇女涌到举报人家里，戳着他的脊梁骨骂："你这个黑心肝的，害了别人对你究竟有什么好处？你还配当个男人，你家祖宗也早被你这软骨头羞死了！"举报人被喷得满脸口水，他知道，自己的名声在这条街上彻底地臭了，今后在这条街上再也抬不起头来了，他一把抓起家里的毒鼠强就要往嘴里吞。他老婆阿梅拼死拦住，一把将毒鼠强打倒在地，哭叫道："你死了，我和儿子怎么活呀！"场面乱哄哄的。等那帮闹事的人走了，举报人的老婆冲到城管局里叫骂："你们不仅不奖励举报人，还泄露举报人的信息！我老公昨天刚才差点吞了毒鼠强，要是闹出人命，我要你们全局陪葬！我要告你们！"

方局被骂得脸上挂不住，却只好忍着，不断好言相劝。哪知那女人真的请了律师一纸诉状把城管局告上了法庭，走的是行政诉讼的路子，一审判决下来，女人拿了赔偿，哪知又嫌赔偿太少，还是一直往上告状。整个局里的气氛都很不好。莲花整天盼着早点下班回家。上班时总要装出一副笑脸，笑脸迎人太久，下班时她终于可以背过身去。那个叫梅的双手挥舞的女人今天又来吵闹，不知被第几十次拖出去了。莲花有着可笑的忌讳，她讨厌一切叫梅的女人。梅，霉也，所以那个举报人的老婆，她永远也不知道有人从见到她第一眼开始就莫名其妙地厌恶她。

今天开年终总结会，局里的"老油条"没来开会，孙主任给他打电话的时候，老油条说昨晚喝高了，起不来，请个假。呵呵，天大的事儿敌不过我高兴，老油条连谎都懒得撒，连敷衍一下都不肯。遇到这样的人孙主任反而没办法，不过，对待像莲花这样谨小慎微的人，孙主任有的是办法。莲花倒是和老油条走得挺近，经常在微信上互动，因为两人都对音乐有爱好，经常谈论某个作曲家的创作风格，或者互相交流新曲子。孙主任拿起笔在老油条名下画了一个叉，莲花突然意识到，和被边缘的人在一起，自己也变成了被边缘的人。莲花真想不干了，但她不敢。想想而已。真不干了，拿空气当饭吃吗？莲花想起有一篇关于饭局的文章，说有多少人讨厌饭局，就有多少人热切地盼望着饭局，甚至有人自己掏钱请吃饭以在妻子面前表示自己也是一个有饭局的人，想到这里莲花哑然失笑。方局还在滔滔不绝。这个会太微妙了，传达了丰富的信息。小陈，你那个项目怎么样了？小张，叫你联系公安局联系上了吗？这意味着，虽然小陈、小张人在下面，却与方局保持着密切的联系，长久地占据着方局的视线。莲花想象着小陈小张出入方局办公室的情景。天底下有太多的秘密。莲花不想知道别人的秘密，她对别人的秘密不感兴趣，知道而不能说，这是沉重的负担。

会后，孙主任走进办公室，不知有什么事。莲花本能地逃之夭夭了，莲花遇事总是爱逃避，过后又后悔，怕孙主任又在方局面前说她的坏话，想冲回办公室，又没有勇气。她告诉自己，以后千万不要当鸵鸟了，但愿这次懦弱的逃避不要带来什么不良后果和损失。莲花下班后在家里读《金刚经》，这是母亲送给她的。

三

半个月后，母亲突然失踪了，毫无预兆地。周六晚上莲花像往常一样来到母亲家里。自从李俊出事后，莲花总喜欢往母亲家跑。在母亲面前，说错话做错事都可以被原谅。人总会说错话做错事，因此把心远了，朋友也因此生疏了。莲花真想一辈子做个孩子。门锁着。莲花有母亲家里的钥匙，她以为母亲买菜去了，或者散步去了，莲花拿出钥匙开了锁，先拖了拖地板。房子只有三十平方米，很快就整理好了，莲花还打开了电视，过了快一个小时，莲花有点沉不住气了，她拨了母亲的手机号码，哪知铃声却从沙发缝隙里响起，哎，母亲也真是的，出门也不带手机。莲花又看了半小时电视，母亲还是没有回来。莲花把电视关掉，先到小区里找了找："有没有看到我妈妈？"被问的老头老太都摇头。莲花又到母亲常去的公园里找，母亲经常坐的那张椅子空空如也。莲花这时候有些心慌，难道母亲出了车祸？她越想越害怕，头脑中想象着母亲倒在血泊中的画面，不过她很快镇定下来，如果真的出了车祸，应该会有人打电话给自己。莲花紧紧攥着手机，生怕漏掉什么消息。莲花又到母亲常去的那家南丰购物去找，还是没有母亲的身影。是不是母亲已经回家了？莲花喘着气跑回家里，期待母亲已回到家里的惊喜，还是落了空。已经十二点了，莲花就睡在母亲家里，度过了难熬的一个夜晚，莲花百思不得其解，母亲到底上哪儿去了呢？母亲的朋友只有寥寥几个，她都一一给张阿姨李阿姨打过了电话，她们都说母亲没到她们家呀！

第二天早上醒来，莲花洗了把脸，把母亲家门锁上，准备到街上买点早餐。莲花想，如果再没有母亲的消息，她就要上公安局报警了。这时手机响了，是一个陌生的号码，显示的是山西地区。莲花的心狂跳起来，该不会是诈骗电话吧？还是公安局的电话？母亲到底出了什么事？手机里传来的却是熟悉的声音："莲花。"莲花大叫起来："妈，你跑到哪里去了？你害我好担心啊！"

母亲很抱歉："走得急，没来得及跟你说，其实也怕跟你说你会不答应，就先跟着王居士走了，后来才发现手机落在家里了，现在到了地方，才借了电话打给你。"

"是不是那个半疯癫的王居士？你到底跟他跑到哪里去了？"莲花又气又急。

母亲显得有些神秘又有些得意："我就知道，要是昨天告诉你了，你肯定不让我出门。你猜猜我现在在哪里？"

莲花气得跺脚，母亲竟然还让她猜！莲花气得说不出话来。

母亲见女儿在那头沉默着，知道莲花生气了，慌忙道："我在五台山的一个寺庙里。你还记得去年我跟你说过的那个梦吗？我要在这里住一段时间，等化缘得差不多了我就回去，你不要担心我。"

莲花真是无话可说了，母亲这样疯狂的举动是不是像网上说的那样再不疯狂就晚了？母亲去年跟她说，弟弟托梦给她了，说想在五台山安家，他看中了一个地方，那地方很好，希望母亲帮他化缘建造一座寺庙让他安身，弟弟还说他原本就属于那个地方，现在只不过是回故地罢了。母亲做完梦后马上乘动车到了五台山，爬上梦中的那座西南方向的小山峰，有一块平地特别宽敞，还有一株柏树跟梦中一模一样。母亲号啕大哭起来，当即决定要四处化缘在此地捐赠一座寺庙。当时母亲化缘化到莲花头上，莲花还在还着房贷，手头没有多余的钱，苦笑道："活人都没得住了，还有闲钱建寺庙？"后来莲花捐了六百元。莲花很怕同事知道她的母亲正在到处化缘准备在五台山建造寺庙，怕同事说母亲搞迷信。莲花是既忧且喜，母亲看似疯魔，起码有一件事做，母亲会觉得活着还有一件让人起劲的事儿。母亲之所以能把这件事坚持得这么久，全因为王居士。想到王居士，莲花皱了皱眉头，有点啼笑皆非，不知母亲遇到王居士是幸还是不幸。王居士满脸红光，有一个老板儿子，大大地发了财，王居士整天说儿子赚那么多钱会折福折寿，天天追着儿子捐献礼佛，弄得他儿子烦不胜烦，嚷嚷着要跟他断绝父子关系。母亲和王居士是在西禅寺一次法会活动上认识的，王居士认识了母亲后如遇知音，几乎天天都到母亲家里拉家常讲佛法。莲花有些不安，毕竟男女有别，莲花怕左邻右舍说闲话，哪知母亲却不以为然，就像兄妹一样和和气气平平常常，王居士来了还是笑脸相迎。如今，说严重点，难道是王居士把母亲拐到五台山上去了？母亲到底化缘化了多少？是化了几根顶梁还是化了几个斗拱还是已经把歇山顶的钱化到了？母亲到底什么时候会回家呢？

日子就这样一天天溜走了，母亲还未回来。都快大半年了，这大半年里母女俩时不时三天两头通一个电话，莲花问母亲募捐得怎么样了，母亲总是笑嘻嘻地说快了快了，等寺庙落成再请莲花过去参加开光典礼。莲花说好。这大半年里倒是风平浪静得很，也许是所有的事全都过去了吧，阿俊减了半年刑，肖钢的伤恢复得差不多了，城管局门口也没人来闹了，商户见到城管人员有时也会笑脸相迎了，日子似乎不再像以前那样难以忍受，也许，时间真是医治所有创伤的良药。

这天，莲花又去了西禅寺。虔诚地供了一盏油灯。油灯亮了，从里面亮，像菩萨手拢一朵莲花。莲花摇曳，涌出红的花、橘黄的花。一念长于千古，佛灯融化了时光。莲花的瞳孔回映两朵小小的火苗，与灯对视。佛的笑容似有若无，超越了苦乐，让人顿生恭敬心、清净心，仿佛皮肤感受着美玉的清凉。盏盏油灯在佛前开成一个花池，照亮一张张宁静的脸。莲花的眼睛驻在一小朵跳动的火苗上，火苗像在开口说话，欲言又止，不说了。油灯慢慢跳着舞，灯芯爆出一朵花，好像佛祖朝莲花笑了一下。灯花一爆，莲花内心一动，好像有一扇门微微启开了一条缝。

捧一盏油灯，不知能不能让自己的额头更加高远？能不能让眼睛更加明亮？莲花在心中默念：菩萨啊，你是以九十九道弯路送弟子远行吗？从大殿里出来，莲花洗了洗手。双手掬起一捧清水，水很快从她手中流散。莲花的内心慢慢变得清凉，她抬头看天，天空灰灰的，却有一朵云彩飘游，后面隐隐透出一点光亮。

桃花误

香州市的春天一贯是草长莺飞、花团锦簇的。杜鹏程小时候一直不明白书上说的："春天到了，小燕子从南方飞回来了。"杜鹏程一头雾水，燕子不是一直在吗？它从未缺席，它从南方飞回南方？真是不可理喻啊。不过杜鹏程从不是一个爱主动发问的孩子，他将疑问埋在心底，直到长大后某一天才恍然大悟，写这篇文章的作者一定是个北方人，而杜鹏程是典型的南方人，所以无法领悟。杜鹏程一直是喜欢南方的，因为北方的冬天未免过于肃杀，虽然南方的春天经常阴雨绵绵，倒春寒冷得让人磕牙，杜鹏程还是喜欢南方。没有任何事物是完美的，虽然讨厌南方的阴雨，就姑且不计吧。杜鹏程有一个喜好秘而不宣，他喜欢春天的桃花，一想到崔颢的那首诗："去年今日此门中，人面桃花相映红。人面不知何处去，桃花依旧笑春风。"他的心里就禁不住一阵又一阵的惆怅，这惆怅让他的心又酸又软。桃花的红是妖冶的小桃红，正是这妖冶既让人皱眉头，又禁不住地愉悦欢喜。每年杜鹏程都会挑个周末独自一人去郊外赏桃花，但他今年没有心情。因为香州市文明办的老主任即将退居二线。

老主任手下有两个副主任，男副杜鹏程，女副陈紫薇，很明显，命运再一次把他们推到了同一竞技台上。两人大学毕业同一时间考进了同一单位，文明办迎新惯例是到饭店里吃一顿饭。两个新人都早到了，但不知道包间在哪里，就站在饭店门口等。这时主任来了，主任笑问："来了？怎么不进去？"杜鹏程刚想说："找不到包间。"陈紫薇已经笑眯眯地答："站在这里欢迎主任呀！"主任脸上笑开了花："谢谢！谢谢！"杜鹏程心里惭愧至极，瞧人家女孩子，情商多高呀，自己跟她一比，情商不单单是零，还是个负数。再细看陈紫薇，挽着发髻，黑色小西装里衬着粉红衬衫，一幅干练的职场打扮。席上，陈紫薇眼明手快，主任酒杯空了，她第一时间续酒，像一只花蝴蝶穿梭于花丛。这一席饭，主任吃得很愉快，杜鹏程却有些郁闷，他发现自己在酒桌上一句话一个随意的举动都导致了严重的后果，而且很难补救，因为他不知道今晚的酒宴犹如演员初次登台的第一台戏，他不知道这台戏亮相很重要，可他竟然没有想好台词，没有打扮，更别提考虑到演技。他傻傻地被带进戏里，全然不知有评委在暗暗给他打分，结果他得了个不及格，而陈紫薇早就入戏了，大概得益于她那处长老爹的指点，抑或是从小到大的耳濡目染？陈紫薇一直牢记着父亲对她讲的话："天下万事万物，形状不同神实相近，情况不同理实相通。在机关工作首先要理顺人际关系，人与人之间搞好了关系，工作起来就特别得心应手。所以，做事要先从做人开始。"

陈紫薇的体会是，所谓做人，就是先把领导搞定。她天生善饮，她一手拿着酒杯一手拿着酒瓶打了个通关，赢得满堂喝彩。大家都夸她豪爽。主任爱喝酒，见新来的女大学生善饮，酒逢对手，心中大快。陈紫薇是天生的酒缸，主任原以为自己在酒江湖上浸淫多年，一开始根本没把这丫头放在眼里，哪知这丫头三杯白酒下肚后虽面若桃花，言谈举止却完全清醒，主任暗想，以后有酒局完全可以让这丫头上场，得此良将，实在让主任喜出望外。而杜鹏程在学校里从未喝过酒，他的酒杯里是王老吉。人是最怕比较的，一比较，优劣立现。为人处事是一门大学问，如果是书面上的考试，杜鹏程不怕，他一贯拿奖学金；但如果考试关乎人心测量，杜鹏程唯恐自己考不及格，这方面，老爹从来没有教过他。老爹一辈子脸朝黄土背朝天，对他最常说的一句话是"好好读书"。杜鹏程是个听话的孩子，可走进职场才发现，自己读书基本上读成了一个傻子。他是一个外冷内热的人，生性木讷，可是看电视剧还会掉眼泪，当然，这不敢跟人说起，怕被人耻笑。社会上很多外热内冷的人，表面上满面春风，背后捅刀子，这种人反而在社会上混得开。喝完酒回到宿舍，杜鹏程特别沮丧。他在大学里是优等生，幻想着毕业后大施拳脚，没想到还未正式上阵就吃了个大败仗。

文明办有三个科室：综合科、创建科、公民教育科。综合科主要负责文明委及其办公室的文秘、信息工作，联络市文明委各成员单位，负责文明单位、文明窗口、文明社区的创建工作及领导交办的其他工作。创建科主要按文明委工作部署，协调各相关工作部门，负责文明村镇的创建工作及志愿者服务、全市思想道德建设和各类协调工作。今年是香州市创建全国文明卫生城市的关键年，综合科和创建科的任务都极为繁重，尤其是创建科，需要提供第一手资料，对于新手压力尤甚。杜鹏程被分到了创建科，陈紫薇则分到公民教育科。一个工作繁重，一个工作相对轻松，明眼人都看得出来。杜鹏程早已习惯了被区别对待，他自我安慰，繁重的工作容易出成绩。

第一天上班，单位需要一份总结材料，但办公室的笔杆子出差了，两个年轻人正好可以练练手，是驴是马拉出来遛遛就知道了。主任先把材料递给杜鹏程，这小子听说是大学文学社团的骨干。杜鹏程有些惶恐，他的手并没有像主任想象中的那样接过来："以前没接触过这类材料，也不知能不能做好？"主任脸上顿显不悦之色，这时陈紫薇的手伸过来："主任，我来试试吧！"主任的脸转阴为晴，将材料交给陈紫薇后，意味深长地看了杜鹏程一眼。杜鹏程一整天如堕冰窖，时时品味那目光的含义。他一贯自谦，哪知在主任眼里变成了偷懒耍滑傲慢不懂事。

陈紫薇自告奋勇干完活儿，交给主任。主任看了看，摇摇头。小女孩勇气可嘉，但行文立意还欠缺火候啊。他把陈紫薇叫进自己办公室里，一二三四五六一口气说了六条修改意见。二十分钟后，陈紫薇头大如斗从主任办公室出来了。主任说了很多很多，有些她根本记不住。陈紫薇很刻苦，她一直修改到快下班了也还没整好。看她一副快要哭出来的模样，杜鹏程凑过去："不然我帮你看看？"陈紫薇犹如抓住了一根救命稻草，一个劲地说谢谢谢谢。第二天，陈紫薇将修改稿交给主任，主任大加赞赏："小陈，不错嘛！进步很快，悟性很高嘛！"陈紫薇倒是个爽快人："主任，我不敢贪功，这是杜鹏程帮我修改的。"主任有些意外，眉毛往上一挑："杜鹏程？"

"是呀，他改的。"

主任道："这小子，倒是有两把刷子。就是不太懂事。"

陈紫薇不敢再多说话，出去了。她高兴地对杜鹏程说："杜哥，晚上我请你吃饭，谢谢你帮我救场，我对主任说了，是你帮我改的稿，主任夸你稿子写得好呢。"

杜鹏程道："举手之劳，就不用请吃饭了。我还得谢谢你帮我在主任面前美言呢。"下班后，杜鹏程心里有些惭愧，他原本想着陈紫薇一定不会说出稿件是他修改的，他还在盘算着如何让主任知道修改稿出自他手，以挽救主任对他的恶劣印象。现在不用了，陈紫薇都说清楚了，倒是自己有些小人之心。事实表明，陈紫薇是一个阳光的人，这是他的幸运所在。其实，杜鹏程也知道自己得学习陈紫薇的为人处事，但他只知理论不懂实践，内心明白，行动上糊涂，跟那只会纸上谈兵的赵括如出一辙。有一次吃饭，杜鹏程自告奋勇要帮主任代酒，主任微笑道："小杜啊，谢谢你，不过彭主任的这杯酒我还是得亲自喝不可。"说着仰脖一饮而尽。杜鹏程讪讪一笑，回到自己座位，只恨不得地下有个洞让他钻。陈紫薇就不一样了，她业务上有些糊涂，但她行动上明白得很。因此，主任在大会小会上经常表扬陈紫薇，不管是公开场合还是私人场合都对陈紫薇赞不绝口，让杜鹏程顿生"既生瑜，何生亮"的感慨。若对手是男子也就罢了，偏偏败在一个娇柔女子的手下，实在是让他百味杂陈。

单位最近正在积极开展第十二届市级文明单位申报考评工作。按照市级文明单位的管理规定，认真研究制定考评细则打分表，对七十五家符合申报条件的单位进行考评，重点考评近两年来各单位在精神文明建设活动中的参与度、单位领导和广大员工对文明创建工作的重视程度，以及在各种活动中取得的创建成果。在对照标准，肯定成绩的同时，指出存在问题与不足，帮助分析找到整改办法，从七十五家单位中筛选出五十三家，提请主任会议审定并通过。创建文明单位实行"四个一票否决"，一是领导班子成员出现严重违纪违法行为，二是社会治安综合治理工作不达标，三是违反计划生育政策，四是发生特大事故或生产经营性重大事故。以上四项若有一项不达标均一票否决。年底了，杜鹏程一看文明单位初评的名单里有市交通局的名字，当场就叫了起来：“市交通局副局长不是偷偷生了二胎吗？这是公开的秘密，一票否决的，干吗还把交通局报上来？”说着拿了红笔把交通局的名字圈了起来，还打了一个叉。科里有四个工作人员，大家听了都没吭声，继续在电脑前忙乎。主任脸上红一阵白一阵，这个愣头青，自己到底是和他属相相冲还是天生气场不和，专门来坏他的事。香州市稍微有头有脸的人都知道交通局局长是他的好兄弟，现在这二愣子这么一嚷嚷，他再也没办法帮兄弟一把。杜鹏程这小子干的是断人财路的事他知不知道！不管哪个单位只要评上了文明单位，单位里每个人年底都可以多发个三四千块钱；没评上，钱袋里马上瘪了一截。这下可好，杜鹏程迅速成为市交通局的新闻人物，人人把他恨了个大窟窿，甚至有人专门跑到文明办来看看杜鹏程到底长什么牛鬼蛇神样。杜鹏程过后才知道这其中的利害关系，一开始他还有些委屈，觉得交通局的人真是不可理喻，他们应该恨自己的副局长违反计划生育导致精神文明单位落空才是，怎么竟然恨到自己头上来呢？真是无厘头。过后杜鹏程才明白，这所谓的文明单位，如果真细究起来，各个单位多多少少都有薄弱的环节，只不过大家都睁一只眼闭一只眼罢了，评选时就看哪家单位报送的书面材料过硬，以及检查时那一天的现场情况。

过后市交通局长有一次和主任一起喝酒，局长说：“听说你手下有个小年轻很不懂事呀，你怎么不把他弄走？”

主任愁眉苦脸：“弄走？弄到哪里去？他又没有犯什么大错误，我还没有那么大的权力把他弄走，只能尽量让他靠边站，减少他坏事的机会。”

局长调笑道：“我看你是没洗手，手气才会这么臭，挑了这么一个人。恭喜你！”听了这话，主任擂了局长一拳：“兄弟，哪天我把这活宝送给你！”局长笑道：“我无福消受啊，还是你自己留着享用吧！”

杜鹏程一战成名，这恶名很难洗脱，导致他今后很长时间都要生活在这阴影之下。杜鹏程想，同事大概都把自己看成奇葩的人啊。奇葩的人到处都有，创建科有一个老科员，每次吃自助餐，看到别人盘子里还有剩余的食物，他就默默地把那些食物扒拢来吃了。这是一种无声的谴责，被谴责的人心里很不爽。什么年代了，又不是三年大饥荒，有这个必要吗。这个老科员干到退休，连个副科也没混上。也有出门自带餐具的，引得人人为之侧目。也许这个老科员就是自己的明天？当埋头苦干的老黄牛遇到陈紫薇这样的做人技术派，实在是一点办法都没有。有的人就是天生讨人喜欢，怎么做人家都喜欢；有的人就是天生讨人嫌，怎么做都让人嫌。

创城一届是三年时间，分管的副市长给主任下了死命令，一定要拿下全国文明卫生城市，全市尽力支持配合，主任有什么需要任由他调兵遣将。主任深感肩上这副担子之沉重，虽说事情办砸了不至于像古时候那样提头来见，但今后仕途一片黑暗那是肯定的。主任只能全力以赴，但谋事在人成事在天，能不能如愿以偿实在难以预料。全国几百个中小城市在一起角逐，进行的又是马拉松长跑，初评已经淘汰一批，香州市很幸运过了初评，能不能跑到最后、笑到最后，既要靠实力，也要靠造化。一般来说，专家下来检查，迎检人员都希望把专家评审员往光鲜亮丽的地方上引，而现在专家往往神出鬼没，下来时不通知，专往旮旯地跑。也是合该有事，这天主任原本陪同专家在市区各地转悠，主任突然肚子疼，大概是急性胃肠炎，主任脸白如纸，豆大的汗珠从脸上掉下来，主任原想坚持陪同的，但眼看确实坚持不住。专家们也坚持让主任赶紧上医院，工作固然要紧，身体却是革命的本钱，千万不要累倒在工作岗位上。主任只好上了医院，如他自己所料，是急性胃肠炎，医生要他住院，主任无论如何不肯，医生先给他开了三天的输液单，说不住院就算了，无论如何也得输三天液。检查组那边等主任一离开，组长就吩咐司机直扑本市郊区的垃圾场，杜鹏程心中暗自着急，想阻止，却又苦于没有良策，此刻他多么盼望主任在场啊，主任在场就能掌控场面，一切的责任都归主任。主任舌若莲花，说不定一番话就能让专家拐个弯去考察别处，可是杜鹏程太嫩了，他没有主任的本事，撒谎忽悠都不是他的擅长，他一说谎就脸红，没有勇气去忽悠专家，只能眼睁睁看着专家直奔垃圾场而去。到了垃圾场，杜鹏程傻眼了，一阵恶臭扑面而来，苍蝇成群乱飞，连杜鹏程这个外行都看不下眼。专家说：“填埋场场底的防渗处理不合标准，没有导流盲沟，渗沥液收集管道狭窄。”眼见专家皱起了眉头，杜鹏程心知事情坏了，自己运气怎么这么背啊！

到了第三天专家反馈，主任顾不得第三瓶药水还没输完，拔了针头直奔会议现场，分管的副市长和相关的十几个中层领导都在。专家先肯定了香州市的大体市容市貌，尔后话锋一转，开始大肆批评垃圾场。副市长面若寒霜，深深地瞪了主任一眼。此时主任犹如芒刺在背，心里恨不得吃了杜鹏程，这个家伙，全然不懂得随机应变，将来这个家伙只有一个死法，那就是笨死。主任真想剥他的皮抽他的筋，幸亏杜鹏程不在会议现场，他没有资格参会。而此时杜鹏程在综合科办公室里惶恐至极，他总觉得尿急，总想往卫生间跑，他知道，最坏的结果一定正在会议室里发生，主任一定恨他入骨，将来一定没有他的好日子过。

专家责令香州市整改，待第三年再来评估。散会后，副市长对主任说：“王主任，你要是干不好，可以让别人来干。”主任诺诺连声：“对不起，市长，这事我负全责。接下来我一定把工作干好。”主任接下来拍胸脯立军令状：所幸还有机会，明年一定把垃圾场整治得像公园，一举夺得全国文明卫生城市的殊荣。副市长语重心长地拍了拍主任的肩膀：“事关香州市的荣誉，不能给香州市抹黑啊。好好干，将功补过，工作要靠成绩说话。”

回到办公室，主任长长地吐出一口气，他强迫自己要深呼吸，否则真有可能吐血。在副市长面前，他肯定不能把责任推到杜鹏程身上，否则只能引起副市长更大的反感，一切责任只能自己扛。该死的胃肠炎，该死的杜鹏程，专门挖坑给他跳，遇到这样的下属真是倒了八辈子血霉啊！主任雷厉风行开会总结经验教训，自我检讨，并鼓动大家从哪里跌倒就从哪里爬起，自始至终没有看杜鹏程一眼，杜鹏程如坐针毡。

从此以后，主任永远把杂七杂八、既累又不出彩的活儿派给杜鹏程，下乡永远有他的分；什么公民道德宣传月这种活儿全由杜鹏程全额包办，杜鹏程满肚子发酵的郁闷与痛苦。一匹千里马如果要让它跑得快的话，它需要一个云展云舒的大草原才能奋蹄疾驰。可要是把千里马和无数匹驽马一起关在逼仄的斗室里，驽马挡住了千里马的去路，而且脚下到处是绊脚石，到处是陷阱，那人们会认为这千里马还不如驽马呢。可悲的千里马，要去哪里寻找一片可以尽情奔跑的大草原呢？主任是不可能给杜鹏程草原的，主任永远派杜鹏程拉磨。下面乡镇报上来的材料与主任的了解有出入，主任就让杜鹏程到下面乡镇重新调查。还有一个乡镇的材料没有按时间报上来，主任大动肝火："连这种小事都干不好，还有什么你能干好的？这个月你的绩效没了。"杜鹏程很尴尬很难堪，但他不敢说啥，马上动身下乡。事后陈紫薇为杜鹏程抱不平，说这算个什么事呢，太平常了，有必要这么大动肝火吗，况且材料收集时间一般都有提前。主任这么认真，说轻点是过分严格，说重点就是故意找碴，简直是侮辱人格。在主任手下干活，杜鹏程真是苦死了。当然，这些话只能在私底下悄悄说，安慰这个和她一起来文明办报到的人。

陈紫薇的安慰相当于杜鹏程的止痛片。要是陈紫薇是一个张牙舞爪的人，杜鹏程的日子将雪上加霜。照道理，两人很有机会发展为恋人才对，杜鹏程完全可能近水楼台先得月。但他们没有。杜鹏程是一个自卑的人，陈紫薇明眸皓齿，身高一米六三，冬天穿的是貂皮大衣，从小在锦衣玉食里长大。杜鹏程身高一米六八，全身打扮加起来不足两百元钱。其实，陈紫薇对杜鹏程挺有好感，但杜鹏程不主动，陈紫薇身边又不乏追求者，人的层次越高，可选择的路就越多元化，刚毕业不到两年，陈紫薇就高高兴兴结了婚，一年后生了个大胖小子，生活就像蜜糖一样。杜鹏程和陈紫薇没有成就好事，反而成了竞争对手。人们常说，男人和女人一旦成为敌人，彼此间的敌意比起男人和男人之间的敌意、女人和女人之间的敌意更可怕。杜鹏程常常想，上天还是眷顾他的，没有让他和陈紫薇成为敌人。在陈紫薇结婚一年后，杜鹏程也结婚生子了。

这天，杜鹏程老婆出差，女儿乐乐发烧了，杜鹏程匆匆带她到诊所拿了药，再把女儿送回家，然后才赶到单位。杜鹏程觉得自己像一根两头烧的蜡烛，照这样下去很快就人走烛灭。他迟到了一个多小时，已经九点多了。主任黑着脸站在办公室门口："小杜，年轻人不要养成爱迟到的坏毛病啊！"

杜鹏程刚说女儿发烧了，正想细说女儿发烧的严重症状，主任打断了他的话："谁家孩子没有个头疼脑热的？要是人人像你，这单位不就像菜市场了吗？爱几点来就几点来！"杜鹏程一口气噎在喉咙口，主任真是只许自己放火，不许别人点灯啊，平日里看他的办公室到九点了门还紧锁着，说是开会去了，要么是在家里睡觉，要么是开完短会趁机下班去了。官大一级压死人，杜鹏程能跟主任平等地展开辩论吗？世事其实都是有弹性的橡皮筋，陈紫薇也迟到过，杜鹏程亲眼见到陈紫薇把一瓣橘子塞进主任嘴里，主任就笑眯眯地吃着橘子回办公室去了。人比人气死人。没有一顶小小的乌纱帽，杜鹏程觉得自己就像一只无壳的蜗牛赤条条任人凌辱。如果说小小的蜗牛壳还可以勉强抵挡一下外界的伤害减轻一点疼痛的话，无壳的蜗牛所承受的疼痛就是双倍的。

杜鹏程只敢晚上在家时发发牢骚，白天上班时理智就回来了。他自觉是戴罪之身，只能拼命工作来赎罪，于是长年累月五加二白加黑，弄得跟老婆都很少照面，夫妻关系越来越冷。

星期天晚上，杜鹏程好不容易整完下星期一早上要急用的综合材料，两眼发黑，已经累成狗。回到家正要换鞋，老婆兴冲冲走过来："快快快，帮我在新发的微信上点个赞，要集五十个赞，集了五十个赞就可以到钟爱一生影楼免费领取一个茶杯，很漂亮哦。"

杜鹏程没好气："你怎么这么爱贪小便宜？商家的活动就是专门来骗你们这些吃饱了撑着的家庭妇女，他们是奔着你的个人信息去的，哪天被骗了，你哭都来不及！"

老婆劈手夺过他的手机就要操作："我就爱占小便宜咋了，闲着也是闲着，你跟钱有仇吗？那茶杯的颜色和款式我很喜欢……”老婆兀自唠叨着，“咦，你开机竟然还要密码！密码是什么？”

杜鹏程今天心里一股无名火，他又将手机从老婆手里夺回来：“你有这个精力不如去多看几本书！”

老婆也火了：“你今天吃错药啦？点个赞会累死你吗？还是你手机里有什么不可告人的秘密？是不是里面有你发给陈紫薇的暧昧短信？”从恋爱到结婚，老婆一直把陈紫薇当假想敌。陈紫薇做梦也没有想到，她已经多次成为杜鹏程夫妻吵架的导火索，要是她知道，一定觉得自己是多么无辜。

眼看战争就要升级，杜鹏程无奈地把手机往老婆手里一塞：“密码是你生日，点吧点吧，你爱点几个赞就点几个。我在办公室烦得头都快炸了，回到家你还要来烦我。”

老婆低头翻看他的短信，冷言相激：“炸就炸吧。”

杜鹏程吃惊地看着老婆，只觉从头到脚全身冰凉。眼前这个谈恋爱时小鸟依人整天围着他嘘寒问暖的女人，什么时候变得这么绝情？老婆在自己眼里面目可憎，大概自己在老婆眼里也是面目狰狞，她才会说出如此绝情的话吧，就像一个口渴的人需要矿泉水对方却给他送来了盐巴。这绝情大概是由一天天对彼此的失望积累起来的吧？婚姻十年双方都有小辫子，比如杜鹏程喝醉酒后不小心打碎了他们的结婚纪念物，比如老婆贪便宜却买到了假货等，对于女儿乐乐的教育问题两人更是吵得不可开交。同样，对生活的失望也是这样一天天积累起来的，直到把人压垮。这狗日的生活，把男男女女的心都磨成了一颗颗石头。

第二天上班，陈紫薇调戏杜鹏程：“小杜，又跟老婆吵架啦？都写在脸上了。”

杜鹏程涨红了脸，掩饰道：“哪有啊？”

陈紫薇好心告诫他：“女人要用来哄的，你多哄哄她，她就开心了。再说了，在单位里你经常把一脸不高兴挂在脸上，同事又不欠你的，你即使心里苦闷，也得装出一张笑脸。”杜鹏程这才意识到自己的一张苦瓜脸多么招人嫌，他对着镜子练笑脸，那笑比哭好不了多少。

也是上天垂怜，第三年评估时，香州市顺利通过了各项评估验收，全国文明卫生城市榜上有名。网上公布名单的那一天，文明办上下欢欣鼓舞，这三年没日没夜累死累活终于有所回报。

主任眉飞色舞："晚上到唐家私房菜聚聚，不醉不归。"

觥筹交错之间，大家都纷纷夸主任领导有方，力挫群雄。

主任笑眯眯地将杯中红酒一饮而尽，放下空酒杯说："这是我们文明办首次大捷，往后全国文明卫生城市每三年评选一次，三年一周期，每年都有硬仗要打，松懈不得啊。"

杜鹏程一听往后每年都要这么折腾，简直绝望得想跳楼。他大口大口地喝着酒，很快就喝醉了，到最后竟然半哭半笑胡言乱语起来。主任嫌他扫兴，让科里两个年轻人把杜鹏程送走，其余人继续留下来狂欢。

陈紫薇很快提了副科，从公民道德科调到了创建科，成了杜鹏程的顶头上司。杜鹏程别提有多别扭了，一个大男人，小女孩指东你就往东，小女孩指西你就往西，简直就是屈辱。虽然陈紫薇小心翼翼地照顾着他的自尊心，杜鹏程的心还是时不时地被触痛。尽管人家让他别喊她科长，叫她紫薇就可以了，他还是恭恭敬敬地喊她科长，人家给你脸，你不能顺着竿儿就往上爬呀。那三年是杜鹏程生命中最黑暗的时光。同学聚会或亲朋好友团聚，总有人对他说，小杜呀，要争取呀，你看人家女孩子都成了你的上司了。杜鹏程心里窝火，嘴上还得谢谢这些人的善意。这世上总有这么一些人，一个个对别人的人生指手画脚，往东也不对，往西也不对，也不知道他们自己的人生是不是就是成功圆满的人生，为什么总是要对别人的人生指指点点。这么多人喜欢反复咀嚼别人的弱点，并从中获得快感，这其实是莫大的残忍。

杜鹏程觉得人真的有运气这种说法，在他人生低谷的时候，他烧个水水壶都会坏掉，摁个开关灯泡都会短路，骑个电动车三天两头就要破胎，什么事只要他一办就会办坏。那天主任派他给宣传部的丁副部长送个材料，到了丁副部长的办公室，门关着。杜鹏程想给丁副部长打电话，手机里又没有存丁副部长的号码，他看见办公室玻璃窗开着，玻璃窗下就是沙发，就将档案袋从玻璃窗伸进去放在沙发上。送完材料回来，临下班时主任追到他办公室来了：“怎么回事？老丁打电话来说材料少了一张？”杜鹏程惶恐起来：“我不知道呀！信封里的材料我没有看，也不敢看，原封不动送去的呀！”主任很生气：“材料是我亲手整的，难道它长翅膀飞了不成？”

杜鹏程无话可说，他知道，如果自己越分辩主任会越生气，主任训了许久，嘴角满是泡沫：“真是成事不足，败事有余！小杜呀，你有没有觉得自己该好好反省一下？”

杜鹏程满脸涨得通红，想马上起立，来个愤然离席，但是屁股刚刚要抬起来，他想到了家中双腿永远沾满泥巴的老父亲，自己能得到这份工作不容易，不能意气用事丢了饭碗。他暗暗掐了掐自己的大腿，告诫自己少安勿躁，嘴巴里连连检讨：“对不起主任，真对不起，怪我没有当面把材料交到丁副部长手里，我做事毛手毛脚的，今后一定改正。”

主任黑着脸：“以后要注意，一件小事都能办砸，叫我今后怎么放心把工作交到你手里？”陈紫薇也在现场，杜鹏程朝她投去哀求与期待的目光。陈紫薇觉得杜鹏程真是让人又可怜又可气，但她不好在主任面前说话，免得主任迁怒于她，她只好假装没读懂杜鹏程目光的含义。

主任吩咐道：“小陈，马上把材料重新打印一份送过去。”

陈紫薇很顺，一去就见到了丁副部长，还跟丁副部长聊了会儿天，然后愉快地下班了。

以后，每逢杜鹏程又把事情搞砸，主任就会说：“送个材料都会出错，还能指望他干啥？”陈紫薇对主任开玩笑道：“猪不会自己学会唱歌。主任你生小杜的气于事无补，要慢慢调教，这样才显得主任您名师出高徒啦！”陈紫薇声音软软的，甜甜的，让人如沐春风，让人有骨头酥酥的舒适。

主任摇头道：“孺子不可教也。我不指望猪会上树！”

杜鹏程在科室里简直暗无天日。这天陈紫薇开始吃苹果，这是她每天雷打不动的功课，据说她那吹弹得破的白嫩皮肤全是苹果的功劳。她已经将声音压到最低，但整个科室都弥漫着红富士苹果的香味。杜鹏程喉结蠕动了几下，咽了咽口水，突然间很想吃苹果。之前，陈紫薇笑眯眯地问他：“小杜，要不要吃苹果。”这是每天例行的问话，答的人都有些烦了，陈紫薇却不烦。杜鹏程摆摆手：“不了，谢谢。”事实上，杜鹏程也确实不爱吃苹果，老婆买回家的苹果他从来没有产生吃的欲望。但现在，在苹果香气的诱惑下，杜鹏程突然觉得很想很想吃一个苹果。陈紫薇用十分钟啃完了那个苹果，将苹果芯丢在垃圾桶里，自言自语道：“哟，垃圾桶满了。”杜鹏程不由自主道：“我去倒。”杜鹏程刚倒了垃圾回来，陈紫薇娇声道：“矿泉水喝完了，我扛不动啊，有劳小杜去扛一桶回来。”杜鹏程就转身往总务处去，顺着陈紫薇的话快步走到了门外，仿佛失去了意志似的。如果这样一切发生在两人刚刚同时分配到科室里的时候，杜鹏程会觉得很快乐，他很乐意为一个人见人爱、我见犹怜的美女效劳，现在陈紫薇身份一变，感觉全变了，觉得自己就像侍候慈禧的李莲英。而这些感觉都无法向老婆诉说，杜鹏程希望在老婆面前残存一点点最后的可怜的尊严。可是，没有身份想拥有自尊，那不可能，那是痛到骨髓里的感觉。

在办公室里已经受够了气，回到家里老婆还要冷言冷语煽风点火。一个男人镇不住女人真是悲哀呀！要是自己有个位子有顶帽子，家里后院的火自然就熄掉了。压抑了大半年，杜鹏程学会了喝酒。买不起好酒，就买一斤几块钱的米酒，配点花生米。有一次他从旧货市场上淘到了一个锡制的酒壶，很高兴，带了回来。老婆一看到那个酒壶就火大，扬手就从三楼扔了下去，幸亏没有砸到人。杜鹏程只觉全身的血和酒全都涌到头上，恨不得打人，但想想自己的不是，也就忍住了。他默默跑到楼下把酒壶捡回来，好在酒壶是锡的，没摔烂。杜鹏程重新打了酒，借着夜色的掩护在小区黑暗无人处随便找了个地方坐了，半斤米酒喝完，微醺，天空中飘起了雨丝，杜鹏程摇摇晃晃回家。掏出钥匙伸进锁眼里，门却打不开，老婆从里面把门反锁了。杜鹏程拍门，一开始不敢用力拍，只是轻轻拍，后来火上来了，就嘭嘭嘭用力拍打，里面悄无声息。杜鹏程火起，也顾不得丢人现眼，用力用脚一踹，大声嚷道：“你再不开门，我就去睡别的女人你信不信？”

门吱呀一声开了，老婆开了门就返身往卧室里走，肩膀一抽一抽的，将被子盖住脸，抽抽噎噎的声音从被子下传来。杜鹏程愣愣怔怔站着，老婆终于忍不住了，在被子底下放声大哭。杜鹏程拉开被子想劝慰老婆，哪知老婆腾地一下坐起来，拿了箱子收拾衣服准备回娘家。外面雨越下越大，杜鹏程心知不能让老婆走出这个家门，否则后果很严重，他死死拽住老婆，自己用背顶住门，老婆拉扯不开，气得又往卧室走，拿起手机给父母打电话。等岳父岳母赶来时夜已深了，杜鹏程看到门外岳父岳母满头满身的雨水，只觉自己不是个男人。做男人做到这种程度，羞也羞死了。

杜鹏程被拘在这个科室里，活活憋死了也逃不出去，好像生活在四周遍布皑皑白雪的冰原上。惨啊！有时杜鹏程恶意地想，要是当初自己勇敢地追求陈紫薇，并且娶得美人归呢？他马上否定了自己，这不可能。懦弱的乡下蛤蟆，就老老实实待在井里吧，连做梦也不配。老婆整天抱怨穷，买不起漂亮衣服，不能去瑞典度假，杜鹏程很想对她说，所有能说出来的苦都不算苦，只有像他这种说不出的苦才是真正痛到骨髓的苦痛。陈紫薇的貂皮大衣一直在杜鹏程眼前晃来晃去，杜鹏程想，千万不能让老婆看到陈紫薇的穿着，不然老婆绝对会唠叨上几年，老婆为了节约点菜钱，经常将菜市场的大部分摊点反反复复逛个遍，回来会高兴个老半天。凭良心说，老婆除了嘴碎，还真没什么坏毛病，很顾家，基本上等于免费保姆。就像井里的一只青蛙，很用心地经营着井里的一番小天地。杜鹏程有时甚至会感到恐惧，如果哪一天老婆跳出井外，发现另外一个跟井里完全不同的一个世界，那他的家庭大概会发生十二级地震吧。

那次大吵之后，夫妻俩陷入长时间的冷战。偏偏女儿又被同学欺负了，同学见乐乐的铅笔盒漂亮，抢了她的铅笔盒，拉扯之中乐乐咬了同学手腕一口，同学揣了乐乐好几拳，手指甲还在乐乐脸上抓破了一个口子。那孩子是个官二代，老师竟然批评乐乐太野蛮，怎么能咬人？看着乐乐脸上的伤口，也不知今后会不会落下疤痕，老婆心疼得直掉眼泪，既恨那同学太霸道，又恨老公不争气。老婆急火攻心：“杜鹏程，你要是有个一官半职，你女儿何至于被人欺负到这般模样？”

杜鹏程被老婆逼急了：“一年就只有一次提拔机会，你难道要我现在马上到组织部长那里申请提拔？”

老婆冷笑：“别装得可怜兮兮的，衬得我像个母夜叉。人生能有几年？你每年都把机会错过，一眨眼就白头了！”

“反正今年是没指望了，我再怎么样也达不到你的要求。实在不行，总还有一个死吧？跳楼也行，上吊也行，安眠药也不错，漳江也没盖子。”杜鹏程急红了眼。

老婆听了不禁色变，抓住他的胳膊：“你倒好，你一个人清静了，那我和女儿怎么办？也跟着你去跳江不成？”

夫妻俩犹如困兽，杜鹏程颓然摸了摸老婆的头发：“你放心好了，我不会去死的，我会为你和孩子负责。”

老婆又哭又笑：“谁稀罕你？”却还是转身做饭去了，眼泪含在眼眶里。贫贱夫妻百事哀呀。晚饭有杜鹏程爱吃的鲈鱼。

杜鹏程想不通，老婆以前多风花雪月的一个人呀，如今变得俗之又俗。时间残忍地把一个女人改变成这番模样。她一定忘记了，两人都曾经读过荷尔德林的著作，同时向往过诗意地栖居于大地呢。老婆一边蒸鱼一边想，一个人成家了，如果还没有意识到对家庭的责任，这是一种极大的犯罪。在老婆眼里，杜鹏程就是在对这个家犯罪。有了责任感，这才是真正的成人礼。一个成了家的男人怎么可以像单身汉一样为人处事呢？

家里的空气一直很不好。杜鹏程就找借口到外面透透气：“晚上主任叫我加班写个材料。”主任能让他写材料是看得起他，老婆很高兴地答应了。杜鹏程骑上电动车，满城乱逛。根本没有什么材料好加班，他必须这么说，不然他出不来。本来逛街是一件愉悦的事，杜鹏程却越转越沉重，一个男人在老婆面前抬不起头来，这是他灵魂深处最沉重的痛。冷风一吹，他打了个喷嚏，心想干脆回家算了，但又怕老婆起疑心，加班怎么这么快就回来了？要是让老婆知道他撒谎，那还不把他吃了？杜鹏程想着不然请个老同学什么的出来喝喝茶，但喝茶又要聊什么呢？他不愿意把内心的痛展览给别人看。况且，这年头有几个真活得痛快的？人人都有自己的烦心事，他想把心里的垃圾倒给别人，说不定别人还想把一大堆苦水倒给他呢。想来想去，杜鹏程还是打消了请朋友一起喝茶的念头。这时他头皮上一阵凉，原来是下起了雨。杜鹏程随意拐进一家超市，愣怔怔地看着雨水从超市宽大的玻璃窗上蜿蜒着往下流，形成各种各样抽象的图案。杜鹏程毫无目的地在各个货架之间瞎转悠，直到雨小了才回家。

回家之后，老婆殷勤地问："饿了吧？加班挺辛苦的，我给你下碗面吧。"

杜鹏程道："不敢劳驾，洗洗睡吧。"

老婆说："讨好你一下都不让？"硬是做了一碗面给他，趁着做面的空隙她一边唠叨："今天到菜市场买鱼，原想买桂花鱼，但鱼肚子黄得吓人，而且滚圆滚圆的，也不知吃了多少避孕药，后来我找到一个鲈鱼摊……"

老婆说话语速很快，杜鹏程听了几分钟就头晕。杜鹏程头痛欲裂，他对老婆说："说重点。"

但是对老婆而言，所有的都是重点。"明天我出差，你要记得早点起来去菜市场买菜。记住，女儿每天都要一条鱼的，不能少。"

杜鹏程绝望地呻吟了一声，不知老婆何时才能安静下来。他此时已像在火上烧了太久的高压锅，再烧下去就要爆炸了。如果老婆什么时候能学会察言观色，懂得选择说话的时间和地点，那就真是尽善尽美了。可惜女人好像都没有什么大脑，不知道自己说得太多太长，而且说话的方式也不对。每当对老婆的聒噪绝望的时候，杜鹏程就会想起陈紫薇。不知陈紫薇在家里会不会这样聒噪呢？

吃着碗里卧着的两个蛋，杜鹏程深感自己是一个不可饶恕的罪犯。他的胸口又痛起来，最近总觉得胸口痛，只要一郁闷，就觉得胸闷，喘不过气来，那胸口的那点疼仿佛会游走，一会儿在左边，一会儿在右边，他不知道自己得了什么病。如果知道是什么确切的病倒好了，就是不知道是哪里的炎症，反正内脏里就是有把火。办公室政治不好玩，没有什么头脑和智慧的人还是趁早避开为好，否则一不小心就会被挤压成齑粉。主任已经形成了对他的偏见，偏偏主任又是个大嘴巴，不管是会议上还是酒桌上，提到杜鹏程，主任就会摇摇头："年轻人，欠历练啊。"所谓的欠历练其实就是不懂事。这个"不懂事"就像黑膏药贴在杜鹏程身上，一贴就是三四年。主任到处散播不利于杜鹏程的言论，杜鹏程觉得自己已经走投无路。他想过调动，但调到新单位又能如何呢？只要黑膏药不撕下来，就没有哪个领导敢用他。

杜鹏程在单位越来越沉默了，他好像一开口就会说错话，只好让自己不说话。有时想破罐子破摔，一想到老父亲和老婆的期待，只好勉强打起精神继续当老黄牛。

命运也许是个爱开玩笑的老头。陈紫薇察觉到杜鹏程的难堪，为杜鹏程争取了个联络组长的名号。得知杜鹏程的"任命"后，不少人暗中窃笑，说他是官迷心窍，病急乱投医，一个芝麻大的联络组长就把他给迷住了，老科员当面揶揄杜鹏程，说他是官瘾大，宁做鸡头，不做凤尾。杜鹏程只是笑笑，不解释也不分辩。有了这个联络组长的头衔，目的是聊以遮羞。之前是寸缕不挂，所有人的目光都可以随意在他身上各个角落流连，实在是可怕。有了这个遮羞布，心情轻松了许多，抬头看天不再处处是阴霾，甚至偶尔有灿烂的烟花。又如喝了好茶，底蕴幽深，荡气回肠。杜鹏程甚至想，这辈子有这顶小帽子，他就很知足了。就像一个饥饿许久的人，给他一块豆腐他就知足了，根本不敢去妄想红烧肉，更不用提满汉全席。

后来，陈紫薇升了科长，力荐杜鹏程当了副科长，陈紫薇也有自己的打算，杜鹏程写材料写得扎实，是个得力的助手，有了这样的左膀右臂，自己这个上级主持起工作会轻松很多。虽然主任对杜鹏程很不感冒，毕竟主任不能一手遮天。至于主管文明办的宣传部那头，一个副科无足轻重，给谁当都一样。况且主任年纪大了，也不想毁一个人的前程，虽然心里不痛快，但杜鹏程近年来的表现主任也看在眼里，得饶人处且饶人，所以，当陈紫薇像个大姐姐一样带着杜鹏程提着烟酒上主任家时，主任给陈紫薇泡了茶，难得也顺带为杜鹏程泡了一杯。两人坐了近一个小时才告辞，基本上是陈紫薇在耍嘴皮子，杜鹏程在一旁赔笑。等两人走后，主任看了那烟酒一眼，嘴里轻哼一声，当作一个屁一样把杜鹏程放了。就这样，杜鹏程侥幸当上了副科长。杜鹏程很感激陈紫薇，当联络组长时，那是无意义的瞎忙，整天在乡间小路奔波来奔波去，那样的生活让杜鹏程痛心。现在任了副科长，分量陡然加重，不再轻如鸿毛，总算找到一点做人的尊严。为了报答陈紫薇，杜鹏程像一头牛一样任劳任怨。如果在他还是个小科员的时候，杜鹏程会经常在心底问十万个为什么，为什么有的人永远是老黄牛的角色，有的人永远是主人的角色，可以躲在树荫下喝茶，还远远地吆喝一下。杜鹏程差点被这天上掉下来的馅饼砸晕了，之前他一直很绝望，以为这顶副科的帽子是别人的，因为科里三年前又考进来两个小伙子，其中的小朱能说会道，只要他一在，科室里就充满快活的气氛。眼前的小朱，就像一头怀揣野心的豹子，全身毛发光发亮，脚下是年轻垫起来的基石，有着拔山盖世的力气。那次陈紫薇元旦和老公自驾游，偶遇小朱带着他的女朋友，小朱抢着埋单，一路服务得很周到。半年后，小朱结婚了，新娘却不是原来的那个女朋友，听说是哪个小领导的女儿。这次陈紫薇在主任面前推荐副科长人选，却不是推荐小朱，而是推荐杜鹏程，让小朱大跌眼镜。陈紫薇干部家庭出身，看惯了周围的笑脸，她也挺喜欢小朱，小朱为人活络，会来事，擅长公关，遇上出差小朱是最理想的人选。但是，小朱把旧女友一脚踹掉的行为让陈紫薇很不感冒，今天他可以踹掉旧女友，明天他也许会踹掉老上级。再者，小朱的业务能力明显不如杜鹏程，而她的科室需要业务成绩来说话，衡量来衡量去，她推荐了杜鹏程。

杜鹏程提了副科后，小朱明显受到了打击。小朱努力在陈紫薇面前保持笑脸，但如果杜鹏程喊他做事，就难了。他在心里暗怪杜鹏程坏了他的好事。杜鹏程叫他做事时，他也不推，但交上来的材料明显是敷衍了事，杜鹏程要是说他，他就嘻嘻笑：“杜副，我就这水平，我要好好向杜副学习。”杜鹏程长叹一声，只好自己加班重来。当一个人跟你蓄意对抗的时候，杜鹏程永远没办法，就像他搞不定自己的老婆一样。

这小子一看到有活儿了，就像穿上旱冰鞋一样，能溜多远是多远，杜鹏程哪里捉得住他。

和小朱一起来的小孙家在农村，是个实在人。看到小孙，杜鹏程就好像看到自己当年的影子，命运的轮回真是惊人的相似。小孙总把事搞砸。杜鹏程皱了皱眉头，这孩子，怎么死的都不知道，其实就是笨死的。回想起自己在老主任手下熬过的那些日子，杜鹏程想，这世间其实基本上没有什么大恶人，只有与你对味的朋友和与你不对味的人。慢慢磨吧，棱角被磨的时候必然会锥心的疼痛，但没有锥心的疼痛人就不会改变自己。回首自己在文明办的多年光阴，以悲剧开场，好歹有悲有喜，命运待他不薄，不至于以悲剧收场。至于小孙命运如何，那完全得看他的悟性与造化。杜鹏程扔了一个材料给小孙，让他明早交上来。

科里的人按时下班了，小孙埋头赶材料，一抬头，发现外面天已渐渐黑了，小孙揉了揉酸痛的脊梁骨。小朱从门外闯进来，一把拉起他就往外走："你这傻子！有什么材料这么重要，非得连夜赶出来不可？领导都怕误事，往往把事情说得火烧眉毛，实际上都留有余地。这事我见得多了。"

小孙试图定住身形："真的很急呀，没完成会挨批的，你就饶了我吧，改天我再陪你嗨。"小朱不由分说要关他的电脑，小孙叫起来："我保存一下文档呀！"抢过鼠标摁了保存键。小朱啪地关掉了电脑："走吧走吧，你累死在办公室里也没人知道。明天你就对杜副说你感冒了，天旋地转的。杜副也奈何不了你。要是过不了关，你喊我一下，我来帮你救场。"

十几年下来，杜鹏程和陈紫薇都熬成了副主任，四十岁的陈紫薇还年轻如少女，而杜鹏程却已经略显老态了，同样苍老的是他那颗心，被这个世界蹂躏了几千遍。两人自从同时报到那天起，在文明办一待就是十几年，从办事员、科员、副科、正科到副主任，每次都是陈紫薇比他早一个节拍。陈紫薇升副主任的时候，杜鹏程恳求陈紫薇帮他说说话。陈紫薇道："我当然会说话，不过我的话分量不一定够啊！"这就是陈紫薇的厚道处，杜鹏程知道这是陈紫薇的自谦之词，她的话还是很有分量的。等如愿以偿坐上副主任的位置后，杜鹏程对陈紫薇的感激又多了好几分。走到这个关节点，杜鹏程心里长长地吁出了一口气，就像在马拉松赛跑中终于赶上了前面的那名选手。这一路紧赶慢赶，终于可以平起平坐了。凭良心说话，每次杜鹏程的提拔，陈紫薇都是出了大力的，她一直在领导面前大力举荐杜鹏程的业务能力，说不能让老实人吃亏。对于这一点，杜鹏程是非常感激的，只能以更加卖力的工作来回报陈紫薇，很多陈紫薇要做的材料都是他一手帮忙做成的。陈紫薇做事有些拖拉，每次杜鹏程都替她着急。杜鹏程是个急性子，最怕遇上慢吞吞的人。虽然平起平坐了，陈紫薇毕竟比他老资格了两年，分管的科室也比他重要，杜鹏程也认了。能有今天的结果，他已经很满意了。一个农家子弟赤手空拳奋斗到今天，跟得天独厚的官二代平起平坐，他应该念一声阿弥陀佛了，人不应该过于贪婪。只是，杜鹏程想不通，人到底应该为自己而活还是为别人而活？其实，当个普通科员挺好，无官一身轻，下了班回家就是自由的天地。可是头上没有一顶小乌纱帽，别人看你的目光都是轻的，连老父亲也给他压力，盼着他有出息。自从有了一顶小乌纱以后，杜鹏程应酬多了起来，工资经常入不敷出，却又不敢跟老婆声张，苦不堪言。就像一个猎人子弹上膛，举枪瞄准空中飞翔的鸟儿，没打中觉得遗憾，打中了觉得悲哀，也不知道哪个更糟糕。

杜鹏程一直很羡慕陈紫薇，觉得陈紫薇是个命好的人，就好像唐僧只负责吃斋念佛，自有孙悟空为他斩妖除魔。女儿乐乐曾经问杜鹏程：“爸爸，如来佛本事那么大，他怎么没有当上玉帝呢？”是啊，如来佛怎么没有当上玉帝呢，杜鹏程也不知道为什么，也许这是天地间一种天然的秩序，谁也改变不了。乐乐读了《三国演义》又问：“刘备只会哭，诸葛亮上知天文下晓地理，为什么不自己当皇帝呢？”也许这里有血统论，也许诸葛亮有自己的弱点，他太过于谨慎。总之，杜鹏程羡慕陈紫薇。但他不知道，陈紫薇也有吃瘪的时候。政府大院里有十五个去美国考察的名额，扣除市长等人，还有一个名额，是要给文明办的。主任最近身体不好，他本想推荐陈紫薇去，陈紫薇也以为加入这个考察团应该没有什么问题，哪知最后是宣传部的另一个女副部长去了。女副部长妖娆妩媚能歌善舞，是出差之时最好的调剂。领导有领导的考虑，人生在世，不要活得太紧张，该放松时就得放松，陈紫薇姿色不逊于那个女副部长，但陈紫薇的老爸是退了休的陈副厅长，兔子不吃窝边草，免得惹上一身骚。陈紫薇表面上微笑，内心却有些失落。去美国她并不稀罕，她自己掏钱去个十趟八趟都去得起，但公费和自费感觉大不一样，况且是和市里的大人物一起出行。陈紫薇对老公说："今年我们去美国吧。"

老公有些诧异："你原本不是说要去日本吗？你不是说不喜欢美国吗，怎么突然想去美国了？"

陈紫薇嘟着嘴说了事情的原委，老公笑了："别孩子气了，等你到了美国你会失望的。我今年年假可能泡汤了，单位里事情特别多，下次我再陪你去好不好？"

陈紫薇很扫兴："算了，不去拉倒，不稀罕你。你不陪我去，我找个帅哥陪我去。"老公把削好的苹果递给她："帅哥咱家就有现成的一个，你带儿子去吧。"陈紫薇叫起来："饶了我吧，涛涛到处乱跑，美国人生地不熟的，我哪看得住他？"

次日，文明办来了个镇长，跟陈紫薇谈道德模范评选的事。文明办最近正在忙全市道德模范评选推荐工作，收回推荐材料八十多份，经组织考察、集中评审、电视公示，确定了五类十名候选人参加全市评选。这个镇长原以为自己会榜上有名，结果落选，就跑到文明办来打听情况。陈紫薇应对大方得体，镇长满面春风走了。杜鹏程道："陈副，你真是了不起的女中豪杰啊！要是我来接待这个镇长，他不跟我拉锯个一上午那是誓不罢休的。"杜鹏程发现，现在自己拍起马屁随口就来，也不脸红。回想起刚毕业的时候，他一直坚持，假如这个世界上太多聪明人，那这个世界不知有多可怕？这个世界还是需要有老实人，如果没有老实人，到处都是人精，每个人都会活得更累。

陈紫薇叹道：“什么女中豪杰！我吃瘪的时候你没看到呢。”陈紫薇半真半假地说。人家女副部长都已经从美国考察回来了，那郁闷的一页已经掀过去了。

如今眼见老主任就要退居二线，照道理，应该由陈紫薇接任主任。可是，杜鹏程心里蠢蠢欲动，他不是圣人——凭什么都是陈紫薇走在他前面呢？这几年下来他多少也积攒了一些人脉，心里盘算着是不是到几个领导跟前活动活动。但是，杜鹏程内心一直在挣扎，可以说，陈紫薇是他的恩人，没有陈紫薇，就没有他的今天，他怎么可以以怨报德呢？

这一场不见硝烟的主任之争颇富有戏剧性。戏剧的开始缘于一年一度的体检，文明办体检定在星期三。每个人都惴惴不安。文明办这几年有一个魔咒，每年体检都检出一个癌症，大前年是一个胰腺癌的，前年是膀胱癌，去年是肺癌，也不知今年会出什么夭娥子，那把达摩克利斯之剑也不知会掉在谁的头上。据说是文明办新建的办公楼风水不好，也曾私底下请风水师做了法事，却还是于事无补。陈紫薇头皮发麻，只觉头上寒光闪闪冷气飕飕，前几年都幸运地逃脱了，每一年都会这么幸运吗？

市医院是定点医院，走廊上人来人往，医生护士正在紧张的工作中，浓浓的消毒药水味呛入鼻腔。穿过一段昏暗的走廊，透过惨白的灯光，才能勉强看清楚里面的环境，偶尔传来几声凄厉的惨叫。在这里，所有的财富、地位、权势似乎都变得微不足道，所有的希望都来自嗞嗞作响的打印机打出的一张张检查单，生命就随着打印纸的移动延续或停止。因为要验肝功能，陈紫薇空腹，她平时有些低血糖，此时感到一阵阵眩晕。科里几个人都来了，手里拿着医生开的检查单子，彼此点点头，没人开口，表情都有些肃穆。小朱想勉强开个玩笑，喉咙蠕动了下，终于还是沉默了。

陈紫薇躺在CT室里，身上突然一阵发冷，好像从哪个角落里吹来一股阴冷的风，无端的恐惧突然攫住了她的心。

拿到体检报告时，陈紫薇眼前一黑，她差点叫起来，硬生生把惊叫堵回喉咙里。只觉双脚软如棉花，她及时扶住了墙壁，另一只手紧紧抓着蓝色封面的体检报告，生怕被别人看见，此时她最盼望的就是不要让科室里的人看见。偏偏小朱此时经过，见她脸白如纸，关切问道："头儿，你没事吧？"陈紫薇摇摇头，勉强说："没事，你先走吧。"

陈紫薇没有勇气去找医生询问病情，哆哆嗦嗦回到家，鞋子也没脱，就窝在沙发里。老公下班回来见状，问道："怎么啦？"陈紫薇哇地哭开了："老公，完啦，这次轮到我啦！是不是我得到太多了，老天爷惩罚我？"老公不大相信，惊疑不定地看完报告，又看了看报告封面的名字，没错，就是陈紫薇。再翻到体检结论，白纸黑字，他的眼睛没看错。老公抱紧陈紫薇的肩膀："老婆，我觉得这是误诊，明天我就带你去复查。之前没听过你说哪里不舒服呀，怎么可能就得了病？"

陈紫薇道："我也不想相信，可是白纸黑字写在那里，这可是权威的市医院呀。我们单位前几年那些病人，都是之前没什么知觉，一查出来就晚了，就来不及了。"

老公道："别怕。我看你面色红润，哪像个生病的模样？再权威的医院也有弄错的时候，咱们明天就请假上北京复查去。"

第二天一早，单位所有人都知道陈紫薇生病了，请了病假要上北京复查。机关里的消息总是传得比流星雨还快。杜鹏程有时想，应该去好好研究一下机关传播学，传播的渠道、途径与方式。每个人在传播链条中再添油加醋一番，陈紫薇俨然只剩下几个月的时间了。

本来单位这两天就要公示陈紫薇的主任任命，这下踌躇了，为难了，陈紫薇要真是病了，把单位的担子压给一个病人明显不合适，但若撤销了，又是对病人的一个打击。领导开会碰头，决定等复查结果出来再做决定。

陈紫薇病了，这对杜鹏程来说是个好消息，这样他就可以不战而胜了，他可以白白捡个大便宜。但是杜鹏程感觉很不好，他宁愿公平竞争，以一个弱女子的病情作为自己升官的阶梯，未免太过于卑鄙和残忍。他发自内心地希望陈紫薇好起来，还特地给陈紫薇打了电话，希望她快点复查回来工作。

陈紫薇夫妻俩在机场候机。陈紫薇一直依偎在老公怀里："老公，之前我觉得这个主任的位置挺重要的，文明办不是要害部门，历届的主任基本都是干到头再也没有提拔过的。我想着，要是这次是杜鹏程上了，他跟我同岁，那我一辈子都没指望了，因此我这阵子老是铆着一股劲儿。现在看来，主任这顶帽子跟轻烟一般轻了。最近只忙着工作，都没有时间陪你，都是我不好。"

老公摸摸她的头："你要有信心，不要自己先把自己吓坏了。"她老公心里其实也很怕，万一老婆倒下了，生活的重任都压在自己肩上，岂能不怕，只不过作为男人他得故作坚强。

陈紫薇道："要是我的病治不了，涛儿就没有妈妈了。"说着说着眼圈就红了。

老公紧握住她的手："你不要胡思乱想，先到北京看看医生怎么说，我都跟北京的医生联系好了。"

陈紫薇将头往老公肩上靠了靠："老公，要是我死了，你会不会又娶别的女人呢？小区里那个老陈刚死了老婆，三个月后马上又娶了别的女人。你们男人真是没有良心呀！"陈紫薇越想越伤心，忍不住呜咽起来。

老公亲了亲她的额头："你要好好的呀，不然我要是娶了二房，死了以后三个人要怎么挤呀。"陈紫薇又哭又笑："你这个坏蛋！"她拿拳头擂他的胸脯。

北京的医生看了看从市医院带来的核磁共振片，稍微皱了皱眉头："肺部有阴影。"陈紫薇只觉一颗心悬在半空中。当下立即重新做了胸部的核磁共振，请专家一起会诊。医生叽里呱啦地说着专业术语，又问陈紫薇："你这几个月来有没有感觉胸部不适？"

"偶尔会疼，自从看了体检报告以后，老觉得胸口痛。"

“心理反应也会这样。”那个满头白发的老医生安慰她道。

会诊的结果是误诊，肺部虽有阴影，但不是让人谈之色变的绝症。开点药吃，过三个月后再来复诊。

从医院出来，陈紫薇觉得天从来没有这样蓝过，每一朵鲜花都特别美，每个行人的背影都是那么优雅，连空气都是甜丝丝的。她拉着老公去吃大餐，老公笑道：“以后要好好爱惜自己哦，不要给我娶二房的机会哦。”

陈紫薇轻轻揪了揪老公的耳朵：“你敢？放心，我永远不会给你这个机会的。”两人去了购物广场，一进门是一架直达四层的扶梯，上上下下的人很多，夫妻俩溜达了一圈，四层和六层都是美食，各种品牌餐厅，大大小小的都坐满了人，大部分貌似都是来北京旅游的外地游客。陈紫薇点了哈尼泡芙吃，吃完后去买了两件大衣，一双靴子，老公看中了一对情侣表，又给陈紫薇买了一个鳄鱼皮包，刷卡刷了五万多元。提着大包小包回到北京饭店，两人都很高兴，本来，卡里准备了七八十万来看病的，现在没病了，花个五万多元庆祝还真算不上奢侈，两人都是高干子弟，又有父母亲的大力支持，每年都要去欧洲或者美洲旅游一趟，之前旅游版图已囊括马尔代夫、澳大利亚、加拿大、瑞士、美国、日本等地，受此惊吓之后，夫妻俩更是计划在老去之前足迹要遍布全世界。手机叮地响了一声，是短信提示：“静候你平安归来。杜鹏程。”陈紫薇心中一阵暖。被误诊时犹如在地狱，而今终于回到了人间。又犹如终于熬过了严冬，迎来了万紫千红的春天。

陈紫薇高高兴兴地回到文明办上班，她的主任任命很快就公示了，七天后很顺利地走马上任，中间的误诊只是命运对她开的一个玩笑。杜鹏程打心眼里为陈紫薇感到高兴，当然，心里还是有一丝丝的酸楚。有些人，永远是命运的宠儿，别人苦心追求的东西，这些命运的宠儿总是能轻而易举地得到。杜鹏程不知道自己这辈子是不是就此熬到退休，既然命运如此安排，那只能接受，别无他法。想到这里，他弯腰拎起陈紫薇的包，今天，她将带着他一起出差，拎包任务责无旁贷。他们要去的那个城市市郊有十里桃花盛开，公务之余准备顺便去赏桃花。陈紫薇也喜欢桃花。在陈紫薇眼里，那是十里桃花笑在春风里；可惜在杜鹏程眼里，则是流水落花春去也，意兴阑珊。这一辈子活得泥一般辛苦，终究是辜负了那片桃花。

哥俩好

“顺子，在家吗？”

电话中的声音透着迟疑。李顺对大哥声音中的迟疑感到稍许的满意，大哥终于知道他的小弟是忙的，电话是不能乱打的，上门是要提前说一声的，免得撞见不该撞见的人。在此之前，大哥拎起电话那可是随时随地不管不顾的，即使李顺正在开会把他的电话摁掉，他还是执着地打进来，一而再再而三锲而不舍，直到李顺皱着眉头对与会的人说一声抱歉强压内心的怒火紧捂着手机离开会场，大哥就在电话里滔滔不绝起来：“村里的阿伟房子被强拆了，他要上访，你认识信访局局长吗？”每每这时，李顺就开始气恨死去的姆妈：妈，你怎么给我生了这样一个大哥？！大哥为什么就不明白，权力资源是不可滥用的？宝贵的关系要放在万不得已的情况下才使用，平时尽量不用，好钢要放在刀刃上。即使李顺真认识信访局局长，最多也就帮帮大哥，哪里还帮得上村里的阿伟阿杰阿猫阿狗？

这样的事情发生得太多，李顺连大哥的事都懒得搭理了。现在，大哥终于稍微懂事点了，大哥是用了几年的时间才明白这些说不清道不明的道理的？不管怎样，大哥的变化还是让李顺感到高兴。李顺没有说自己在不在家，懒洋洋地问：“有什么事吗？”

大哥说：“是我自己的一点小事。”声音可怜兮兮的。大哥也不知道自己是从什么时候开始变得懂事的。一开始，村里人都跟他说：“你有个当局长的亲兄弟，万事不愁哇！”大哥脸上的笑像水波一层一层荡漾开来：“那是，那是，来，抽根烟。你要是有啥事，跟我吭一声就行了。”大哥一拍胸脯，大包大揽。媳妇北葱小声嘀咕道：“兄弟俩各活各的，旁人还以为我们沾了小叔子多大的光呢！一个在城里，一个在乡下，一个在天上，一个在地下，还真是够不着。”大哥火了，转头朝媳妇嚷嚷：“你没吃过人家的螃蟹？没吃过人家的虾？我看你是吃了屎！”北葱回嘴道：“那也是他们吃剩的。他们不给我们也要扔垃圾箱，只是做个顺水人情。”大哥变脸道：“人家干吗不送别人送给你？以后我叫顺子把螃蟹扔垃圾箱好啦！”

一开始，接受小叔子家东西的时候，北葱是欢天喜地的，要不是有小叔子，她这辈子恐怕没有机会吃上这些好东西。慢慢地，北葱也就麻木了，觉得是理所当然的事。那些膏满肠肥的螃蟹，如果小叔子不送给他们，最后只能发臭烂掉，小叔子把螃蟹送给他们只不过是做顺水人情，因为螃蟹小叔子是不敢吃的，小叔子有三高；他老婆物美也是不吃的，怕胖。那些樱桃，如果小叔子不送给他们，最后也只能长毛，整箱拿去扔掉。所以，北葱吃起这些好东西来心安理得，竟然也学会挑三拣四了：哟，这次的樱桃不大新鲜，有些都开始烂了。哟，这次的螃蟹个子比上次小。哟，小叔子怎么有一段时间没送给咱们东西了？

这几年来，大哥家虽吃了顺子不少好东西，但大哥没有白吃。大哥简直成了顺子家的勤杂工。家里电灯坏了，大哥拿起电笔鼓捣几下就好。水龙头漏水了，大哥用螺丝刀拧几下，水龙头马上不漏水了。这些说起来都是小事，但搞不好就会变成大事。就说那厨房的灯坏了好几天，那天晚上物美想煮面条，切肉的时候就差点切到了手指。顺子整天不着家，淹没在文山会海里，远水解不了近火，如果让顺子打电话请人来帮忙，又得欠下一笔人情。物美知道，顺子是最怕欠人人情的，中国的人情是一笔沉重的债，让人无法解脱。于是，大哥就派上了大用场，随叫随到。反正是自家人，肉烂在自家锅里。大哥每次来，都会带来一麻袋的地瓜，那是特意为顺子种的。顺子爱吃地瓜，因此大哥留了五分地，专门为顺子种了地瓜。还有地瓜粉，做粉肉汤特别香，那滋味是市场上买回来的地瓜粉远远比不上的。顺子不知道，这地瓜粉得来还是挺麻烦的。大哥先把洗净的红薯倒进缸内，再倒些水，接着把红薯加工成糊状，红薯糊不要太细，细了不好过粉。过粉这个过程最讲究，先把箩放在大缸上面，缸口要大于箩，缸上面放两根棍子，把箩架在棍子上，然后把红薯糊倒进去，第一遍可以用浆满过红薯糊即可，浆就是磨红薯粉后撇出来的浑水，有酸味，可以帮助粉汁发酵。第二遍、第三遍用水，把水律干后倒掉渣开始另一箩的过粉，直到把糊过完。全部过完后，用棍子把过的汁搅一搅，让它们一齐沉淀，最后把粉拿到大太阳底下去晒。晒粉时最怕下雨，淋了雨的粉就不好了，有一年粉淋了雨，大哥只好重新来过，又从地窖里拿了些地瓜重新加工。送到顺子家的时候，物美说："今年怎么迟了？前天要做粉肉都没粉用了。"大哥本想说之前的粉被淋了，这次送来的是重做的，但不知为什么，话竟然没有说出来，顺子招呼着吃饭，事情也就过去了。顺子把红烧肉放到大哥面前，大哥看了他一眼，意思是谢了。其实是顺子不爱吃红烧肉。这些年，顺子胖了，大哥很瘦，在瘦瘦的大哥面前，顺子胖得有些罪恶感。饭桌上，大哥砖头似地沉默着，而顺子滔滔不绝，看起来反而像是老大。

物美最喜欢的是北葱做的梅菜干，做梅菜扣肉特别香。那年北葱手痛，歇了一年没做，物美念叨了一年，盼了一年，馋得不行就到饭馆里点梅菜扣肉，吃起来却不是那么一回事，让人恨恨不已。第二年终于吃上北葱做的梅菜干，物美一边吃一边对北葱说："菩萨要保佑你这双手别再痛了，不然吃不上你的梅菜干我就惨了。"

物美这话北葱是不爱听的。合着自己这双手就得年年为她做梅菜干？不过，北葱是不敢把心里的想法说出来的，她只是憨憨地笑着。物美想，几袋梅菜干换一个电力专业的大学生，天底下再也没有这样的好买卖了。事情是这样的，前年侄子高考，北葱便时不时打电话来讨教究竟要报什么专业好，电话打得顺子都烦了。要进供电系统得读电气工程自动化专业，但侄子喜欢文科，顺子一直告诉大哥要尊重侄子的个人意愿，这惹得北葱很不高兴："就见不得别人好？你自己占着好位置，还劝着别人不要来……"弄得顺子也很不高兴。最后侄子第一志愿填了华北电力学校，结果却差了投档线六分。分数是硬件，顺子无能为力，只得劝侄子先报别的学校，到时再转专业。为了帮侄子转专业，顺子真是费了九牛二虎之力。虽然顺子用的是手中的人脉，但再怎么是朋友，顺子也要搭上几条中华烟和几瓶茅台。大哥左一口谢谢右一口谢谢，紧接着拎来了一麻袋地瓜。那天顺子突然火了，大声嚷道："等一会儿你把地瓜扛回去，我吃得满肚子都是胃酸。那半亩地以后也别种地瓜了，爱种啥就种啥，啥来钱就种啥。"大哥碰了一鼻子灰，也不知道该说啥来调节气氛，在沙发上坐了几分钟自觉无趣，就说家里还有活儿没干起身告辞了。大哥打开门时，顺子指了指那麻袋地瓜，实心眼的大哥竟然一弯腰真把地瓜扛回去了，家里只剩下这些，儿子正喜欢吃呢。

眼见着侄子再过一年就要毕业了，工作的事还要落到顺子身上，顺子有时真觉得累，自己女儿自己都没有这么上心啊。李顺本来是烦大哥的，但为着大哥电话里的懂事，李顺的心突然软了一下："你来吧。"李顺将苹果手机放到茶几上，夫人物美就开始蹙着眉头发牢骚："好不容易有了个休息日，你那好大哥又来！能不能少来几回？每次来，拖鞋都让他穿成黑的，沙发扶手也是黑的，上次让人洗沙发，花了两百块钱！"

李顺不吭声，物美知趣地闭了嘴。自从李顺升任副局长以来，物美对顺子有两大不满：一是秘密太多，单位的事总不告诉她；第二大不满就是顺子有这么个拖油瓶老哥。她假装专心干家务活，开始收拾日历，家里有十几本漂亮的新日历，占地方，干脆扔掉好了。收拾完日历，她从衣柜里拿出一件新买的鸭绒皮衣让李顺试试："新款的，两千多块呢，赶紧试看看合不合适，万一大了小了还来得及去专卖店换一件。"

大哥是瘸着一条腿来的，进门时先把一个难看的塑料袋递给物美："一条山猪腿，新鲜的。"李顺看着大哥那瘸腿心里咯噔一下："怎么啦？打山猪伤着腿啦？"大哥龇牙咧嘴地在沙发上坐下来："不是啦，是十天前在圩场里被一辆小轿车撞了，我一下子就被撞到地上起不来了。那人是外乡的，一开始态度挺好，还陪我到镇医疗所拍了片子，医生说没骨折，就拿了一点药回家。哪知十来天了，腿还是痛得不行，竟然走不了路了。还是你家有电梯好啊。"

李顺生气起来："你当时应该打电话向交警报案！"

大哥小心地看着他："我不知道交警的号码呀！再说了，当时情况也不严重，医生说没骨折呀！”

李顺的脸阴得可以滴水：“好好，你有道理。那你来找我做什么？”

大哥讨好地看着他：“我知道那个人的姓名，也留了那人的手机号码。一开始打他的手机还是通的，可后来再打，就老是您所拨叫的号码正在通话中，请您稍后再拨了。”

物美插嘴：“那是人家把你摁掉了。”

大哥眼巴巴地看着小弟：“我就是想找你想想办法让那人赔一点钱给我。你看，我的腿伤成这样，不仅要花钱看病，还不能下地干活，地里的活不等人呀！”

李顺瞪了大哥一眼：“这种事，要第一时间给我打电话！现在再说，多被动！先得让公安局的人查查这个孙家宝在哪儿，还得让交警来处理，若处理完对方不执行还得上法院，这些事都办完，我的脸面也被你卖得差不多了！”

大哥不敢吭气，任由李顺数落。李顺撒完了气，沉思了一会儿，最后把烟蒂摁灭在水晶烟灰缸里：“既然你的腿走不了路，肯定是有毛病。这样吧，你自己先掏钱去做个核磁共振，核磁共振效果比 X 光好多了，什么毛病都看得清清楚楚。总之一句话，你先自己掏钱把病看了，剩下的事情再说。”

大哥的脸色灰着：“我哪里来的钱？你就不能把那个孙家宝揪出来让他赔我钱吗？”大哥的心里凉凉的，每次都是这样，来弟弟家之前心都是热的，回去以后心经常是凉的。局长不是神通广大吗？为什么就不能帮帮他这个做大哥的？

李顺的火又大了：“把孙家宝揪出来事情也没这么快解决！交通事故赔偿要等受害方治疗费用发票拿来了才能让肇事者掏钱结案，你是不是以为我是龙王，可以呼风唤雨？”

大哥见弟弟又发火了，再不敢说话，可他就是固执地坐在沙发上不动，没有得到他想要的结果，他生着弟弟的气，也生着自己的气。李顺见大哥这模样，只好从西装口袋里掏出一叠钱，数了十张红色人民币递给大哥，余下的装回口袋里。旁边物美的脸色就开始不好看，李顺假装没看见，大哥也假装没看见。大哥揣着钱起身要走，物美指了指堆在墙角的那叠刚刚收拾好的挂历：“大哥，你顺手帮我把这些东西扔了。”大哥弯腰将日历捧起来，他坐电梯下楼，看见小区的垃圾桶，并没有将那叠挂历扔进垃圾桶里，他准备抱回家，分发给同门亲戚，这么漂亮的东西，为什么有人舍得将它丢掉呢？挂历上有青山绿水也有美女，养眼着呢。

北葱陪着丈夫到市医院做腿部的核磁共振。市医院的人真多呀，好像全世界的人都病了似的。做核磁共振的人比圩场上买油条的队伍还长，不断地有人加塞，要么是重症病人，要么是医生的熟人，等了将近两个小时才轮到。北葱想，在这种地方，人没病也要急出病来。结果要第二天才拿。好不容易等到第二天，一看结果，傻眼了。说是韧带三级损伤，半月板三级损伤，要做手术，还要搞个外支架，需要准备三万元。

大哥这一次上门没有提前打电话，他直接从市医院到了弟弟家里。巧得很，顺子刚刚下班回来，大哥认得弟弟那辆黑轿车，大哥一阵高兴。今天运气不错，不用等顺子，以前有时一等就是好几个小时。午饭钟点工做好了，现成的，加两双筷子就成。大哥趁着吃饭的空隙将病情讲了，他的唾沫飞进那盘炒牛肉里，物美本来要下筷的，见了那唾沫星子，皱着眉头将筷子收回来。大哥讲到三万元的手术费，情绪顿时激动起来，拿着一双筷子在空中乱点：“那个狗娘养的孙家宝，把老子害得好苦！老子现在又痛又倒霉，他不知躲在哪儿快活，哪天老子撞着他，我让他赔十万！”李顺冷冷地舀了一勺鱼汤：“吃饭时不要用筷子对着别人指指戳戳。”大哥的脸红了，讪讪地将筷子放下。

李顺很郁闷。这大哥也真不懂事，净会添乱。三万元他是有，可他不能给大哥，原因不能对大哥说。最近单位一把手退休在即，三个副手正八仙过海各显神通忙着呢。在这个节骨眼上，钱就是最大的神通。李顺觉得，他比大哥更需要钱。大哥不知道，李顺向人借了很多钱。大哥一直以为，顺子过的是神仙生活，他并不知道弟弟本身也是负债累累。

家里存折上有多少钱物美一清二楚，这几天她老是缠着顺子问："怎么办？没有活动的经费，找谁借去？"顺子好像没听见，自顾自抽烟看杂志。物美急了，将香烟从顺子嘴里拿下来："问你话咧！"

"活什么动啊，有啥好活动的。"

物美真是恨铁不成钢："不跑不送，原地不动。"

顺子嘴里含混不清地嘟哝了一句，物美没有听清楚。等她追问顺子说什么的时候，他已经不愿意再说什么了，只是用"没什么"来搪塞她。面对这种搪塞物美感到既生气又无可奈何，他的那句真心话已经无影无踪了。其实刚才顺子嘟哝的是，你怎么知道我没活动啊。

李顺这时候太需要活动费了。但是他没钱。如果说堂堂一个局长没钱，大概是没人信的，就像你告诉人家说昨天你和外星人在一起吃饭一样。李顺天生胆小，一路从农家子弟走来，非常不容易，所以倍感珍惜。他顶多接受吃请，或者到旅游区玩一玩，至于红包，超过三个零以上的，他都坚决不收。公务员那点工资，即使一分钱都不花，存一辈子也只是煤老板存折里的一个余额。顺子想来想去，不知该向谁借这笔钱。他盘点了一番，突然发现自已的几个哥们里面没有一个有钱人。如果化整为零，须得向多人开口，这样很容易走漏风声。最好是只向一个人借。向谁借好呢？悦华房地产王总那张胖胖的大脸突然跳进他的脑海里。也合该心想事成，当顺子想起王总的时候，手机响起来，正是王总打来的，请他吃饭。要是以前，李顺可能随便找个借口就推脱了，他对这个王总印象不咋的，有一次饭局上，王总说他青年才俊，李顺原本听了很高兴的，过了一会儿王总又赞李顺手下的小陈主任青年才俊，王总之前的赞美马上变得廉价，李顺甚至觉得自己受到了侮辱。但今天不一样，李顺因为心里有事，电话里欣然答应了，喜得王总一迭声地谢谢李局赏光。王总是醉翁之意不在酒，金城那块地马上就要招标了，王总急煎煎的。

饭后泡茶的时候，王总关切地问："李局，最近好像瘦了些，是在健身吗？我这边有龙腾馆的健身卡，我经常偷懒，给您正好合适，不然都浪费了。"说着将一张健身卡递了过来。

李顺将健身卡推回去：“不怕王总笑话，我最近有些烦心事，哪里还需要健身？我大哥出了车祸，需要的医疗费没有着落，正发愁呢。你也知道，医院就是个无底洞，千万不能进啊。”

王总一拍大腿：“李局，这事您不早说！兄弟我没什么长处，这点忙还是可以帮得上的！”说着，掏出一张金卡不由分说插进李顺的口袋里。

李顺把卡拿出来递还王总：“那怎么好意思？”

王总赶紧把卡再次插进李顺的上衣口袋里：“李局青年才俊，前途无量，能帮得上李局这点小忙兄弟我高兴哇！”王总没读过几年书，他觉得“青年才俊”这四个字极好，便时不时挂在嘴边，可以给自己添几分文化味儿。

李顺端起茶啜了一口：“那就谢谢王总了！这钱过一段日子我会还给你。”

王总连连摆手：“李局太见外了！李局的大哥就是我的大哥！李局，这茶越喝越淡，咱们还是去洗洗桑拿吧！”

李顺摇头：“桑拿就免了，我今天有点累，就先走了。”

这张卡连物美都不知道。角逐的过程太煎熬人，那猎物也不知最终要落入谁的囊中。李顺发现自己病了，而且病得不轻。人在高位，犹如处于火山之上，拿了卡还不得为人办事？也不知火山哪天要爆发。这几年，自己生活看似风光，实则暗流涌动，不能与外人道；不像大哥，大哥地瓜般心甘情愿地与泥土相伴，说不定自己哪天也回家种红薯了呢。哎，人有时还真比地瓜还不如呢。更让他苦恼的是，官场里，当他想跟人家谈感情的时候，人家要跟他谈工作能力；当他想跟人家谈工作能力的时候，人家却要跟他谈感情。为什么他总是不得其所呢？手头的钱，若是没这急用，当然可以借给大哥。但这钱现在关系到自己的前途，当然不能借了，不管哥俩感情多好也不行。小时候，李顺是很依赖大哥的。印象最深的一次是哥俩到集市上卖鸡蛋，太阳很毒，他们又没有帽子，顺子喊：“哥，我热。”大哥抓了抓脑袋，实在变不出一顶帽子来，只好把顺子搂在身边：“你就站在我的影子里吧。”那一瞬间让李顺非常感动，他发誓，长大了一定要对哥哥好。后来，李顺实在受不了了：“哥，你继续卖吧，我要回家。”大哥蠕动了一下嘴唇，还未说出话来，李顺已经撒腿跑了。

后来李顺长大了，长得高过了乡村。于是，他来到了城市。但城市里的高楼比他更高，在高楼面前，李顺只是一只蚂蚁。城市里的人心都很高，心有多高，欲望就有多高。其中奋斗的艰辛真是让人欲说还休，剪不断理还乱。李顺进城了，兄弟俩之间竟然有些生分了，他们哥俩，就像站在一条河流的两岸。要说兄弟俩之间勉强有什么相似之处，那就是喝酒划拳，两人各有胜负不相上下，“哥俩好啊，五魁首啊，六六顺啊，满堂红啊……”这是每年除夕晚上兄弟俩最和谐的时候。李顺这辈子抽的第一根烟，是从大哥烟盒里偷的。李顺这辈子喝的第一口酒，是大哥硬灌给他的。那时李顺正读高中，北葱答应了大哥的求婚，大哥的喜悦无处发泄，硬将李顺灌醉了。学会抽烟喝酒，是变成男人的标志。是大哥将自己慢慢变成男人样的。后来大学时，顺子失恋了，他喝了一整瓶高粱酒，把哽在喉头的痛苦，火辣辣地喊出来，把未能倾诉的委屈与悲伤，滚滚地倾泻出来。后来，他喊了一声：“哥呀！”仿佛大哥能赶来救他似的。

大哥觉得自己是世界上最倒霉的人。本来就穷，再加上车祸，不单单腿痛，更让他痛苦的是还得自己掏钱看病。孙家宝，你在哪里，你赶紧出来！你怎么这样没良心，我并不想讹你多少，只要你帮我把腿看好，我也不会朝你要营养费、精神损失费，你为啥就躲得无影无踪呢？最要命的是，他记性差，忘了孙家宝的车牌号，只记得尾数有个6，单单一个数有什么用呢？大哥捶自己的头。当时为什么就不懂得报警呢？自己这木头脑袋，也只配当农民，难怪顺子会当局长，而自己，农民就是农民。总是逮不到孙家宝，大哥开始失眠。他幻想着自己报了警，交警拿了记录本，一五一十地问他们的话。孙家宝掏出中华烟递给交警，交警接过，孙家宝赶紧帮忙点着火。两个交警一个年老些，一个比较年轻，看起来像刚从大学毕业的愣瓜子模样。大哥也想朝交警丢根烟，摸出烟盒一看，里面却是瘪的，空空如也，上午就抽完了，大哥懊恼地将烟盒丢到地上。

“姓名？年龄？地址？”

“我叫李伟。今年五十了。这是我们农村的算法，如果按城里的算法，我应该算四十九。其实我是五十一了，因为村里抄户口的时候把我的年龄抄错了……”大哥兀自唠唠叨叨地说个没完。那个年轻些的显然没什么耐性，打断他的话：“无关的话不要说。”

大哥一瞪眼：“年轻人，你对我怎么这么凶？是不是你认识这个姓孙的？”

年轻交警气得连连摇头，老交警帮年轻交警解围：“我们是接到报警电话过来的，之前谁也不认识谁。要是照你这么说，全天下的人我们都认识。”

大哥嘟囔道：“只要你们办案公正就好。我就怕你们偏心眼。”

年轻交警一脸严肃：“你放心，法律只有一条，谁对谁错都摆在那里，黑就是黑，白就是白。”

大哥一拍手：“那好，我记住你这句话。”

交警那边打电话来，说星期五上午要调解协商。大哥一颗心七上八下的，也不知到时是什么场面，那孙家宝那样狡猾，显然不好对付，也不知道要演哪出戏。即使公家人判了孙家宝赔偿，要是孙家宝耍赖说他现在没钱以后再赔那可怎么办？若申请法院执行，又要写诉状，又要请律师，那麻烦大了去了，最后得来几千块钱，人烦得舌头起泡，一颗脑袋痛得好像要炸破，实在是得不偿失。那自己到底要那孙家宝赔多少才好呢？嘴张大了，那个姓孙的跳起来接受不了；嘴张小了，自己吃亏，后遗症一大堆，自己这条腿以后还能不能正常走路还是个问题，估计田里是下不了了，后半辈子自己就是废人一个了。他让儿子列了一张纸，有医药费、护理费、精神损失费、营养费、误工费，等等。自己跟人家要个三万块钱，应该没有多大问题吧？现在的钱薄得像纸一样，住个院就要花掉两三万块钱。两三万块钱对自己来说是个大数目，那孙家宝开着小轿车，两三万块对他来说应该不在话下。

早上七点半，大哥提前到了交警大楼前，是儿子用三轮车把他拉来的。那大楼恐怕有十几层楼高，招牌上的大字看起来大得像要压死人。李伟腿有点软，儿子看不过眼：“爸，你泄气什么？”

大哥喃喃道：“要是顺子能来帮忙撑撑场面就好了。”不提还好，一提起小叔儿子就来气：“算啦，人家当着大官，咱巴结不上。”

进了办公室，有个胖胖的保险公司的人在交警大楼上班，专门负责车祸理赔这一块。大哥病急乱投医，起劲地朝胖子赔笑脸。

孙家宝也来了，他看了李伟一眼。哎，撞上这老农民，恐怕夹缠不清了，要是对方狮子大开口，自己填不饱对方的胃口怎么办？到时三天两头来家里闹，这日子就没法过了。

大哥有时候想着想着就走火入魔了，以为自己真的报了警，那孙家宝真的老老实实到交警大队准备赔钱给他了。他一说胡话，北葱就扇他耳光：“醒醒啦！别做梦啦！”这耳光倒也管用，大哥就会清醒一阵子。清醒过来的时候，他就常到集市旁晃悠，像寓言里那个守株待兔的农民。他碰到张老三，跟张老三打了招呼，张老三递给他一支烟，闲话两句走了。大哥本来要问张老三有没有看到撞他的那辆车的车牌，出事那天张老三也是在场的，但张老三已经走远了。大哥经常这样：遇到一个人，等这人离开后，他才想起是有事要问这个人的。大哥狠狠地拍了拍自己的脑袋，骂自己没用。也许是老天爷可怜他，那辆大众车终于出现了，大哥激动地跳到路中间，张开手臂拦车，轿车一个急刹车，差点就撞到了他。孙家宝气急败坏地下了车：“你找死啊？”一看，是旧冤家。大哥一把扯住孙家宝：“我的腿做了核磁共振，要做手术，得花三万块钱。我没骗你，不信你跟我回家，我拿医院的片子给你看。”

孙家宝一听三万块钱头就大了，也就一个小擦伤，当时拍完片医生都说了只是筋脉损伤，吃些药休息一阵子就好，现在竟然要讹他三万块钱！看来农民就是会讹人！他掏出口袋里的两百块钱递过来：“大哥，我身上只有这两百块钱，今天出来得急，没多带，你看，我要去开会，再不走就迟到了，到时又挨批了！”他一脸的诚恳，一脸的痛苦，一脸的焦急，大哥心一软：“那你先去开会吧，过后我再打电话找你！”

自从集市上狭路相逢，孙家宝的手机号码换了，像一滴水从人间蒸发。大哥在集市上再怎么守株待兔，也等不到他要等的那只兔子了。冬天了，风呼呼地刮，大哥在冷风中冻得嘴唇发紫，手脚冰凉，身上的棉袄一点也不保暖，已经穿了四五年，棉絮东一块西一块的，四面漏风。大哥几乎死心了，觉得根本得不到赔偿。他开始害怕出门，怕再次被撞。连北葱也害怕出门，怕撞到别人夹缠不清。慢慢的，大哥脸上没笑容了，整天苦着一张脸，成天躲在家里，也不跟人说话，愣愣怔怔的。北葱害怕起来，拉着老公上医院，医生给了她“百忧解”，里面的药铝塑包装每片二十毫克，每盒七片，医生叮嘱说每天先吃一片试试，这药临床上治抑郁症效果挺好的，如果病人吃了效果不理想，再加大剂量。

听说大哥病了，物美上门探望。是李顺叫她来的，李顺没空。一进门，她马上瞥见了那挂历，她吩咐大哥扔掉的挂历。物美脸上有点红，凭良心说，物美还真不是小气的人，不是她舍不得将挂历送给大哥，这是她不需要的东西，她以为别人也不需要。大哥看见物美瞧见了挂历，搓着双手讷讷道：“看着挺漂亮，扔了怪可惜的，我就拿回来了。”

物美没有接这个话，她也不知道该怎么接。她朝大哥扬了扬手中的水果袋，物美买了些水果，莲雾、山竹、香蕉等，价钱不菲。本来家里是有条中华烟的，顺子不抽，而大哥嗜烟，只是这烟不能随便乱给——东西宁愿扔掉也不能乱给。很显然，大哥买不起大中华烟，他又爱显摆，专门在人前抽，人家问起来，他势必用最大的嗓门说是顺子给的，到时候别人浮想联翩再添油加醋，事情就全变味了。

北葱让物美先坐着，物美看了看那浅棕色的沙发，上面有很多可疑的污迹，物美拣了一块看起来相对干净一些的，小心翼翼坐了下来。严格来说，她只坐了半个屁股。她身上这套阿尼玛黑西装，价值三千块呢。物美想，好像穷人运气都不好，本来就没钱，偏又车祸，偏又抑郁症，老天爷真是爱捉弄人呢。

大哥病了一个月后，突然在窗户根下的沙发把手看到了一条皱巴巴的纸条，上面歪歪扭扭地写着：撞你的人车号365718。一霎间，大哥感激得眼泪都要涌出来了，天可怜见，终于有好心人帮他一把了。他真想对这个好心人表示感谢，可惜这人怕被孙家宝报复，不敢留下姓名。好心人太多虑了，他李伟一定会为他保密，而且会一辈子感谢他的！

有了线索，事情就好办多了，李顺通过公安局的朋友很快就摸清了孙家宝的家庭地址、工作单位和店面。但大哥缺乏证据，李顺也拿孙家宝无可奈何。大哥三天两头催促，李顺烦了：“我自己的事一大堆，你的事缓一缓，不会让你吃亏的。”大哥等得太久了，他再也等不下去了，大哥纠集了一大帮人到孙家宝的店里讨说法。孙家宝是卖建材的，乌泱泱一帮人把店都挤满了，只有店员在，那店员花枝招展浓妆艳抹，孙家宝在单位上班。店员也是个泼辣货：“我们老板不在，有什么事你直接找我们老板说，你拿我这个打工的出气有什么用。”双方的情绪都激动起来，大哥说：“让孙家宝出来，不要以为他王八脖子一缩，就什么事都没有了。他再不出来，以后我吃住都在这个店里。”吵吵嚷嚷一番，店里的顾客都吓跑了。双方的情绪都激动起来：“撞了人就跑，太缺德了！这种人就是欠揍！”说的人一边说一边挥舞拳头，那店员就迎上去了：“你打呀！你打呀！”闹了一阵，那店员吃不消了，偷偷给孙家宝打了电话，电话通了，店员把手机递给大哥。大哥说：“喂，我今天到你店里找你算是客气的，你要是再当缩头乌龟，我就找到你单位去。我也不是要讹你，你不用担心，只要你把该付的医药费付了，咱们大路朝天各走一边。”

孙家宝也是爱脸面的人，他真怕这个农民闹到单位里去，无奈之下只好现身，一番讨价还价，只赔了医疗费。至于营养费、误工费、护理费等等，他一概说手头没钱。大哥想，为了护理费、营养费什么的去打官司还真划不来，况且打官司也未必能打赢，自己没证据，现在拿到了医疗费也总算出了一口气，不至于被欺负得太厉害，虽然吃亏些，也总比拿不到医疗费强。这件事就这么了了。

李顺等自己的烦心事有了分晓，才记起打电话给大哥，大哥一五一十将如何拿到医疗费的经过讲了，边说边得意地笑。那天晚上，李顺翻来覆去睡不着。有些事你不耍横就得吃亏，文的不行武的才行，大哥之前拿不到医疗费，竟然要靠上门撒泼闹事才能得到解决，对他这个当副局长的弟弟也真是个讽刺。北葱大概在心里怨恨他不出力了，没办法，怨恨就让她怨恨吧，天要下雨娘要嫁人。

李顺的心情其实比大哥更糟。局长宝座被人坐了，他没上。周日李顺闭门谢客，在家中呆坐。门铃响了。大哥和大嫂在外面扯着嗓门喊："顺子！"没奈何，清静不了，李顺只得开了门，大哥大嫂鱼贯而入。大哥灌了两杯茶，开始抽烟："顺子，今天来是想找你借点钱开店。腿瘸了，不能到田里去了，总不能等在家里饿死。"李顺心里很苦，却又不能对大哥说个分明。他闷声道，哥，我没钱。

大哥不吭声。很明显，他不相信。

李顺没办法，只好说："哥，我真没钱。钱拿去赌了，输了。家里真没钱，不信存折都可以拿给你看。"

大哥睁大眼睛："输了多少？"

"反正不少。"

大哥的嘴半天没合拢，所谓的不少就是很多，至于多到多少，那可能是大哥无法想象的，就不必去纠结多少了。大哥心想，狗日的，有这钱顺子为什么不借给他做手术？况且，他需要的不多，他只需要三万就够了，做了手术，不至于这样一瘸一拐走路。顺子竟然拿那么多钱去赌！要是不赌，钱借他开店多好！大哥想着想着，脸色就青了。

兄弟俩都没有再说话，盘桓在他们中间的是缭绕的烟雾。北葱眼尖，看见桌子上放着一盒"百忧解"的药，黄色的包装外壳，上面有几条波浪纹。北葱不禁瞪圆了眼睛："顺子你也吃这药？"李顺苦笑。北葱想不明白，自己的老公抑郁是正常的事，谁让老公是个农民呢？而小叔子手握重权，呼风唤雨，小叔子怎么会抑郁呢？是不是医生弄错了？

过了两天，顺子闷得不行，开车到了大哥家，家里没人。顺子往地里走，很久没到地里去了，都忘了路怎么走，只懂得抓住大致的方向。顺子想，不知大哥那半亩地种了啥，不知是还种着地瓜呢，还是真种了别的。其实，顺子真希望能在那半亩地里看到绿秧秧的地瓜藤，但顺子又怕在那半亩地里看到丝瓜南瓜什么的。顺子真想扭头拐回去了。他暗恨自己矫情，明明喜欢有人为自己留着那半亩地瓜地，却又喊别人啥来钱就种啥，这不是自己找自己别扭吗。

手机响了。是王总的电话，顺子不想接，又不能不接，因为那张金卡一直在眼前晃动。“李局，明天去打高尔夫吧，有空吗……”

你来到这世上

一

在小白的梦里，肉体与灵魂往左右两个相反的方向分奔而去，肉体仿佛一块跌入无底之渊的巨石，而灵魂却升向无顶的天空。小白感到自己的肉体是这样的沉重，可能这血肉之躯里面夹着太多不灭的欲望和无尽的留恋。而自己的灵魂是这样的轻浮，像女儿手里的那只气球，只要一松手，就会成为一个虚无缥缈的东西，瞬间将会化为乌有。这只是小白肉体的一道轻烟罢了，小白知道，纵然这轻烟如此轻如鸿毛，可是一旦它与肉体彻底地分离，那便意味着自己的血流、自己的欲望和情感全部死亡，全部埋葬。恐惧中的小白来不及呼喊，一切都好像一阵轻风瞬间消逝得无影无踪。

就在小白踌躇着到底要去追自己的肉体还是灵魂的时候，女儿的哭声隐隐约约地传来，好像穿过云层，绕过山林重峦叠嶂而来，又似乎是从无边无际厚重无比的黑暗山谷里穿越而来，女儿的哭喊暂时制止了小白分崩离析的肉体和灵魂，小白看见不满一岁的女儿在一个陌生人的怀里扭过头挣扎着，两只手使劲地推搡着，两只脚不停地踢打着，满脸泪水地欲图扑向小白。她伸出幼嫩的手臂试图抓住小白，她想要依偎在小白的怀中……女儿到底声嘶力竭地哭喊着什么？她尚未学会说话，但小白知道她在呼喊着不让麻麻舍她而去。那个陌生人突然一眨眼不见了，连同女儿消失在迷雾之中。

小白急痛攻心，大叫一声，从梦中猛然惊醒。此时她真切地听见了九个月大的女儿在婴儿床里大声地哭泣，她哭得是那么伤心，已经上气不接下气。小白搂紧了她，换完尿布喂她奶，哼着摇篮曲轻轻摇晃。不唱是不行的，不唱女儿是不睡的，小白老公小丁戏称为半夜鸡叫或夜半歌声。小丁咕哝了一声："还让不让人活啦！"翻个身又发出了鼾声。气得小白想踹他一脚。

女儿的哭声停了。夜是这般地静，静得让小白无法再次入睡。

九个月前，女儿意想不到地提前叩响了生命的大门，她只是轻轻一拍，并未拳打脚踢，疼痛就在小白的腹内提前发作了。宫颈口只开了半指，小白只能待在病房里，还没有资格被推入产房。阵痛像海潮，先是半小时一次，尔后越来越快二十分钟一次，十分钟、五分钟、两分钟一次，就像飓风掀起几百米的巨浪，冰山被撞击得粉身碎骨，天地间的混响似乎夹杂着鼓角铮鸣，像飞速的旋涡一般旋转着，在小白的腹内急剧地旋转震动着，这简直是哪吒闹海！求求你小祖宗，你别闹了行吗？妈妈的肠子都快被你踢烂啦！小白握紧床沿，一声接一声地呻吟，似乎一松手，她就会消失在这大海的风暴之中。她不敢大声呼号，怕吵到别人。冷汗一阵一阵地从小白的背上、大腿上流下，她感觉整个人使劲地往下坠，不能站立，似乎失去了下肢。而更让她羞愧的是，她竟然想大便，但大不出来！

小白的老公小丁在外面走廊。病房里都是女人，他不好意思待在里面。让他高兴的是，他意外地遇到了一个朋友，朋友老婆前一天已经住院了，但还没有生产的迹象。朋友甚至弄了一小套茶具在走廊拐弯处泡茶。两个男人互让了一根烟，庆幸在这女人的世界里找到了知己。"妈的，这鬼地方，再也不来第二遭了。"朋友说。

小丁端起铁观音美美地喝了一口，附和道，"我也是。"茶水滋润了他干渴的喉咙，顿时全身舒畅了许多。此时小白在病房里喊他，他听不见。

汗水打湿了小白的上衣与头发，两分钟一次的阵痛仍在持续，无意识间，小白竟然掐住了护士的手，护士瞪了她一眼，小白慌忙松开，一滴冰凉的眼泪从她的眼角缓缓滑出。瞬间，小白感到了自己全身的温度急剧下降，好像沉到了海底，靠近了倾斜的冰山脚下。

不知过了多久，小丁才回到病房里，刚才和朋友喝茶时，他差点把老婆忘了，这让他有些不好意思。小白的表情看起来像进了鬼门关的表情：“你去哪儿啦？”小丁不敢看她的眼睛，老婆的每一声呻吟就像一根烧红的钢条抽在他的背上。

这时，医护人员来了，她们推开手足无措的小丁把小白推进了产房，小丁在产房门外束手无策，过了一会儿才下意识地扑了过去，却被挡在了门外。小丁无力靠在冰凉的门上，世界瞬间没有了声息。

幽冷的灯光下，一种新鲜的血腥味如沉年铁锈般飘浮在令人窒息的空气中，包围着小白、刺激着小白，小白觉得自己已经死了。仿佛过了一世纪的光阴，一声清脆响亮、带着无法透释的稚嫩的哭声突然间就把小白挑出了坟墓，尖锐而激越。有一股冰凉的泉水从头颅里潺潺流进，让小白打了个激灵。在这一刻，小白忽然看到在白茫茫冰雪覆盖的广袤原野上，有一只红狐在飞奔，像一团火焰由远及近向小白奔来，啊！孩子，我的孩子！一种创造的成功和解脱的喜悦瞬间灌满小白周身的血脉，几乎让小白的血脉炸开。热泪像泛滥的河流一样漫过小白的脸。

小丁再一次扑向产房，“生了个千金，母女平安！”一个胖胖的护士探出头来，给了小丁一个微笑。小白虚弱地躺在产床上，在她用尽最后一丝力气将女儿推出体外时，所有交织在一起的暴风雨以及周身骨头碎裂的疼痛排山倒海般地向她袭来。一切都消逝了，飓风掀起的惊涛骇浪的怒吼，冰山碎裂时的咯崩巨响，刀剑之下的血腥，生与死之间的徘徊，一切都消失了。小白感受到一股海难过后的空旷的寂静。

听到生了女儿后，小丁脸色铁青，他甚至恨起了那个胖胖的护士。如果换成另外一个漂亮的护士，也许告诉他的就不是这样的噩耗？他和小白都是公务员，国家实行独生子女政策，这辈子，老丁家到他手里算是绝了后。想到这，小丁两眼一黑，他的人生从此进入了黑暗的隧道。但大家都是知识分子，重男轻女的思想不宜表露，况且生男生女自己也有责任。于是嘴里只说：“不管男女，健康就好。”一边看着宝宝：“宝宝，你叫个什么名字好呢？”

这时，是小白的妈妈递给了小白一碗参汤。

孩子绝对是一块试金石。怀孕的时候，小白本来孕期反应很重，吃什么吐什么，吐得黄水都出来了。稍微状态好一点，老公拉回一帮人，吵吵嚷嚷。

小白脑袋嗡嗡响，二居室的房子，想找个安静的角落都没有。偏偏小丁还想卖弄一下老婆还没鼓起来的肚子，非喊着小白一起坐坐。都是熟悉的朋友，也不好三番五次地喊叫也不出来，勉强坐在饭桌上没三分钟，身边到处是烟枪，再看看眼前那些肉啊虾啊，小白的胃里忍不住翻江倒海，冲到卫生间吐了好久，什么都吐不出来，只是干呕，眼泪汪汪的。

朋友问小丁，要不要去看看。小丁大咧咧地说，不用，女人怀孕不都这样吗，况且我妈说了，吐得越凶越好，说明是个男孩。

小白抱着马桶边，坐在卫生间的地上，心里拔凉拔凉的。

女儿出生后，世界大战就爆发了，孩子导火索般点燃了婚姻内所有的问题，经常是小白咄咄逼人，小丁且战且退。甚至恋爱时认为的优点，在生活的柴米油盐里都变得面目可憎。你来我往之间，双方都觉得自己亏大发了。小白已经习惯了下班后就奔回家钻进厨房，闺蜜纷纷嘲笑小白围着锅台转，戏称小白是新好女人。谁都不知道，临近下班时，小白耳边总有女儿的声音：“妈妈，妈妈，妈妈……”这声音让小白六神无主，催着她一直往回赶。每一个认识小白的人都知道小白生了女儿后几乎没有离开过女儿一步，只有小白知道自己往回赶其实是在赶往一个别人所无法理解与意会的地方，这个地方对别人都不重要，但几乎是小白生命的全部。就算是开会迟了，小白也想着往回赶。小白人生的重点就是厨房，厨房就是小白的舞台，小白要从菠菜、芦笋、西红柿、黄瓜等等蔬菜中精心挑选出让女儿茁壮成长的那一棵。

小丁下班回到家里不是睡觉就是玩游戏。爸爸玩，女儿看。有一段时间玩三国杀，女儿见谁就打，暴力得不得了。偶尔干点活，吩咐拿奶粉，跑一趟，吩咐把奶粉泡开，再跑一趟，告诉把泡好的奶粉拿过来，又跑一趟。还会埋怨，为啥不一次说清楚，让人不怒都不行，希望世界末日赶紧来临，地震了才好。有一次小白感冒发烧躺在床上，小丁帮忙给孩子洗了澡，便邀功:“我帮你给孩子洗完澡了。”他像完成了一项巨大的工程，得意扬扬的。小白柳眉一竖:“孩子是我一个人的吗?什么叫帮你?甩手掌柜也不是这样当的。这日子啥时能到头，我都快抑郁了。”小丁便讪讪的:“口误。口误。老婆大人别生气。”说着假装打自己的嘴。

产假结束，小白得上班，女儿白天寄养在外婆家，小白让老公去接。回到家一看，老公在打游戏，孩子忘了接。小白的火嘭地就点燃了，抓起车钥匙往外走。接了女儿不想回家，漫无目的地在街头乱逛。其实就是流浪街头，女儿啥都不懂，咿咿呀呀挥舞着手脚，兴致勃勃的，小白扭过脸流泪。

后来，吵不起了，勉强及格的婚姻，还是要继续，至少，小丁不嫖也不赌，每个月工资都如数上缴，这个人是自己选的，婚前的激情没有了，现在更像是合作社内的一对男女。没有天长地久的爱人。绝对没有，虽然每个女人心里都有公主梦。时间真是太快了，以至于自己都心惊起来，仿佛生了孩子就老了，看着那些肆无忌惮地穿着睡衣抱孩子逛超市的女人小白就难过。只好自己什么都做，不是单亲更似单亲。

女儿是个夜哭郎。小白之前无数遍幻想着迎来一个纯洁无瑕的天使，没想到貌似迎来了一个披着天使外衣的小撒旦。小白想，上辈子自己一定欠了女儿很多很多钱。睡眠不足让小白眼冒金星。多少个早晨小白真不想起床，小白不想去上班，每天早上，最为艰难的，莫过于起床这件事。仿佛刚刚入睡，万恶的铃声就响了，再轻柔的音乐都是噪音。早上，当小白在闹铃声中睁开眼睛时，总感觉大脑只醒了一半，还有沉重的乌云笼罩在大脑的上空，如果这时候闭上眼睛，身体绝对马上跌入睡眠的黑洞。所以，每每这时，小白就努力地睁开眼，努力地让大脑放晴，让身体的每一个器官里里外外慢慢地苏醒过来。不知为什么，纵然是每一颗细胞都醒过来，小白还是起不来。小白得了偏头疼，脑袋瓜里好像有一把电钻，发作起来的时候头痛欲裂，恨不得去死。有时，小白觉得有另外一个自己跳下床，在床前一个劲地拉扯着床上的自己，可她是那么无力，仿佛是幼小时的小白，怎么也拉不起来。一切都无济于事，除非这时候领导来一个追魂电话！追魂电话没来，为了奶粉钱和女儿的公主裙，小白不得不起床去受刑。每当小白走进办公室时，小白的头就开始晕，甚至周末远远地看见它都会破坏小白的心情。小白一直觉得自己迟早会发生一次大爆炸，她能闻得见一些近似导火索燃烧的气味，以及四肢被烧焦的味道。小白一直在寻找着逃离的方式，每当这时小白就会站在窗台前看那盆兰花，小白想通过这朵兰花逃遁，逃到自己想要去的地方，那个地方没有责任也没有义务，在那里既不是母亲也不是下属。小白这样想的时候，发现这朵兰花是不能会意自己的欲念的，是没有灵魂的，小白为自己愚蠢的想法而苦笑了。琐碎的日子就像密密麻麻的流沙，让人神思恍惚，女儿终于呀呀学语，蹒跚学步了。

女儿两岁时的一个中午，小家伙难得地没有来吵小白，小白心满意足地睡了个午觉，一觉醒来已经是三点多。走到客厅，客厅里香气弥漫，女儿踩着她的高跟鞋，嘟起一张血盆大口朝她得意地笑，还拿了一张画求表扬。小白觉得哪里有些不对，突然醒悟到女儿是拿了她的口红当画笔画的画，口红只剩一个头！小白简直惊呆了：她那套费了四五千元的化妆品惨遭蹂躏！香水瓶空空的，一滴不剩，祛斑修复精华露瓶子横躺在茶几上，液体沿着茶几边沿正滴滴答答地往下滴，粉饼浸得湿透！女儿从未见过小白如此疯狂，小白奔过去，将女儿拦腰抱起摁倒在沙发上，拿起拖鞋往女儿的屁股疾风骤雨地挥下。所有动作一气呵成，小白瞬间变成了一代身负绝世武功的女侠。女侠一边打，一边怒吼：“你这个死孩子，你知道这套化妆品要多少钱吗？”

女儿屁股吃痛，放声大哭，声音高亢如女高音歌唱家：“粑粑救我！粑粑救我！”不知道的人还以为发生了谋杀案。小白呵斥道：“不许哭！”女儿偏偏扯开了喉咙哭。小白偏头疼又犯了，女儿的哭声在她的脑袋瓜里搅呀搅，小白简直要疯了。气血上涌之时，小白夹起女儿开了汽车就往小丁的单位冲。

小丁科室里今天加班，正在开会。科长要高升了，小丁和小陈是竞争对手，瞧着眼看就要空出的科长位置彼此虎视眈眈。小丁正侃侃而谈，忽闻一阵幼儿哭声，一个状若疯狂的女人冲了进来，将孩子往办公桌上一墩，如河东狮吼："你女儿我管不了，你管吧！"说着一阵风般地离开了。女儿猛扑到小丁怀里号啕大哭，办公室里的人面面相觑，别的科室里闻声过来探头探脑。科长皱起眉头："小丁，要处理好家庭内部矛盾啊，后院起火，影响工作啊。"小陈脸上都浮起蒙娜丽莎般的微笑。小丁涨红了脸抱起女儿："对不起科长，我先请假一下，把女儿送回去，我保证以后再也不会发生这样的事了。"

女儿一边抽噎一边告状，小丁如刘翔般奔回家，一见小白正在喝茶，他一股脑儿把女儿塞到小白怀里："你疯啦！这样打我女儿！"小白气得浑身发抖："你问她干的好事！我的化妆品！我一个月的工资！"又将女儿推还给小丁。

女儿哭得梨花带雨，小丁将女儿搂在怀里，心疼地查看伤痕，一边怒吼："我女儿就值你一个月工资吗！"

小白坐在沙发上直喘气："你好大口气！你给我买！这熊孩子，不打不长记性！"说着又朝女儿怒吼："以后还可不可以碰妈妈的化妆品？"

女儿用仇恨的眼光盯着她，自恃有老爸撑腰，硬是不吭声。小白的气又蹿上来，扑过来还要再练功，小丁大吼一声："你有完没完！比后妈还后妈！"

小白吼得更大声："我就是个后妈！"

小丁的目光好像要吃人："你今天绝对是疯了！这下我在单位出大名了，你也在我们单位出大名了，你满意了吧！我辛辛苦苦干了几年，正准备提正科，今天都被你毁了！这下好了，全泡汤了！"小丁气得推搡了小白一下。

小白被推得站立不稳，往后趔趄了几步。愣了愣，抓起包夺门而去。至于那父女俩，爱吃啥就吃啥吧，老娘不侍候了，反正外卖那么多，不会饿死人。外面下着暴雨，雨水从天上倾注而下，噼噼啪啪，天地之间响作一片。很快，雨水在马路上汇成一条汹涌的河流，汽车甲虫一样在积水中爬行，忽而又拥堵在一起，喇叭声此起彼伏。惊慌的路人一个个徒劳地举起胳膊护着头，淋湿了的女人身体曲线凹凸分明，下意识地用手护住要害部位；男人们勇敢而无畏，在水里青蛙般跳跃着。无数的路人，纷纷拥进街边的店铺。红绿灯前，小白的汽车突然熄火了，她把头埋在方向盘上，一阵绝望。突然，有一种冲动闪电般地从脑际划过，她想跑进雨中淋个湿透。

半小时后，暴雨骤停，仿佛如梦初醒。

小白回了娘家。她没有说小丁的一句坏话。小白说："今天小丁带孩子，我放假一天。"小白妈妈笑着对小白爸爸说："还是女儿有福气。你瞧你，何曾帮我带过一天孩子？"小白想，幸亏老人家没有卷进来。有老人家搭把手可能会轻松许多，但有另一重烦恼，会经常为如何带孩子发生更多的争吵。一个战场已经吃不消了，千万不要再开辟第二个战场。吃着妈妈煮的面，小白的眼泪哗啦啦掉进碗里。

小白站在卧室窗前，窗外的树枝在风中战栗，树枝之上是混沌的天空，世界一片萧瑟。这正如小白目前灰暗而苦涩的人生。此种心境只有小白自己能够体会，外人看来，她是那样光鲜亮丽，体面的工作，圆满的家庭。

没有人告诉小白关于人生的答案，以及接下来要如何去生活。

不知过了多久，小白期望在漆黑的夜空中读出星星般光亮的未来，可小白的世界仍然一片黑暗。小白打了一个哆嗦，上帝送给她一个女儿，这难道是考验？

小白感到悲哀。难以面对的不是这艰难的育儿过程，而是自己荒凉的内心，孤立无援，仿佛这孩子只是自己一个人的责任。婆婆甚至怂恿：生个二胎吧！大不了公职不要了，哪里不能活人！

窗前，一个穿着黑色纱裙的裸肩少女过去了，一个大妈过去了，三两个穿着校服的学生过去了，几个沿街叫卖的水果贩子过去了，还有一个残疾的乞丐……千奇百怪的人生。

小白对自己说，出趟远门吧，外面的空气或许新鲜一些。可是，小白听到了一些可怕的车祸消息，远远近近，从手机里从电视里纷至沓来。为了女儿，她必须平安地活着，现在她的命不单单属于自己。她已经习惯了被捆绑的生存方式。生存，对于女人而言，除了习惯还能有什么呢？

窗外，如蝗的车流，蜂巢般的楼宇，让小白的内心变得更加混乱。小白试着将目光抬高一些，这样就可以看得较远，但小白意识到，这都是徒劳。天空异常低沉，似乎要把地面上的人压成面饼，这让小白怀疑，所有的疲累都是因为寒冷所致。

第二天，小白老老实实回了家。毕竟夫妻一体，一荣俱荣，一损俱损，于理自己对老公有所亏欠。下次再生气也不能冲到老公单位去了。小白这样告诫自己。

二

人的精力是有限的，小白觉得自己所有的精力都被耗尽了。这孩子，简直就是个讨债鬼。女儿变成她的敌人了！小白的人生，变成了与女儿斗争的人生。女儿还是个贪吃鬼，长着一个狗鼻子。她体质弱，容易发烧，又爱吃甜食，小白经常为如何藏吃的煞费苦心。小丁买了一罐绿箭口香糖，给她尝了一个，可好，这罐口香糖小半天的时间就被她全吞下了肚子，这让小白好一阵紧张。万一真像传说中的那样把肠子黏住，到时动手术可麻烦了！抽屉里有水果味钙片，还有德芙巧克力，每天小白会变戏法般取一两粒钙片或一板巧克力哄她。没几天，小白的戏法就被识破了。当小白在厨房忙碌的时候，忽觉房子里异常安静，小白知道，喧闹才是常态，安静绝对不正常。待小白蹑手蹑脚走进卧室，竟发现女儿坐在床头柜前大快朵颐，神情专注，嘴角粘满咖啡色巧克力渍，巧克力盒已经全空了，连钙片也少了一大半。天哪，那可是药！小白难以置信，扬着巧克力盒问："全吃了？"女儿心满意足地指了指小肚子。小白忙不迭地倒了一杯凉白开给女儿喝。当晚，女儿发起了高烧，全身滚烫，嘴唇红得像两瓣桃花。眼神迷离，微睁着，像喝醉了酒一般。虽然听说输液对孩子不好，但眼看再烧下去就会脱水，到时烧成个傻瓜怎么办？本来这阶段夫妻俩正冷战，谁也不理谁，可现在不是赌气的时候。小白对小丁说："上医院吧！"夫妻俩心急火燎地一起带着女儿去医院输液。

明明是高烧了，医生慢条斯理地将冰凉的体温计塞进女儿腋窝里，五分钟的等待如此漫长。扎针的时候照例一番鬼哭狼嚎，好不容易安顿下来，小丁问："不然你回去吧？我看着就好。"

小白道："你觉得我回家睡得着吗？"

药水一滴一滴往下滴，时间像停滞了一般。过了一会儿，小丁眼巴巴道："老婆，你为什么不说一声'不然你回家去吧'？"

小白扑哧一笑："瞧你那德行，你要是睡得着，你就回家。"吓得小丁一伸舌头："瞧你那母老虎样，我要是回家睡，不被你杀了才怪。"

女儿是医院的常客，动不动就发烧。在深夜的医院里，夫妻俩各自坐在椅子上疲惫地对望，这样的场景怎么这样熟悉呢。全世界只剩下点滴的声音，女儿在小白的怀里睡熟了。小白突然觉得这样静谧的夜晚也挺美好的，虽然女儿病了，但情况正在好转，一家三口都在。静谧中，小丁说："老婆，我的科长公示了。"小白叫起来："真的吗？恭喜老公！幸亏没给你扯后腿。"

小丁白了她一眼："这么大呼小叫的，等一下把宝贝吓着了。就一个科长，没见过世面似的。"

小白笑了："是啊，就一个科长，可有人要是没当上，搞不好就把我休了。"

小丁不好意思地笑笑："科长老婆，以后再也不要抱着孩子上我单位了，我好怕怕啊。好事差点被你搅黄了，幸亏我基础打得牢。"

小白轻轻拧了他一把："明天我们去吃大餐庆祝一下。"

终于熬到上幼儿园了，早上，火烧眉毛赶时间，可小白的敌人，仍躺在床上不起来，而且反复嘟起粉红的小嘴强调她的决心："我不去幼儿园！"好不容易哄着起了床，从众多公主裙中挑来拣去地穿好衣服，眼看离上班时间只剩二十分钟了，她又提出了无理的要求：要看一分钟的动画片，小白知道她所谓的一分钟的长度，半小时不一定能够满足。小白虎着脸想扬起手打她，可手还没举起来，她便夸张地哭叫控诉：你打人，还不道歉！边哭边还起手来。小白只好任其踢打和哭骂，一边紧抱着她要冲出门去。她的小手紧紧抓住门框，顽强地滞留原地，小白用力掰开阶级敌人的手，女儿不放，哭声更嘹亮了。

平时走路，女儿总是专挑高低不平的地方蹦跳，一天平均跌倒十几次，身上的淤青都是小白服侍不周的罪证。即使女儿跌倒时小白第一时间惊恐万状地抱起她，又是吹又是摸也无济于事。这还不打紧，要命的是，有一次一个比她大的小朋友无意间挡了她的路，她竟然一掌将人家推开去。小白真不敢想象，这孩子长大了要给她惹出多少事来！

当然，这些都不算什么，每天小白打扫卫生时，客厅还没扫完，她总是大声地喊：妈妈，我要喝酸奶！我要吃梨！妈妈，我要换猫和老鼠的动画片！还经常要找几百年前丢失的玩具……这倒罢了，更要命的是，等小白去卫生间倒水时，客厅咣啷一声响，牛奶花生洒了一地！小白差点气绝身亡，早知道刚才不要打扫了，就坐在沙发上看电视就好！

这个敌人，小白后悔为什么要带她来到这个世界上，难道糟心的事还不够多吗！要是在生育之前有人告诉她育儿是这样一个恐怖的过程，借她一百个胆她也不敢生孩子。

外面的世界有着无穷无尽的吸引力，打着雷也敢到外面去。为了能到外面去，女儿一遍又一遍地亲吻小白的脸颊、眼睛、鼻子、耳朵，任何一个要求她亲吻的部位，毫不吝啬。还要加上配音：爸爸我爱你，妈妈我爱你！这小马屁精！是的，她要到外面去，要去吃哈根达斯冰淇淋，要去万达游乐场，要去“男朋友”家。一旦出门了，欢呼万岁！天气热得让人想像狗一样伸出舌头。女儿迫不及待挣脱开小白的手臂与怀抱，跌跌撞撞地向公园跑去。小白谩骂着，女儿回头朝她伸舌头做鬼脸：“讨厌！”她可知道这讨厌的意思？路边的车一辆又一辆鱼贯而过，不耐烦地摁动着喇叭，似乎也在说着讨厌，埋怨着这个拥堵得像石头的世界。女儿风一般地奔向快乐，这个上天派来考验小白的精灵，她奔跑着，速度超越了四岁年龄应有的能力，有一瞬间，小白简直追不上她。女儿看到了五颜六色的滑梯，像一座座童话里的城堡，在太阳下发出诱惑的光芒。还有二十多米的距离，小白已经听到了她不能自抑地欢叫声，那么清脆，那么迫不及待，那么满足与愉悦。就在这一瞬间，小白看到了那个叫快乐的精灵变成了一朵鲜花，盛开在女儿的小脸上，以及清澈明亮的眸子里。女儿从一个个平缓的、陡峭的、螺旋的滑梯滑过去，一次次爬上去旋转滑下来，整个世界剩下这个快乐的城堡。

小白真佩服女儿的精力是那么好，整天跳上跳下，完全像一个男孩子。无论穿上多漂亮的公主裙，都打扮不出女孩子的性情来。上街或者进了超市，小白得紧紧地握住她的手，稍不注意她就会挣脱开，世界在她的面前总是那么新奇，那么多的零食总让她流口水。她最爱指挥她爸爸，指东打东指西打西，很快，女儿就把购物车堆得像一座小山。她喜欢吃甜食，水果糖在她的嘴里，被咬得咯巴咯巴响。埋完单后，她费了好大的劲，头发被汗水粘成一条条的，也没有拧开可乐的瓶盖。无奈，她只好来找小白："麻麻，我们两个人一起喝可乐吧！"小白看了她的样子，一下子就明白了她的诡计："不喝！麻麻不喜欢喝可乐，可乐会骨质疏松。"她却赖在小白身边，执意要"请"小白喝可乐。小白看了她眼巴巴的样子，就让她亲一下自己。她就不厌其烦地亲小白的眼睛，小白的鼻子，小白的脸，甚至是小白的下巴，这是一项浩大的工程，费时五分钟，女儿已经驾轻就熟，但她又很敬业，一丝不苟，绝不敷衍了事。她的口气很清新，只是口水有点多。小白边擦脸上的口水，边慢慢拧瓶盖："呀！好紧呀！打不开！"她在旁边喊："加油！加油！"小白不好意思再逗她了，瓶盖"嘭"的一声开了，泡沫花一般往上涌，她见状一下子就跳了起来，抱了可乐转身就跑。这小骗子！小白叫："给麻麻喝一口！"

出超市时，女儿抢着冲在前面摁了电梯，电梯门很快又关上了，小白傻了眼，小丁一个箭步冲上去摁电梯，怎么摁都没有反应，小丁喊道："你在这里等，千万别动，我到楼下找！"小白三魂去了六魄，傻傻站在原地，等了一会儿，给小丁打电话："找到了没有？"

"没有啊！"小丁在那边奋力呼喊。

正巧电梯又上来了，小白手推车里的东西也不要了，冲进电梯，窄窄的电梯里有个小女孩，却不是女儿。超市总共有四层，小白把每一层都找遍了，一边疯子般大喊女儿的名字，硬是不见女儿踪影。小白又气又急，大脑里闪现出孩子被拐骗了的千万种画面。小白出了一身汗，像刚从水里捞起来一样，颤抖着手拨通了妈妈和婆婆的电话，也顾不得妈妈心脏不好，能搬的救兵都搬来了，所有人都往超市赶。最后小白还拨打了110，可110说，要过了24小时才算失踪才能立案。正乱得不可开交的时候，小白突然听到一阵熟悉的笑声，银铃一般，小白一激灵，朝着笑声跑去，只见女儿正站在一个小哥哥身边说说笑笑呢。小白冲过去，一把抱住女儿号啕大哭起来。女儿莫名其妙："麻麻，你哭什么？"小白哭过了，掏出手机给小丁打电话。小丁赶到时，一把抄起女儿的屁股就揍："你这死孩子，看你以后还敢不敢乱跑！"

女儿见连一贯宠爱自己的老爸都生气了，心知犯了大错，老实多了。这么一折腾，所有人都有虚脱之感，于是一起去餐厅吃饭。小白说，你一定要多吃点，吃得饱饱的，这样就能快点长大，再也不用怕人贩子了。等会儿出门的时候，餐厅老板要看你的肚子鼓起来了没有，如果没有鼓起来，就要把你留下！女儿有些慌了，很快吃了几口，然后亮出自己的小肚子让小白看，她使劲让它鼓了起来。小白忍住笑。小白说，"麻麻身上带的钱不够怎么办呢？就把你押在这儿吧！"女儿一听慌了，眼泪在眼眶里打转。小丁恶狠狠地剜了小白一眼，看女儿眼泪快要流出来的样子，小丁赶紧安慰道，人家老板不会要你的，要管饭，还要给你找幼儿园，多麻烦！女儿听了后，就破涕为笑了，一头扎进爸爸怀里："粑粑，千万不要把我丢在餐厅里！"

大家听了小家伙的话都笑了起来。小白也笑了，心里头却涩涩的。

每次送她去外婆家，她总是快速地趴在窗前，眼巴巴地望着妈妈匆匆去上班的背影，显得无奈又悲伤。外婆是需要休息的，即使是铁打的人也要被折腾坏，更何况老人家。有几天，因没有人带她，小白只好将她送到托管中心，她哭着闹着，声嘶力竭，四肢乱蹬，老师根本抱不住，那样子像是小白狠心地遗弃了她。待下班的时候，小白迫不及待去接她，她远远地看见小白，就踉踉跄跄地跑过来，摔倒后顾不上摸一摸膝盖，一头扑进了小白的怀里。

小白问，宝贝我们现在到哪里去呀！

她热切地指着小区的方向说，到你们家去！是的，到你们家去，而不是外婆家。小白的内心突然生出一股痛楚，谁说孩子总是幸福的？她每天也要经历很大的悲伤呢。

一到周末，女儿就回到小白这里来了。小白是全天候的，她没有一天假期。一想起周末要独自带四岁的女儿，小白头皮就发麻。她多想利用周末的时间将那篇写了快半年的职称论文写完，然后好好地逛逛街，买一条可心的裙子，因为坐月子胡吃海喝体重一路飙升，三四年前的裙子几乎都不能穿了。可是，这一切全是空想。你看，老公又溜出门跟一伙哥们喝酒打麻将寻快活去了。小白什么正经事也干不了。女儿有各种各样层出不穷的问题："麻麻，要是太阳从天上掉下来怎么办？""麻麻，鱼儿在水里是怎么呼吸的？"望着女儿扑闪扑闪的大眼睛，小白支支吾吾难以招架。野花开了，她欢呼着跑过去；天上飞机飞过了，她奔跑着追过去。当然，飞机一转眼就无影无踪了，她停下脚步惆怅着。是的，孩子可以看到很多大人所看不到的东西。小白拿起书来，女儿就要抓过去胡乱翻；小白打开电脑，她将鼠标摁得噼啪响，打开无数页面，直到将电脑摁死机。小白摊开纸打算手写，她抓过笔也要一显身手，手上、脸上、裙子上、桌子上、墙上到处都留下了她的墨宝！这样一来，小白不得不给她洗澡，刚放进澡盆，女儿就不停地扑腾扬水，扬小白一头一脸，动静越大她越兴奋，怎么也呵斥不住。现在，大灰狼也不怕了，连警察叔叔也不管用了，即使小白一巴掌下去，她哭两声又开始闹了！

洗完澡，女儿一把揽住小白的双腿，仰着头，小脸上漾着急切：妈妈，抱抱，抱抱！外面，去外面玩儿！在刚学会走路的时候，她总是不让人抱，跌跌撞撞非要自个儿走，现在能跑的时候，却像没有脚了！

小白道："吃完饭再出去！"

两人像菜市场上的小贩讨价还价，女儿像个最难缠的主，三两口扒完饭，饭粒不仅撒在饭桌上，还飞到地板上，小脚再一踩，客厅马上面目全非惨不忍睹。嘴边糊着饭粒，胸口衣服洇着菜汁。小白只好妥协："你帮妈妈收拾完房子，我们再去玩！"

说心里话，小白一点也不想出门，外面的世界乱糟糟的，让人心烦！小白真盼望女儿能早点睡着，只有睡着时这个世界才能安静一点。

房子里又乱又脏，没有一样东西待在原有的位置上，简直得从千军万马中杀出一条血路来，想想都让人心力交瘁。小白前面收拾，她后面鼓捣弄脏弄乱，是可忍，孰不可忍！唉，生儿育女的操劳实实要比快乐多得多啊！小白有些后悔，怎么就生了这么一个恐怖分子！小白生气地给她扔了一块抹布："去，去洗碗！"

"知道啦！"她响亮地回答小白，暂时将滑滑梯忘了。

哈，小白给她加了凳子，她竟忘我地擦洗了起来，够不着的地方还要求加凳子。这让小白感到惊奇，发自内心夸了她几句。等小白拖完地，发现女儿还在擦拭，只是东抹一把，西抹一把，倒了大半盆洗洁精，两只小手湿淋淋的，满是泡沫。小白灵机一动，找出个小喷壶给她："花儿口渴了，你去给她们喂喂水吧！"

女儿听了，扔下了抹布，兴冲冲拿着喷壶去喷花了。

看着眼前这位兴致勃勃的小花匠，小白突然有些自得：跟敌人斗智斗勇，平时总是惨败，唯有今天算是完胜！

总算上小学了。开学第一天，小白带着女儿去报到，女儿像麦芽糖一样黏在小白身上。路上小白对她说，你这样一直抓着麻麻的手，麻麻的手都被你抓痛了。要排队了，其他孩子开心而兴奋，只有女儿不愿加入这个陌生的队伍，即使队伍里还有两个她幼儿园时的同班小朋友，她就是不愿放开小白的手去排队。小白只好一遍遍地对她说她是麻麻最爱的人，麻麻下班后一定会来接她。你看，每个小朋友都要到学校里学知识学本领，长大后才能自己赚钱去买漂亮的公主裙。但她丝毫不为所动，只觉得小白会一去不回来，把她一个人丢在学校里。"麻麻，要握紧我的小手，再紧一点，紧，紧！"七岁的女儿一遍遍地提醒小白，要小白将她的小手握得紧一些，那样子好像小白一松开手，就会有龙卷风将她吹走一样。小白仰头看看天，秋高气爽万里无云，一点儿风也没有，不像要变天的样子。小白一直给女儿壮胆，但一点效果都没有。小白说够紧了，麻麻已经很用力了。但她似乎还觉得不够紧，还是不停地提醒。老师说："那位家长，请你及时离开，你这样做不利于孩子独立成长。"小白挨了批评，红了脸，赶紧用力挣脱了女儿："拜拜！"女儿在她身后大喊："麻麻，下课后要第一个来接我啊！"小白想，再也没有比这更狼狈更尴尬的了，估计老师已经在心里给她打了一个大大的叉了。

学校离家很近，经过一条马路就到家了，女儿不敢一个人过马路。马路就像一条波涛滚滚的大河，来回穿梭的车辆川流不息。小白一次次地教她如何过马路，但女儿还是不敢。其实小白也不放心，她们这条马路上发生了好几次车祸，都让女儿看到了，一次是一辆银灰色的大众飞一样的撞倒一个小学生，并碾过了他的腿，车过去后，那孩子努力想爬起来，但刚爬起来一半就倒下去了，马路边的小白惊叫了一声，身边的女儿没有惊叫，只是两只手紧紧地抓住小白。还有一次是回家的时候，在马路中央看到了一只脏兮兮的解放鞋，歪歪扭扭地斜卧着，旁边是一摊血，小白想，是不是刚进城不懂交通规则的农民，小白想捂住女儿的眼睛，但已经来不及了，女儿也看到了血和那一双旧解放鞋，就在刹那间女儿猛地扑进小白怀里，久久不愿抬起头来。小白真后悔让女儿留下这样血腥的记忆，假如记忆可以像电脑里的文档那样说删除就删除，小白一定毫不犹豫地为女儿按下删除键。

小白想到自己小时候也是这样的，老觉得身后跟着一个人，根本不敢回头看，毛骨悚然一身鸡皮疙瘩。也不敢一个人睡，老觉得床底下藏着强盗。一个人独处的时候，走在暗地里的时候，就明显地感觉到那个叫恐惧的东西在心里头翻腾着，如影随形。小白记不清，身后的那个看不见的影子在自己多大的时候才消失不见的。也许每个人的成长都会经历这样的过程，都会从雾一样莫名其妙的恐惧中走出来，最终变得勇敢起来。想想自己现在仍然有很多恐惧，仍然胆小如鼠，而且有了更多的焦虑，是不是自己也还没有长大呢！想到这，小白情不自禁地将女儿柔弱的小手重新放在自己的手心，轻轻地握紧，再握紧，尽所能地握紧她。女儿哭的时候眼泪是那么多，简直像拧开水龙头的自来水，而她的笑，又比闪电来得还要快些，突然就破涕而笑了，完全忘记了前一秒钟的悲伤。当然有些笑是小白琢磨不清的，她在梦中都会咯咯咯地笑个不停，边说着俄罗斯语言般的梦话。

女儿睡熟了，眼睫毛上还挂着晶莹的泪珠。脸上黑黑的一道道的泥印儿，小白点了点她的泥印儿，明天再洗吧。因为母女俩之间的战争，女儿没有洗澡就含泪睡着了。这个泥猴子，高兴的时候脸上的泥印子更多。小白喜欢女儿仰着这个泥印脸儿，喜鹊般围着自己叽叽喳喳地说话，讲老师的上课的腔调，讲贴在作业本上奖励的小星星，讲课间谁不小心放屁出了声响……有时遇到一只虫子，她一定要踩一下，如果是错过了，她还是要倒回去重新走过来。有时小白和女儿一起唱歌，她一句小白一句，小白看着女儿脸上的小泥印儿莫名地笑出声来。可是可是，为什么她们母女俩经常要把彼此弄哭呢。

没想到会爆发那么一场惨烈的战争。前些天，女儿一直要一部手机，小白坚决不同意，老师早就在家长会上多次强调小学生不允许带手机。可小白看她那么迫切的样子，尤其是她的同桌常用手机给她打电话来，女儿的表情忧郁得不得了。小丁想法却不一样，他认为一个人迫切想要得到某件东西的时候，他的欲望如果很快被满足，这样的人生才是快乐的。正因为小丁这样想，他私自做主，在女儿最想要手机的时候给女儿买了一部华为手机，是女儿所喜欢的那种粉色的智能手机。小白气得直瞪眼，说父女俩联合起来跟她作对。

新手机拿到手，女儿兴奋得不知如何是好，大约还没有一分钟的时间，她就记下了自己的手机号，在小白不注意的时候，就将号码告诉了她的好朋友。没有几分钟的时间，正当她写作业的时候，她的同学就打来电话到她的手机上，邀请她去参加生日派对。看到她坐在书桌前拿着手机聊天，小白强忍着内心的怒气。小白一直觉得自己的更年期提前了，她现在经常像一只高压锅。

课堂上不允许开手机的，可是一下课，小白就听到了女儿的声音，那边吵嚷的声音好大:“麻麻，中午我要吃肯德基！”

“哈，这有什么意思呢！”小白心里想。为了使用手机，她找到了一个打电话的理由，也许只能如此，借此机会在众多同学面前炫耀一下，她现在也是手机一族了。

为了尽快熟悉手机的各项功能，临睡前女儿把自己同宝贝手机一起蒙在被窝里，半夜了还不停地翻呀翻，又生怕弄出声响让小白听见。

小白隔着房门叫："还不快睡！磨磨蹭蹭……"而小丁呢？比起妻子的严厉来，则一味地姑息、放任，只要女儿这个前世的情人不杀人放火，他永远笑眯眯的。

昨天晚上，小丁顶着小白的淫威，给女儿的手机下载了些钢琴曲，因为女儿在学钢琴，听听大师演奏的世界名曲总是有益的。小白一脸不高兴，怕女儿以后的心思都飞到了手机上，肯定会影响学习成绩。女儿不敢看她的脸色，战战兢兢生怕又被逮个正着，再惹来一顿呵斥。等小白出了卧室，回到客厅时，女儿便继续熟悉她的手机功能，更新音乐，当手机播放出下载的钢琴曲《卡农》《蓝色多瑙河》时，她兴奋得差点叫了起来，刚一叫就捂着嘴笑了，忽闪忽闪的大眼睛望了一下卧室的门，做了个鬼脸。接着她依在爸爸的身旁，想亲自操作，急得像个小猴子似的。正玩得起劲时，小白突然推开了卧室的门："还玩，还玩，不好好写作业去，把手机扔下楼去！你再这样……"女儿顿时吓得埋头写作业，一副刻苦的模样。小丁涎着脸，嘿嘿地笑了："马上就好，马上就好！"小白在关上门之前给了小丁一个白眼。

大约写了不到十分钟，女儿就坐不住了，放下笔，小偷一般地踮着脚过来，小声地说："爸爸，给我手机，让我来，我会呢！"小丁说，等一下，我再翻一翻其他功能。"快点，快一点，给我！"她声音压得低低的。小丁说，快写作业去，看你妈又来了！她一听，哟，这还了得！她缩了一下头，又踮着脚跑了回去，扎进作业堆里。

第二天早上女儿去学校去得急，手机还在床头柜充电。真乃天助也！小白手脚麻利地把所有的音乐全删了。再看通讯录，竟然有一个名字是男朋友！这还了得！小白眼睛一下子瞪得老大，不假思索地把通讯录也一并删了。中午女儿回家第一件事就是找手机，找到手机后一操作，音乐没了，通讯录也一片空白。女儿大叫："妈，你就是个希特勒！"

小白骂道："看你那魂不守舍的样，肯定一上午都在想这破手机，老师讲课你哪里有听进去？"

女儿哭道："妈，你太不尊重人了！你是魔鬼！你是灭绝师太！"

小白心头火起："对，你妈就是魔鬼！你再哭，把手机扔楼下你信不信？”说着作势要扔。女儿扑过来抢，拉扯之间，手机猛地摔到地上。屏幕碎了。女儿大叫一声，捡起来一试，屏幕是黑的，连开机也开不了了。女儿大哭。

小家伙足足三天不理小白。小白想了三天，一会儿恨女儿，一会儿恨自己，一会儿恨老公，一会儿恨手机。这手机，不知导致了多少父母与子女的战争！

女儿竟然离家出走了！她老妈还比不上一部手机！一个小女孩，外面的世界多危险啊！万一被坏人骗……小白吓得不敢再想。她四处打电话，无头苍蝇一样在大街上乱找，嘴唇起泡，右脸颊因牙痛肿得老高，喉咙连吞口水都疼。家里空荡荡的，没有了女儿的声音和影子。小白甚至出现了幻听，好像女儿在喊她。奔进卧室一看，却啥也没有。

第三天，小白重新给女儿买了一部新手机。女儿马上回了家，看来，是和她老爸串通好的！小家伙回家后一看到新手机就欢呼起来，确定这部手机是属于自己之后，搂着小白猛亲。小白有些不好意思，女儿这么快就原谅她了。要是换成她自己小时候，要是妈妈摔坏自己的心爱之物，她保准一个月不理老妈。女儿远比自己大度多了！

母女俩算是和好了。第二天小白下班后回到楼下，当小白打开单元门时，一眼就看到了女儿同两个比她更小的孩子在一起，每个人手里都捏着一束叫不上名字的小花。女儿的手里更多，拥在胸前，几乎是抱着，她的脸上写满了兴奋，见小白回来，马上央求一定要把这些花插起来放在她的房间。晚上停了电，小白找出了蜡烛，没电的夜晚可真难过。女儿却浪漫得不行，一点上蜡烛就说她想吹蜡烛，想许愿，看来新手机带给她的愉悦远远还没有消退。小白制止了她并说上床睡觉时再吹吧。看女儿的样子有些等不及，便只好让她吹了并许了愿，但要求她必须把愿望告诉麻麻，她答应了。吹蜡烛之前她像过生日时那样闭着眼睛许了愿，后来她告诉小白她的愿望是当上值日班长，因为当上值日班长可以管人。看着小家伙虔诚的样子，小白忍不住又笑了：“你个小官迷！”女儿睁开眼：“不许笑！像个大傻瓜！”

就在前几天，她央求着要养小蜗牛，小白不知是什么原因她突然喜欢起小动物来了，是童话书的缘故，还是老师讲了什么课，小白见她的写话本上，写了《我爱小蜗牛》一段话，她说蜗牛整天背着房子，好辛苦呀！真是好笑。她又央求小白要同她一起去找小蜗牛，小白哪敢呀！小蜗牛的身子黏糊糊的。女儿不一会儿就兴冲冲地抓回了一只，吓得小白尖叫。

玩归玩，女儿写作业还是比较自觉的，一写就是两小时。小白半靠在床头，竟然睡着了。惊醒时，看了看手机，十一点多了。女儿还在书桌前写作业，小白凑近一看，天，还有一张练习卷没有完成。

“别写了，睡吧！”小白压抑着莫名的恼怒。

“不行，还没完！”她像是自言自语，有气无力地回答。

“必须睡！明天早点起写都行！”

“好吧！”女儿勉强答应了。

听着女儿窸窸窣窣地去洗漱，然后上床熄灯。小白却怎样都睡不着了。浓重的黑夜覆盖着大地，小白以前一直想为自己呐喊，现在想为女儿呐喊了。

小白看着女儿孱弱的小身子，这小身子天天背着近五公斤的书包，书包里是品类繁多的课本及练习册，还有那永远也做不完的试卷……这简直让人喘不过气来。女儿那么酷爱钢琴、舞蹈，可考试都不考这些！

就这样和这个阶级敌人斗争着，有时一天就像一万年，有时一万年又像一天。每天总是玩不动了才会躺下来，常常在沙发上、床上跳腾着，直到身上的永动机开关一关，突然身子一歪就睡着了。啊，她睡着只需要一秒钟的时间，不像小白，明明精疲力竭却要辗转反侧，甚至要数几十万只羊才能勉强睡着。当然，这一切都有一个极限，当接近临界点时，睡意会乌云般滚滚而来，接着，大脑里仿佛浓雾弥漫，慢慢地，梦就来了。那些莫名其妙的梦啊！那些鬼使神差、荒诞不经的人与事，会在大脑中无休无止地折腾。有时，那情状仿佛是魔鬼压住了身子，又像是被强行摁进了水下，而你的手足毫无反抗之力，不能将自己从梦魇中拉将出来！一个敌人就够了，谁还会要二胎？况且还想要男孩，那不把房瓦揭了？

三

同一个消息，对甲可能是好消息，在乙那里则就成了坏消息。

好不容易熬到女儿十岁了，刚刚可以喘口气，稍微有喝咖啡的闲情，小白夫妻俩边吃饭边看电视，电视里播放着这样一条新闻：“二胎政策实施需要全国人大修订《人口与计划生育法》和相配套措施，然后各地依法组织实施。全国人大修订法通过之日，就是二胎政策生效之时。”小丁乐不可支，又拍手又拍大腿，朝小白挤眉弄眼。小白阴沉着脸，放下碗筷走进卧室。这不是折腾人吗？要么早点放开，两个孩子年龄差距小点，两个当一个一起带；要么就晚点放开，到时小白都奔五了，想生也生不了了。现在不尴不尬的时候，真让人恼火呀。小白真不敢想象二胎的日子，吃二茬苦受二遍罪，傻子才干这种事。现在的小白想好好地过下半辈子，以前围着小丁和女儿团团转，现在的她认为，只有吃喝玩乐的人生才是真正的人生，若再不及时吃喝玩乐，这辈子就真是活得太冤了。年轻时她也想在事业上干出点名堂来，现在精气神全没了，看电视上那些名人忙忙碌碌，小白心想，开再多场讲座又如何，仍然有人不知道你。你的思想你的人生和别人半毛钱关系都没有。

小丁跟着进了卧室。小丁迫切地想要个儿子。在小丁看来，国家真是办了件功德无量的大好事！以前独生子女政策的时候，生了女儿的小丁是极度绝望的，完了完了，老丁家到了他这里断了香火了，这辈子没有奔头了，除非离婚再娶。但这不现实，他和小白有感情基础，再者，他不是一个爱折腾的人，现在离婚再婚的成本高得离谱。小丁就蔫蔫地过日子，也不存钱，赚多少花多少，反正没有儿子，不需要帮儿子攒老婆本。现在天地间突然变了番模样，小丁霎时觉得人生有奔头了，之前刚有了放宽二胎政策风声的时候，他就自觉地戒了酒，还积极地锻炼身体，准备生个大胖小子。小白不一样。自从生了女儿，以前无所谓的小事，都变得锱铢必较。也因此，从前的隐形矛盾都会变成升级版。小白心想，平时的一百束玫瑰，抵不过生孩子时亲自喂的一口粥。平时的山盟海誓，抵不过生孩子后的一句嘘寒问暖。当初他们不是为了孩子才结婚的，可现在却成了他们之间最强韧的纽带。

小丁嬉皮笑脸：“老婆，我们再生一个吧，再生一个儿子，组成一个好字，儿女双全，龙凤呈祥。”

小白笑了：“儿女双全？你没看到那段子吗？等你老得不能动的时候，一个孩子拿不了主意，两个人可以商量。老大：‘把氧气管拔了吧？’老二：‘好！’”

小丁也笑：“哪能呢？段子嘛。”说着从背后抱住小白，用嘴唇蹭了蹭小白的耳垂：“老婆，别看电视了，我们上床造人吧。”

小白柳眉一竖：“再生一个你要喂奶？你要洗尿布？半夜里醒了你要负责唱歌？”

小丁点头如鸡啄米：“我负，我全负。”

小白冷笑：“我才不上当呢。我的那些姐妹，未生二胎之前，婆婆老公一个个拍着胸脯对天发誓，说除了喂奶什么活都不用她干，二胎落地了，当妈的一个个累成狗，熬成黄脸婆，老公出轨还振振有词，看看你们那嘴脸！再说了，世间事经常事与愿违，头胎女孩二胎想生个男孩的，往往又生个女孩，遗传基因摆在那里；头胎男孩二胎想生个女孩的，往往又生个男孩。到时要准备两套房子，你有那个钱那个命那个气力吗？”

小丁忙道：“我跟他们不一样。真的，你相信我，不一样。”说着，胁肩谄笑献过来一盘削好的芒果。

小白头摇得像拨浪鼓：“宁愿相信天下有鬼，也不相信男人的嘴。”整盘芒果一动也不动，生怕吃人的嘴软。小丁要喂她，她偏了头闭了嘴。小丁一赌气自己全吃了。晚上行好事时，小白严防死守，坚持让他戴套，小丁就是不戴，小白起床穿衣服就走。小丁在她背后叫嚣：“你不生也行，我找别的女人生！”

小白冷笑：“好啊，有本事找去！”

小丁气得一骨碌爬起来穿衣摔门而去。站在街头，小丁一时茫然不知要往何处去。找个女人生孩子并不容易。小丁决定喊上一帮哥们到

KTV唱歌。这是一栋老式的房子，没有电梯。KTV在五楼，为了到达五楼，小丁像排雷一样，绕开了好多东西。要绕开温水池与桑拿房，要绕开氤氲水雾中女人白生生的大腿，以及让人想入非非拥挤的乳沟，还有男人各种各样的嘴脸……要绕开那些迎宾小姐热情的笑脸，以及拥挤的电梯。

这些都是必须要绕开的。因为这些陌生里，可能含有各种各样的脏。

在二楼自助餐区，要绕开可乐，啤酒、各式糕点，烤羊排、烤生蚝、三文鱼以及各色自助餐点。在休闲区，要绕开台桌球前装模作样的男人，网吧内游戏少年呆滞而惨白的脸，美容美体室前白骨精般摄人魂魄的广告红唇，以及3D电影室里的黑暗与私语，休闲沙发上的粗俗鼾声。小丁用丹田深深吸了一口气，然后绕开那些舞蹈如鬼魅的肢体，那些半遮半掩的诱惑以及甩得震天响的纸牌……

他所遇到的一切，随时都在引诱他、迷惑他、麻醉他、销蚀他……如果被其中一种纠缠上，他和小白之间势必引起比为了女儿而引发的战争更为猛烈的战争。小丁是个爱和平的人。当小白试图发动一场战争的时候，小丁就躲。

小丁不想碰上任何人，包括熟悉或陌生的眼神，丰满或干瘪的胸，危险的大腿及涂着指甲油的脚丫……这样一来，他的行程变得异常艰难了。他不想惹上任何麻烦，不想擦着任何东西，凡是有可能擦枪走火的东西他都想避开。谢天谢地，他顺利地通过了二楼，气喘吁吁，大汗淋漓，有如通过雷区。

小丁长吁了一口气，上到三楼和四楼。放眼望去，过道两边的每一间房门旁都挂着一盏大红灯笼，还有一个旗袍叉开得高高的小姐，这让他更畏惧了。过道里铺了厚厚的地毯，声音全被吸走了，突然变得诡异的安静，走上去有一种下陷的危险，就像走进了沼泽，这让他变得战战兢兢。小丁继续往前走，这时，包间里传出了卡拉OK的鬼哭狼嚎，杯盏碰撞的声音及各种欢笑嬉闹。香水、酒精、各种菜肴的味道刺鼻地混合在一起，连同声光电的混响联起手来出其不意地袭击他。这比楼下的拥挤与赤裸更让人心惊。

待穿过这两层楼道时，小丁感到手脚麻木，浑身无力，仿佛刚刚经历了一场战争。

好不容易到达了五楼，接近目标了，小丁却犹豫了。他突然觉得，K 歌也变得索然无味了。哥们打来电话问他在哪里怎么还没到，电话里满是嘈杂的乱七八糟的声音。小丁说，我被女儿缠住了，来不了了。哥们说，快点来，不然跟你绝交!

小丁又回到了老婆的床头，哥们的电话又追来了："怎么还没到?"小丁道："在家抱老婆呢。"说着一把扳过小白的身子："老婆，你要给我发忠贞奖。"小白哭笑不得。心一软，小丁就得逞了。

今天一定是个坏日子，小白炒菜时，先是发现酱油没了，只好跑到楼下便利店买了一瓶，回来后那塑料盖却因为手滑怎么拧也拧不开，小白气得差点把酱油瓶砸了，先是拿剪刀扎，不管用，又拿了螺丝刀拧，十八般武艺都搬了出来，好不容易拧开了酱油瓶。接着，油星从锅里蹦出来，把她的手烫出了好几个红点。小白疼得龇牙咧嘴，赶紧把手放在水龙头底下冲洗。关掉水龙头，一阵清凉过后，还是钻心疼。小白捧着手到卫生间涂牙膏，涂完后到客厅泡杯茶喝，这时厨房飘来一阵烧焦味。该死的！小白放下泡了一半的茶，小跑着去关火。一锅卤猪蹄全烧焦了，烧焦的菜不能吃，小白狠狠心，把一锅猪蹄全倒掉，还费了半天的劲洗那个黑锅。

晚饭只好带女儿到外面吃了。

吃完面回到家，给老公顺带捎了一碗。小丁朝女儿举了举新买的芭比娃娃，女儿娇滴滴地扑进小丁怀里，嗲嗲地撒娇。小白心里不舒服，干脆眼不见为净，躲得远远的。有时她会呵斥女儿几声，小丁对她大眼瞪小眼："你疯啦？连女儿的醋也吃？"

小白不知道自己是不是疯了。夫妻俩经常一边怄气，一边争着朝女儿献媚。进了卧室，小白才想起忘了买早早孕试纸，但她懒得再下楼了，明天再买吧，反正迟一天也不会出人命。小白懒懒地窝在沙发上，菩萨保佑，千万不要中标。这个月的老朋友还没来，已经迟了五天了，但小白的老朋友一直不大准时，小白心存侥幸。小白想，周围那些生二胎的朋友实在勇气可嘉，要么就是爱情还在，愿意为对方生一大串孩子，要么就是对生活还持有乐观的热情，而小白不行，她觉得自己人生的精力全被女儿耗尽了。这个小人儿，小时候需要整夜整夜地抱，眼看她睡熟了，做贼似地轻轻地把她放到摇篮里，她马上放声大哭，小白被这个毫不留情的监工弄得精疲力竭，要不是亲生的，早就把她扔马路边了。那一年，小白瘦掉了二十斤，累得眼前常常出现幻觉，有一次去买纸尿布还撞到了人。一身疲累的时候，小白会想，对女儿的感情是从什么时候开始变味的呢？

在女儿还在肚子里还不知道性别的时候，小白对孩子充满了期待。她经常抚着肚子喃喃自语。一个生命就这样神秘地、轻轻地来了，在她来了十几天以后，才知道她来了。孩子把自己隐匿起来，开始跟小白捉十个月的迷藏。生命的开端最是玄妙，真的很像电影，几年以后世界上忽然就会多了一个蹲在草丛里抓蛐蛐玩耍的小孩。孩子来了，为小白夫妻俩的生命揭开另一出序幕。这个小生命在羊水里游泳，让小白忍不住时时刻刻去注意、去寻找。新生命就好像是某个清晨或黄昏里一团扑面而来的柔和的微风，风中有着轻轻的呼唤。孩子是一个谜。长得什么样？什么时候来到小白的怀里？将会在哪一天哪一个时刻出生？她健康不健康？啊，生命的谜语，生命的起源，生命的孕育，何其神秘！孩子，妈妈腹部隆起的这道弧线就是你吗？你就是这道曲线吗？生命的形成真是令人敬畏的奥妙！十个月后，她就会来到这个世界上观赏蓝蓝的天空。也许，她就是来自天空的深处，在某一天某一瞬间被一种神秘的力量所击中，于是来到母亲的体内。有时小白想象自己的孩子来自一条闪闪发光的大河，或者来自一座耸入云端的山峰。现在，小白是两个人了。她比别人强大，世界上任何一个强壮的男人都不可能同时是两个人，这是女人最独特的骄傲。小生命孕育的过程，充满着动态，犹如植物开花结果。四个月的时候，孩子终于会动了，“扑通”一声，极轻微的，就像小鱼跃出水面喝水，又倏尔钻回水深处去了。这是孩子第一次跟小白说话，这轻轻的呢喃，令小白柔肠百转。第八个月，孩子高高隆起，成了小白的圣山。

十个月过去了，谜底揭开了，猝不及防的，女儿“扑”的一声拉出一堆黑色的稀稀的胎粪，臭味扑鼻，令夫妻俩措手不及。没想到，孩子还会拉大便。因为没有包纸尿裤，粪便把裤子沾得到处都是，老公捂着鼻子将换下来的新裤子扔进了垃圾桶。小白叫：“洗一洗就好了，干吗扔掉？像你这样一个月要扔几十件，金山银山也垮了！”

像做梦似的，女儿竟然长到十岁了。五一黄金周，父女俩和朋友一起出去自驾游，明晚才会回来。小白坚决不参加，这是难得的放风机会，她需要透透气。第一天的时光特别甜美，小白仿佛又回到了单身时光，也不去找朋友，就在家里自己给自己磨了杯咖啡，屋子里飘满咖啡的香味。小白端起来美美地喝，放上劳斯莱斯钢琴曲，再配上芒果慕斯，真是完美的一天。咖啡喝完还不过瘾，小白还想喝酒。她不胜酒力只敢喝葡萄酒，结果盖子却打不开，只好倒了一杯白酒。杯中物明若水，似有奇光异彩。小白小口小口地抿，不时丢一颗花生米进嘴里，随心所欲，信马由缰。酒能纵情，轻飘飘如闲云的感觉愉悦而美妙。

如果晚上能睡上个完整觉就更完美了。小白关紧窗拉上窗帘，想给自己营造一个私密的世界，小白清楚夜再深外面仍然有不息的嘈杂，它让小白一直躁动不安，小白得让自己的心静下来，在一个远离浮躁和荒漠的空间里安静地享受这两年来难得的独处的时光。小白太盼望能睡一个完整觉了。糟糕的是，她半夜又醒了过来。黑暗中的家空荡荡的，那样子就像是被遗弃在了荒野戈壁滩上了，房间里一片死寂。酒意已经散去，小白的大脑活跃而清醒。

想想女儿四五岁在家的时候，房子里的每一件家具随时都会遭殃，小白没有一刻不是提心吊胆的。有时，小白绝望地祈求她能安静一会儿，比如翻翻绘本，画一会儿画，可这都不能，非要把她折腾得精疲力尽不可，真想把她送人！可没人要啊。单位一个大姐的孩子上大学去了，有一次看见小白载着女儿上幼儿园，对小白说：“真羡慕你有小孩载啊！”小白马上说：“送给你载！免费！”吓得大姐赶紧调转车头走了。小白常常累得刚打一个盹，就听到外面哐啷哐啷如交响乐，要么就是牛奶打翻了，要么就是苹果滚到角落里。想想照这样下去，全家人只能共用一个杯子，一只碗了，或者只能吃手抓面。家里已经买过三套碗筷了。小白翻身追到客厅，发现客厅已经天翻地覆如卡夫卡笔下的《变形记》。鱼缸里泡满了饼干，鱼儿翻了肚白浮在水上，沙发上停放着长长的一排芭比娃娃，茶几上赫然一只拖鞋，糕点泡在仙草蜜里……嗨，女儿正光着脚丫欣赏地上花一般的碎玻璃。小白来不及训斥与教育，老鹰捉小鸡般将她提到沙发上，赶紧打扫战场。女儿看到小白板着脸孔，也自知闯了祸。小白说：再闹扔出去！女儿听了就号啕大哭：不要！不要！伤心又气愤。小白无奈，只好又哄她：不扔，不扔。不知为什么，最先妥协的总是小白。要是不妥协，这小家伙准会把家里闹得天翻地覆不可，到时绝对会惊动整栋楼的人，全小区都会知道她家虐待儿童。

小白翻了个身。哪能再生二胎呢？坚决不生！傻子才生！又想起那个还没来，终究心中忐忑。既然睡不着，小白干脆到楼下紫金药店里买了早早孕试纸。

望着早早孕试纸上那两道鲜明的红杠，小白的眼睛几乎要掉出眼眶！真是晴天霹雳！小白情不自禁深深地叹息了。这注定是个无眠的夜晚。

记得以前送女儿去幼儿园，蹲下来给女儿系鞋带的时候，小白问：麻麻为什么喜欢你呢？她双手并拢做了个花朵的模样，小白问：“什么意思呀？”其实这个问题小白已经无数次地问女儿了，小白只是想，为什么自己对老妈、老公都无法做到无私，甚至苛刻，而对待自己的孩子却能这般忘我呢？每次她都回答：“我是你的女儿呀！”而这次，她却用哑语回答。小白又问了一句，她吻吻小白的额头：“妈妈好笨呀，连这都不懂，我是你开的花呀！”啊——小白搂紧了这朵花。也许老公会因小白变成黄脸婆而抛弃她，朋友会因小白的无可利用离开她，社会也可能因小白的低能而淘汰她，可女儿不会，谁也无法改变她对小白的依恋，这种依恋比起小白与小丁之间的爱情不知要强大坚贞多少倍，不知要长久和厚重多少倍。

还有一次，忘了哪一年了，小白带着女儿走在回家的路上，经过一家服装店时，一件乳白色连衣裙吸引了小白的眼球。小白走进去，讨价还价的时候，老板娘突然斜睨了小白一眼：“要是口袋里没钱，下次再来！”没想到，小白的敌人此时勇敢地冲将上去，指着女人狠狠地骂道：“不许骂我妈妈！”

小白眼眶一热，赶紧将她拉出了服装店。

如今，又有一个新生命涉水而来，企求走过她这道门。小白能够把这道门关上吗？

桃李赋

一

渊明餐厅环境幽雅，四壁贴着陶渊明的诗与画像，菜式新鲜，价格也合理，因为靠近河西大学传播系，所以教授们都爱到渊明餐厅小酌或豪饮。不知从何时起，渊明餐厅几乎成了传播系的定点餐厅，餐饮报销比例竟占了六七成左右。

今天系里宴请，为的是欢迎海归博士王子恺加盟。王子恺头上光环一串又一串，这让陶教授很是感到威胁，因为系主任马上要退休了，王子恺却在这个时候杀进来。陶教授带着不愉快的心情踏进渊明餐厅，看见系里的几个学生正在餐馆大厅里小酌，桌上几个凉菜几个热菜，外带一瓶白酒和一箱啤酒。学生喝得面色微红，热闹地笑谈着，大概正在谈美国次贷危机。见了陶教授，学生礼貌地问好，陶教授也微笑着颔首。其实他内心是不喜欢在用餐的时候碰到学生的，估计学生会想着他们这些教授们又来吃腐败餐了。这种相遇的不自在，就好像在厕所里相遇，他还在抖着撒尿的家伙，学生们却笑着对他说:“教授好！”这算咋回事！

酒桌上闹哄哄的，根本没办法让人想心事，于是陶教授也跟着一杯一杯地豪饮。桌上的菜大都是陶教授喜欢的：茶香浓郁的茶香鸡、色泽鲜艳的龙井凤片、茶香味浓的红茶蒸桂鱼、滑嫩爽口的茉莉鱿鱼卷、滑嫩味浓的普洱猪蹄，还有五香茶糕、绿茶薯饼等甜点。陶教授夹起一个薯饼大口咬下，薯饼立刻缺了一大半。醉眼蒙眬中，服务员小桃为他端来了一杯热茶，小桃那张光洁的脸让人不由自主想抬手摸一摸，但陶教授克制住了自己。小桃身上有一股细腻如丝的香，蛇一样钻进他的鼻孔里。陶教授努力用手掐住自己的大腿，怕自己的手不听使唤伸向不该伸去的地方。他喉咙发紧，呼吸困难，把一直拿在手里的桃子重新放回水果盘里，拿纸巾擦了擦被桃子弄湿的右手。节能灯照着小桃那张水红粉嫩的脸，上面还有一层小姑娘细微动人的胎毛儿，如将熟的桃子上还有一点毛蒙蒙的白，陶教授努力克制着内心那出于男人的原始冲动。

年轻真好啊。陶教授感觉自己还没尽情享受过年轻的好处就衰老了。时间打败肉体，肉体打败他。作为教授，陶教授是骄傲的；但作为男人，他身体上的短处——矮与胖，让他气短。近几年的养尊处优下来，直接结果是以前的西装扣上纽扣总有要崩断的危险，只好另买新的，淘汰下来的西装其实还很新，可惜不能穿了。正在胡思乱想，老板娘进来敬了酒，出于礼节，大家便拉老板娘稍坐了一会儿。老板娘习惯性地将左手支在桌上，因为这样的姿势才能让对面的人将她中指的大翡翠和她手腕上的大块羊脂玉看得最清楚。陶教授连连在心里冷笑，只不过是两块石头罢了，值得这样显摆呢，也不怕手酸。倒是王子恺一迭声地夸奖老板娘的羊脂玉，老板娘高兴起来，朝王子恺竖起大拇指："不愧是海归博士啊，见多识广！我给大家加个菜吧，各位是贵客，就尝尝鲜吧！以后到餐厅来，我都打七折！"

陶教授听到心中又冷笑起来，却不能说破——唉，每个行业，都有你无法忍受的污浊。陶教授只得端起高脚杯又灌下了满满一杯葡萄酒。老婆有些生气，小声道："你是不是患上酒精依赖症了？"不料这话被耳尖的王子恺听了去，他端了酒杯过来："嫂子你错了，碰到好兄弟酒才能喝得畅快呀！陶教授，咱干一杯，以后还得劳你多多关照！"两人又是一杯见底。老婆不禁顿足：这是什么酒鬼理论，被强逼不过的时候得喝，碰到哥们更要畅快地喝，那什么时候才可以不喝？

这时，酒桌上热闹极了，王子恺和老板娘相见恨晚，他正在向老板娘吹嘘："我评教授时一次性就通过了。"王子恺喜滋滋地重复。陶教授几乎要憋不住吼出声，你不就是关系硬一点吗，不就是人头广、八面玲珑吗，不就是一个人精吗，你别这样让人恶心行吗？陶教授不愿意再将目光放在王子恺身上，便一边喝酒，一边玩味着小桃和老板娘。老板娘花枝招展，小桃羞涩内敛，陶教授想，一个人有一个冷漠的外表可能有一个艳丽的内心，但一个人拥有艳丽的外表她绝不可能拥有冷漠的内心。陶教授喜欢外表冷漠内心艳丽的人。

回到家，老婆愤愤不平：“海归博士有什么了不起？平白无故杀出来跟你抢摘桃子！你在桃树下等这颗桃不知等了多少年了，凡事总该讲个先来后到！他要是太过分了，老娘也不是好惹的！”老婆的话让陶教授心里一阵反感：什么老娘老娘，你是谁的老娘呢？亏你还是系里的办公室主任，与街上的泼妇无异，有辱斯文啊！

王子恺长袖善舞，很快知道了陶教授就是自己最大的竞争对手，表面上却对陶教授特别亲近。这天，王子恺夫妻约陶教授夫妻打牌。打了一会儿，陶教授便有些坐不住了，打牌有两种人，王子恺很精很认真，偏偏他老婆很傻很天真，王子恺便生气地对老婆大呼小叫。陶教授喜欢打牌很精很天真的那种人。打八十分有两种规则，跟对子或者不跟对子。不跟对子的打法就像田忌赛马那种类型，人家出大炮，你打游击躲起来，等对方弹尽粮绝，你再发起反攻。牌局里演绎的就是一种险恶的人生。

老婆属于自来熟，只要认识的，都是她的好朋友；不认识的，也可以在认识之后马上变成好朋友。在打牌的几个小时里，她便和王子恺老婆好得像发小似的。偏偏陶教授却是蜗牛型的人，总把触角缩在壳内。他喜欢全世界都是陌生人，干脆利落，不拖泥带水，免得买个衣服都不好意思讨价还价，还落下了人情，好像自己占了多大的便宜。而老婆恰恰相反，她喜欢全世界都是熟人。王子恺夫妇回去后，老婆提醒他：“你对别人就不能热情一点吗？”老婆屡次触碰蜗牛触角屡次进攻蜗牛壳，陶教授便不高兴起来，我把自己躲进壳内还不行吗，你还不让人安生！陶教授急了，老婆也急了，每次想知道老公在想什么，他却一言不发，老婆叫嚣：“早晚有一天我要把你的蜗牛壳砸了！”

“砸了便砸了，怕你什么？”不知为什么，在人际关系上陶教授一开口总是说错话。因为怕说错话，干脆就少说或不说了。陶教授死猪不怕开水烫，老婆便气急。老公有很多想法她弄不清楚，这种感觉很让她抓狂。老婆总是不明白，人的内心是需要自留地的。陶教授特别怕和那些自信心满满的人在一起，因为，他的自我感觉经常不好。偏生老婆却是个自信心满满的人，凭了一张伶牙俐齿，捞了个办公室主任的职位，平日里迎来送往，自以为经营了很强的人脉，每每顾盼自雄。陶教授一见老婆顾盼自雄的模样，便很想跟老婆讲讲狐假虎威的寓言故事。狐假虎威这个寓言故事讲述了几千年，但这世界上依旧有千千万万只毫不自省不自知的狐狸，他们自以为天生威严，实际上只不过是权力折射在他们身上的光芒，离开了权力这个平台，一旦退休，他们才会知道，人们畏惧的是权力这只老虎，而不是狐狸本身。陶教授几次话到嘴边，都缩了回来。没意思。说了她也未必领悟。况且，一个自信心满满的人是不会去理睬什么寓言故事的。

老婆提醒陶教授："你还别不当一回事儿，搞不好桃子还真被那只海龟摘了去，到时你哭都来不及。"

陶教授冷冷一笑："他凭什么？"

"就凭他是主任的远亲侄儿！"

这下轮到陶教授傻眼了。

"那只海龟是主任的侄儿，这是全系公开的秘密，你不知道吗？"老婆吃惊地瞪大双眼，眼珠子似乎要掉出眼眶外。

陶教授这只蜗牛也觉得实在有些不好意思了："我真不知道。"

老婆撇撇嘴："谁叫你没有朋友，活该！"

二

小桃是河南人，是家中三个女孩中的第三个。母亲还没生小弟之前，父亲喜欢邻家小弟，喜欢到悲伤，喝上几杯酒后，会用特别悲伤的眼神看邻家小弟，那眼神，小桃一辈子也忘不了，就像苍蝇对着玻璃窗后的糖果的迷恋。小桃怨恨父亲，当父亲坐了近千里的火车来看她时，她看到父亲，并不说话，把身子扭过去，站在窗前，抬起头，看着外面灰灰的天，倔犟地不让眼泪掉下来。父亲温言劝慰，又掏出两百块钱给她，小桃还是站在窗前，不回头，她要的不是钱，是要让父亲看到一个不被重视的女儿天长地久的委屈。父亲无奈地坐着，无话可说。

父亲走了。他是为小弟的升学而来的。他问小桃在河西大学附近打工，可否认识河大的教授。小桃冷着一张脸："不认识。"父亲失望地走了。小桃倍感凄凉。她孤身在大城市里打工，在这个大城市里，她经常感到孤苦无依，她只能发奋努力工作。她经常提前上班，做卫生定位摆台，仔细检查台面餐具有无破损、水迹、油迹、污迹，力求台面干净整洁。她还主动清理地面卫生和室内卫生死角，勤快地参加班前例会，接收值班经理对当餐的工作安排。当阿琴将顾客领到包厢时，小桃便及时微笑点头向顾客问好，殷勤地拉椅让座，递上菜单并翻开第一页请顾客阅览。"先生你好，我们的特色菜是茶香鸡，茉莉鱿鱼卷，普洱猪蹄，不知你们感不感兴趣？今天啤酒打折，先生来一箱怎么样？"等客人把酒水菜单都推敲完毕，小桃已经飞快地记下了客人所点的菜品酒水，日期、桌号、用餐人数、服务员姓名已一并写得清清楚楚。她重复了一遍菜单，然后甜甜地提醒客人稍等，菜马上就来，又一次提醒客人注意随身携带的物品以免丢失，才小跑着奔向厨房。一天的服务工作下来，她整个人就像散了架一般。父亲怎么不安慰安慰她呢？走在大街上，满大街都是妖冶到天上去的女人，她们像地里的小葱那样漂亮滑嫩，她们尖叫着嬉笑着，任由男人色眯眯的目光娇宠着她们。小桃羡慕有男人娇宠的女人。

小桃那双亮晶晶的大眼睛里盛满盈盈秋水，在这潭盈盈秋水的映衬下，陶教授这个五十岁的老男人就是一段枯木。但是，那天酒醉的陶教授把手伸进她的内衣时，小桃并没有拒绝。小桃定定地看着陶教授，像凝视着一名陌生的男子，又像凝视着自己的父亲。她觉得自己现在就像一艘孤零零的小船出了海，没有了码头，没有了港湾，没有了缆绳。是的，她把自己变成了一片孤舟。

陶教授到了鲜花店里，准备买一束红玫瑰送给小桃。女老板见他指着红玫瑰，笑着搭讪道："先生您真浪漫。"陶教授脸红了："我不要红玫瑰了，给我来点粉色的就行。"女老板大概意识到自己可能无意间刺伤了顾客，便极力弥补："先生您想好了，红玫瑰热烈，粉玫瑰温馨，看您需要哪一种。”陶教授突然恼怒起来，抓起旁边一束已经包装好的粉玫瑰，丢下一张钞票，狼狈地落荒而逃。陶教授越走越懊恼，一大把年纪干吗还这么在意别人的目光呢？

小桃感受到找一个老男人当情人的好处，他有着年轻人没有的经济实力，可以让她像贵妇人一样在二十层高楼上一边吃海鲜喝红酒一边欣赏外面霓虹灯组成的五颜六色的河流。这个老男人像父亲一样宠爱着她。

陶教授每次和小桃幽会出来，走在大街上特别茫然。他害怕回到家里去面对老婆。五十岁的徐娘，泡个澡必定撒上红玫瑰花瓣，一星期上一次美容院，每日一杯枸杞桂圆茶，没见过哪只老鸟如此爱惜自己的羽毛。有时陶教授会恶毒地想，老婆其实和王子恺才是天生的一对。每每陶教授见老婆开始往浴缸里撒红玫瑰花瓣的时候，他便觉得一口气堵在喉咙里出不来，借口散步出了门。不然该怎么样呢？难不成跟老婆一起洗个鸳鸯浴？世上还有这么老的鸳鸯在一起洗澡吗？只能出门散步。老婆在浴室里面喊：“帮我把睡衣拿来，我忘记了，第三个衣柜里第五件，粉红色的……”陶教授装作没听见，自顾自出了门。

老婆知道陶教授散步是借口。他一个多小时后还没回来。她憎恨谎言，她希望他明明白白告诉她他要去哪里。她洞若观火，他害怕她那双眼睛，害怕她的精明。他不与她交流。那种绝望的感觉，无数次希望后的失望，无数次幻想破灭后再幻想再破灭，到最后认命，知道对他无从希望，那种绝望的感觉旷古悲凉。

在校园里散步的时候，看着成双成对的学生，陶教授就会想，不知这些年轻的情侣里面有多少对像他和老婆那样错点的鸳鸯。老丈人是他的硕士研究生导师，导师看中了他的大脑和他手中的那支笔，便极力撮合。当时陶教授虽矮，一米六五的个儿，却清瘦，端坐着看起来神清俊朗。那时老婆还只是个专科生，觉得找个研究生很有面子，两个人便凑成了一对。慢慢的，老婆开始不满了，陶教授的大脑不错，可惜在人情世故上实在是笨拙了些，你看那些长袖善舞的人精，一个个当了系主任都当了七八年了，唯独老公还在副主任的位置徘徊，踟蹰复踟蹰。老公吃亏就吃亏在一张嘴不会表功，不会为自己涂脂抹粉，老婆一想起陶教授的这个短处便恨铁不成钢，横看竖看对老公都看不上眼。不过她终归不敢怎么在陶教授面前张牙舞爪：于学术方面，她深知自己的斤两，也知道陶教授怎么看她。她更没有勇气破釜沉舟甩掉陶教授，自己人脉虽广，若离了婚却找不到一个合适的人，爬得高的人比比皆是，关键是人家都是儿女成行，没人会甩了家中的黄脸婆来娶她。于是只能自怨自艾，偶尔和陶教授斗斗气，若气氛实在不行了，临了也只好软下身段委曲求全。老婆急，陶教授却不急，他是以研究陶渊明起家的，笃信猴子爬得越高尾巴便露得越长，因此总是淡淡的，很有些陶渊明的做派。陶渊明作为古今隐逸诗人之宗，他的隐逸历来为世人所津津乐道，但有人称其为真隐，也有人说他假隐，无论如何他的隐逸总归是实实在在存在着的。陶教授本人因为姓陶占了不少的便宜，只要他愿意，他甚至可以冒充陶渊明的某某代孙。但他不愿意这样说，觉得没必要拿古人往自己脸上贴金，他一向瞧不起某些教授自搞的噱头。事实上，说不定他真是陶渊明的某某代孙呢，不然为什么天生就喜欢陶渊明的诗，觉得陶渊明亲近如同自家人。可惜他这个原本应该待在中文系的教授，稀里糊涂被调到了传播系。

老婆冷笑：“你还自比陶渊明是吧？省省吧，你！陶渊明早就死了几千年了，世无桃源，陶渊明焉在？”老婆这番话颇刺到陶教授痛处，他竭力忍耐，若是闹开了，脸上不好看，只能徒增别人笑话，都奔五了，人生几乎可以看到那个一成不变的未来，将就着过吧。

在鸣翠湖边走着走着，陶教授的心情慢慢好起来了。他喜欢绕着校园红区的鸣翠湖散步。河西大学堪称一个美丽的风景区，在寸土寸金的城市里占有几百亩的土地，骑着自行车一天下来都走不完。鸣翠湖周围路面高低不平，曲折回环，湖中央波光潋滟，塔影婆娑；亭立湖心，石船横卧；石鱼翻尾，欲含塔影；垂柳环湖，岗峦起伏；小桥流水，松柏叠翠。柳丛竹影下，有孔子、吴晗等雕像及埋头看书的师生。在月朗星稀的夏夜，流芳亭旁的露天舞场荷香袅袅，舞曲悠悠，是河西师生最爱去的地方之一。每次散完步，陶教授都会觉得心满意足，昔年陶渊明为五斗米而苦恼，他陶教授却可以在河西大学这样的世外桃源里如鱼得水，两耳不闻窗外事，一心只做圣贤文章，这样的生活接近他的人生理想，很符合他的心意。

陶教授走累了，微微出汗，便在长椅上坐下来休息。校园里的风景那样熟悉，却百看不厌。横贯东西的主校道旁有一座白色三拱的牌坊，大拱两侧各嵌两根陶立克西式立柱，上有老校长书写的“厚德载物”四个大字，牌坊雄浑大气，线条流畅精细，外形挺拔清丽，在背后两棵古柏的呵护下显得美丽而有内涵。穿过牌坊往里，前面豁然便是一方绿色的大草坪。大草坪西侧，有一座外观普通的三层建筑暗红的砖墙，灰色的坡顶，大门上方刻有三个闪闪发光的金字：图书馆。陶教授要去开会时必定经过这里，特别是早晨，排队入馆的学生以及清澈见底的大喷水池更显得这院落有股醇香的人文气息，令人陶醉。洁白的朱自清坐像端坐池塘北边，静观一池静水里春夏秋冬的万千变幻。

陶教授坐着坐着，只见王子恺迎面走来。眼看遇到了不喜欢的人，陶教授心中有些不悦，不料王子恺嬉皮笑脸地打了招呼，一屁股在陶教授身边坐了下来，陶教授只好将身体往右边挪了挪。“哎，听说王主任马上要退休了？王主任还那么年轻，完全可以多干几年。”王子恺一向很健谈。

“是啊，年龄是一条分界线，也是一把刀。六十岁退休好啊，要是真延长退休年龄，年轻人没有就业机会，说不定真会出现网络上所描绘的爷爷拄拐杖去上班孙子到公园遛鸟练剑的场面。”陶教授懒洋洋地附和他。王子恺谈兴正浓，问：“陶教授你今年五十五是吧？”

“是。”陶教授用最简洁的话来回答，他简直是越来越不耐烦了，他不喜欢这个话题，他知道，王子恺才四十九，正是男人的好时候。

第二天，陶教授去系里开会。他们传播系在礼堂的对面，远看高大的礼堂泛着铜绿的圆顶、红色敦实的墙身，四根汉白玉大石柱撑起的白色门廊以及泛着金光的大铜门。陶教授走进大楼的门厅及长廊，一种浓厚的文化气息便随着满目的名画奇雕扑面而来。一拐弯，陶教授看见王主任正走在他前头，他赶紧迎上前去，恭敬地喊了一声主任。王主任转过头，冷冷地看了陶教授一眼：“陶教授，听说你很拥护六十岁退休的政策？你就这么迫不及待等我退休？”说完径自往会议室去了，也不给陶教授一丝解释的机会。陶教授目瞪口呆，自己何时拥护六十岁退休的政策了？这话是何时由何人传到王主任耳朵里的？他马上想到了昨天与王子恺的闲聊，不禁愤恨地骂了句：卑鄙小人！

走进会议室，王子恺已经在座了，陶教授愤慨地瞪了王子恺一眼，但王子恺却神态自若，一脸天真无邪地望着他，仿佛陶教授无理纠缠似的。今天主要是讨论学生毕业论文的事，王主任咳嗽了一声：“我马上是要退休的人了，也不想操心太多，但我毕竟还有四个月才退休，只好勉力再主持系里事务一段时间……”陶教授脸上一阵红一阵白，只恨不得将心剖出来给主任看。

陶教授心烦，会议结束后一双脚便不自觉地走到了渊明餐厅，要了个小包间，叫了几个热菜和一瓶红酒。他很快喝得半醉，小桃看了不忍，捂住他的酒杯：“你有什么不开心的事吗？在我眼里，你们这些大教授都是本事通天的人，你们一伸手，就可以摘到天上的月亮，怎么还会活得不开心呢？”

陶教授惊奇于自己这样一个在大学里没有什么权力天天唯唯诺诺的人在小桃眼里竟然可以“一伸手就摘到天上的月亮”，他半哭半笑：“什么狗屁教授，不怕你笑话，我老家的侄儿到城里找我，求我帮他安排个工作，可怜我在城里混了大半辈子，连帮侄子安排个工作的能力都没有。”

小桃没想到她眼中的大教授也这么脆弱这么伤感，在她看来，当教授的人都是天上的星宿。她变着法儿哄陶教授开心，自己小弟想读河西大学，陶教授大笔一挥，那还不是一件容易的事儿？

昨天陶教授上的是学生的选修课，选修课是学生最散漫对待的，他勉强打起精神走进梯形教室。三个班的学生参加者却寥寥无几，陶教授的心先凉了半截。这一两年，古典文学课越发门庭冷落。为了讨好学生，他先展示了自己精心收藏的大量关于陶渊明诗歌的真草篆隶法书名帖，以及雕塑、木刻与雕刻陶诗名句的篆刻，插图二十幅。可惜这些陶教授眼里的珍珠到了学生眼里却变成了粪土，陶教授见学生有的交头接耳窃窃私语，一个学生走动着挪到一个女生位置旁。有三个学生退场。他假装低头没有看见那三个学生退场，可是，后面竟然响起了一个男生的鼾声，要知道，刚上课不到十分钟啊。陶教授再也不能假装听不见鼾声了，他走过去摇醒男生，男生嘴角带着风干的白色涎水，一脸茫然地睁开双眼。陶教授回到讲台桌，教室里空调尽职尽责地工作着，陶教授却觉得有些热，翻开精心准备的讲义。按他的备课，陶渊明足足可以讲半学期，从义理、辞章、考据切入，再加上训诂、诗学、陶诗书画的传播，合构成多维度、全方位的理路与格局，完整而大气。但现在看来，义理、训诂等绝对不能再讲了，讲下去教室里最后可能只剩下他一个人。现在的学生没人关心颈联尾字该用平韵还是仄韵，他们只关心找个富二代或官二代来谈谈恋爱，或者关心自己所跟的导师有没有前途，有没有分量。

陶教授清了清嗓门，先请学生谈谈他对陶渊明的印象。没有人发言。陶教授只好自问自答，陶渊明是中国士人向往的典范，他的诗散发着美学思想的双重价值。陶渊明的平淡是基于防卫，包括他的好酒也是如此。但他的平淡不是外包装，而是和内在奇拔融合得浑然无迹。他用平和、静穆，甚至微笑，来表达他金刚怒目的愤慨，只是让人不觉罢了。陶教授顿了顿，扫视了教室一眼，没有人做笔记。照现在这个情形，不知道后面的课还能不能讲下去，他本来还打算单独拿钟嵘的“省净说”从诗学分析陶诗语言的言简意远的表达功能，从微观上深入肌理，接下去还准备以阐释萧统的“文章不群，词采精拔，跌宕昭彰，独起众类，抑扬爽朗，莫之与京”缜密解析陶诗文本，阐释陶诗内涵的真意与美学趋向，以及独立于时代风格之上的内在原因。这些打算看起来统统都是多余的了。陶教授草草收兵，布置了一篇关于陶诗语言分析的小论文，就坐在讲台旁抽烟，煎熬着等下课。剩下坐在前几排的十几个学生，用怜悯的目光看着陶教授，这目光本该让陶教授感动，然而，陶教授却因羞辱而感到恼怒了。

如果陶教授的教室是冬天的话，那王子恺的教室里应该是夏天了。教室里人满为患，外系的学生也赶来了，一直堆挤到教室门口。学生两眼炯炯放光，唯恐漏听了一个字，怕失去了成功学的葵花宝典。王子恺讲名人逸事，总之，要一鸣惊人，要与众不同，要惊世骇俗。他的表情千变万化，手势准确有力，浑身散发着佛陀般的光芒。他的课结束了，教室里响起暴风雨般的掌声，学生潮水一样涌上前去将王子恺围得水泄不通，请教问题，询问在哪里可以买到他的专著，有一些女生还掏出笔记请王子恺签名。在三尺讲堂上，王子恺的传播学如鱼得水，越游越欢快，而陶教授的古典文学，犹如涸泽之鱼，连个坟墓也没有，只能成为野地里晾晒的干尸。校园本是最后的一方净土，没想到连排个课也有猫腻，你与主任关系好些，他把课给你排多些；你与主任关系差些，他便把你的课排得少些。每个人都要把手中那点可怜的权力放大到极致。陶教授和主任住对门，每天听王主任家的门铃声响十几回，他真担心王主任家的门槛被踏破。七八月份本是一年中太阳最明亮的月份，却是高校各种肮脏交易的高峰期。陶教授被自己可怜的处境所刺激，决心全力以赴去争取系主任这顶乌纱帽。王主任退休在即，两星期后要进行新主任的提名与考核。这两个星期，对陶教授简直是煎熬：生活就是这样一程一程的等待和盼望。小区对面，新开了家婴儿用品店，每天用高音喇叭不知疲倦地喊着：“全棉内衣买六十送六十。”单调的内容以三十秒钟一遍的频率循环反复播送着，喇叭金属的质地不知疲倦，陶教授反而替它疲倦了。照道理他的耳朵应该起茧，他惊诧于自己还能如此清晰地听见这种让人麻木的日常生活的伴奏。不经意间一抬头，小区拐角那棵树不知何时开了满树繁花，陶教授惊奇地跑过去抬头端详。

老婆天天对陶教授施加压力，让他烦不胜烦。陶教授每次跟老婆吵过架后，小桃那里就成了他的避风港。他觉得现在挺好，老婆蒙在鼓里，小桃乖巧听话，彼此相安无事，这是最美满的状态。看着小桃盈盈的笑脸，陶教授心头的不愉快消散了些。小桃，这名字真好听。陶教授真喜欢这名字。陶渊明若有女侍，该就是叫小桃的吧。和年轻姑娘在一起，人也变得年轻起来。老年人通过攫取年轻来减小自己的年龄。看着小桃那张红扑扑的脸，脸上还带着婴儿般的茸毛，陶教授就琢磨着该为小桃谋划个好将来。总不成一辈子在这餐厅当个服务员吧。小桃说：“我没有机会读大学，之所以在渊明餐厅做服务员，就为了离大学近些，也好沾些大学的仙气。”瞧瞧这孩子，说得真让人心疼。小桃这模样，到他们系里资料室里干个复印的活应该是可以的，不过，得先为她弄个文凭。小桃勉强读到高中毕业，细细一问，英语单词几乎就只剩下“thankyou”和“bye-bye”。不过，总有法子。先让她到他们系里读个本科函授班再说。陶教授在这件事上不想做得太明显，他知道有些人干脆就找做假证的买个本本，陶教授觉得这样做实在太危险，万一东窗事发，后果不可收拾。还是老老实实按部就班来的好。头疼的是小桃基础实在太弱，这件事只好由他来一手操作。跟出卷的老师要个题目是没问题的，只要他敢开口；或者暗示改卷的老师笔下留情皆可。陶教授生平从未做过这样的事，觉得二者都有些为难，只得亲自为小桃抓重点，忍痛将温存的时间节约下来为小桃温习。

小桃摸着陶教授带来的簇新的书，努力想进入状态。另一个心思却想着，陶教授这般真心对她，她无以为报，她唯一的好东西就是这具青春的肉体。因此，在陶教授为她解说的时候，她便往陶教授身上蹭，蹭得陶教授身上着了火，两人抱作一团，书掉落在地，陶教授哀叹一声，今晚看来又读不成了。小桃却不在意，只是全心全意迎合着陶教授。怕什么呢，考不及格，自有陶教授这棵大树为她撑腰。

考完后，陶教授细细问了小桃答卷情况，心知不妙，只得厚着一张老脸去跟改卷老师说。

“我有个远房表妹，很爱读书，这孩子挺努力的，就是考得不大理想。”一句话让陶教授说得磕磕碰碰的，一张老脸竟然涨得通红。招生办的陈教授一脸暧昧地拍拍陶教授的肩膀：“你放心啦，老兄，你把你远房表妹的考号和名字写给我。”说着将纸和笔拍到陶教授跟前。

事情办得很顺利。高兴之余，陶教授斗胆趁老婆上课的时候把小桃带回家里。楼中楼，一屋子煌煌的，博古架上的真假古董让小桃眼花缭乱。厨房里的德国进口整体厨具一尘不染，发出亮闪闪的光。小桃立刻想起餐厅里油腻腻的厨房，心里不禁感叹：“要是能做这屋子的女主人该多好啊！”念头一出，她立刻把这一非分之想摁下去。第二天恰好是周六，陶教授对老婆撒了谎，带了小桃去看海。海浪喧哗，海风把小桃的长发吹乱，让她平添了一股魅力。陶教授想起有个诗人说："多少年了，我在反复的诵读与默念中，感叹大海撤退的平静。我想认真学，却终究学不到，它顺其自然、收放自如的进退。"陶教授感叹，人人都想进，何曾想过撤退也是一种本领？

三

陶教授提拔系主任公示期间，他的心都提到了嗓子眼。这个社会越来越复杂了，匿名信经常满天飞，真的、假的、捕风捉影的、子虚乌有的，只要有匿名信就会混淆视听，要是学校纪委一调查，事情一拖延，系主任的乌纱帽就飞走了。因此，这七天内，陶教授真是食不甘味、寝食难安，连散步的心情都没有，只一味躲在家里熬过一寸一寸的光阴。所幸，竟然相安无事，七天过去了，一切风平浪静，他顺利地戴上了乌纱帽。

一切尘埃落定，陶教授却疑在梦中。他竟然顺利当上了系主任。没错，海龟有老主任当靠山；但校长更欣赏陶教授，胳膊终归没有扭过大腿。这个结局简直有些失真，陶教授如腾云驾雾一般，总觉得人浮在空中，而不是踩在地上。看来，傻人有傻福，上天还是厚爱他的。老婆犹如打了鸡血一般，兴奋极了，说话倍儿大声，底气倍儿足，越来越爱向人多的地方去，耳边一片恭喜之声，老婆嘴里谦虚着"侥幸罢了，侥幸罢了"，神情却说不出的得意。陶教授暗地里告诫她不可太过张狂，树大招风，你没看见王子恺那眼神，背后不知准备了多少暗箭，还是小心点为好。老婆不高兴了，大声嚷嚷起来："整天夹着尾巴做人有什么意思？我就是高兴，难道我高兴还不行了？谁说我不可以高兴？"陶教授跟老婆夹缠不清，说了几回，便没有耐心再跟她说了。他自己陷入请不请客的矛盾之中，请吧，别人说你烧包；不请吧，别人说你吝啬。想来想去，依惯例是该请的，就依了惯例罢。那请谁好呢？请不请王子恺？请吧，可能让王子恺觉得他是在以胜利者的姿态嘲笑失败者；不请吧，又让王子恺觉得受了蔑视。想了一整夜想得头都痛了，那就请吧。

这天陶教授在渊明餐厅摆酒，大伙儿庆贺他新官上任。王子恺不想落人口舌，说他没有雅量，虽心中不情愿，却也跟着去了。走进渊明餐厅，迎面是“采菊东篱”的牌匾，龙飞凤舞的草书，是餐厅老板向系主任求来的墨宝。不少传播系的师生在此优哉游哉地浅斟慢饮，天南地北地闲聊。服务员清一色的紫色旗袍，头发高挽，脸上是淡淡的脂粉。若有若无的音乐，让人觉得说不出的宁静清雅。此处的酒局，其味清雅，其功养生，让人有说不出的受用。放眼望去，整个餐厅里都是悠闲小酌的人，看起来所有人心情都不错。陶教授他们包厢很快就进入了状态，小桃来上菜，陶教授老婆恰好上卫生间，陶教授已半醉，酒杯和小桃的菜碰在一起，红葡萄酒一大半洒在白衬衫上，小桃慌不迭声地叫起来：“哎呀，新买的白衬衫，五百块呢，也不知能不能洗干净？”王子恺听出那话里有着心疼和惋惜，全没有服务员做错事应有的惊慌和懊恼，不禁冷眼看了小桃，这小姑娘还长得蛮不错。其他人都喝高了没有在意，倒是陶教授看到王子恺的眼神后酒吓醒了大半，忙半真半假道：“小桃，这白衬衫要是洗不干净我要你赔钱的！上星期你不是在酒桌上听我老婆说这白衬衫五百块吗？你还吐舌头说这么贵呢！”小桃不知陶教授是什么用意，便一连串地道歉，陶教授摆摆手：“吓唬你一下，以后做事可要细心些！”老婆从卫生间出来，见那洒了红酒的白衬衫，心疼得叫唤起来。

小桃白了脸，回到厨房发呆。同乡小菊正在剥蒜，厨房里弥漫着一股蒜味。厨师正在炒菜，他将油哗哗倒进锅里，火旺得很，火舌不时跑到锅沿上来。另一个学徒正在切土豆丝，将砧板切得咚咚山响，还有一个正在“碰、碰”地揉面，以及稀哩哗啦洗碗盘的声音。一只花猫在泔水桶旁边嗅来嗅去，那里面有客人吃剩的半条鱼，可惜浸在泔水中，花猫脑袋里大概在斗争吃还是不吃这条鱼。小桃发了会儿呆，听见313在喊着要啤酒。小桃赶紧搬了一箱百威啤酒过来，启开瓶帮陶教授他们倒酒。她额头前的那缕刘海被汗水濡湿了，更显得妩媚。陶教授有些心疼，克制住自己安慰她的冲动。他们推杯换盏觥筹交错，小桃默默地站在他们身后，以便及时补充客人所需。陶教授老婆满面春风，小桃心头滴血。

他们吃到十一点才散了，小桃默默清理着桌上的螃蟹壳、肉骨头、鱼刺等台面垃圾，将桌椅擦干净，重新将台面摆整齐。餐厅该打烊了，却仍然有一个大学生没走，桌上是吃剩的几样简单菜肴，另外就是几排空空的啤酒瓶，大概是失恋了吧。小桃悄悄抹好其他的餐桌，然后和几个服务员静静地坐在一旁看电视等待，心里发愁着这个客人什么时候走呢？以前她在另一个餐馆做事，只因渊明餐厅靠近河西大学，她便托老乡帮她弄到渊明餐厅上班。原以为河西大学的师生会比其他的食客文明，哪知他们喝醉了照样骂人，照样发酒疯，这未免让她感到些许的失望。当然，也有高兴的时候，那些大教授，一个个都西装革履，却一个个都那么和蔼可亲。在还没有认识陶教授之前，小桃想，要是能和其中随便哪个教授混得熟一些，自己弟弟考大学的事便多了些把握，一想到这，她便又兴奋起来，更加努力地工作。后来和陶教授有了肌肤之亲，那些教授便从先前的云端掉到了地面上来。

那个失恋的学生终于醉醺醺摇摇晃晃走了。小桃拖着疲惫的身体下班回宿舍。路上，手机响了，是陶教授的号码。小桃心里怨恨，不接，任由手机无辜地响着。停了一会儿，手机又响了，小桃心如磐石，就是不接。侍候陶教授她是乐意的，但她可不乐意侍候陶教授老婆。到了宿舍，门一开，陶教授竟然坐在屋内，吓了小桃一大跳。陶教授上前用双手围住小桃，小桃要挣开，却挣不脱。陶教授温言软语：“我知道你不高兴，可我没办法，我没有理由不让她去。以后，要是我到餐厅吃饭，你就不要当我这桌的服务员了，你到另一桌去。”

小桃的身子这才软了些，两人温存一番，陶教授喝了口小桃泡好的碧螺春：“你这样下去终归不是办法，我得给你设计个好前程。等你本科文凭拿到手了，我把你弄到我们系的资料室去。”

陶教授把小桃哄高兴了才回家，回家后老婆却一脸不高兴，等着兴师问罪：“那个叫小桃的服务员怎么回事？要叫她赔那件衬衫！我讨厌名字里有桃的人，以前一个名字里有桃的朋友来家里坐，我失手打碎了一个青花瓷，过后出门还被一辆电动车剐到，总之，名字里有桃的人会给我带来横祸。”老婆态度很激烈。陶教授一脸没好气：“她一个服务员，怎么赔？跟一个服务员有什么好计较的？”见陶教授就要发飙，老婆只好软下来，心里却愤愤的。

慢慢地，陶教授感受到当官的好处，他知道了什么是众星捧月。以前，他一直是星星，现在终于尝试了当月亮的感觉。路上会有人主动问好，凭空多出无数张笑脸；进了办公室，会有人主动为他倒茶水，打扫办公室，这种感觉真好。出了办公室，总有两三个人跟着，不管聊系里的事也好，聊家里的事也好，他不再陷入从前那种不知道公开的秘密的可笑境地了。特别是系里的酒局，进餐厅里简直是前呼后拥。以前也听说过当官的好处，但他一点也不羡慕，现在才知道，想象和亲身体验是两码事。他喜欢上了这顶乌纱帽，喜欢上了这把传播系的第一大交椅。

陶教授戴上系主任的小乌纱帽之后，老婆对他看得更严了。只要他外出，老婆经常要反复追问。陶教授以为老婆会理解他忙得脱不开身，但老婆从不这么想。我们总天真地以为别人会自然而然地理解我们，实际上别人通常都不理解我们，也许是懒得进入我们的内心，也许是能力问题，别人根本没有能力踏上我们内心那条曲折幽晦的小径。反正从结婚半年后开始，陶教授就发现他的话老婆从来没有听进去过，老婆的话他也从来没有听进去过。彼此都认为对方的思维是发散性思维，可惜欠缺战略高度。或者换另一种说法就是“你的智商越来越朴素了”。这两句话翻译成直截了当的说法就是：“你这个白痴！”一晃十年，陶教授一直拿不准对老婆的称呼。叫老婆太世俗，叫太太过于文气太自我抬举，叫爱人浑身起鸡皮疙瘩，叫妻子太无趣，因此，便沿用了婚前的称谓“小王”，或者称为“哎”“喂”。现在看这个“喂”整天奔进奔出，陶教授便会从书桌前抬起头目送她的背影发出一声冷笑。

十年来，老婆对陶教授的升官发财梦经历了“幻想——破灭——再幻想——再破灭”这样恶性循环反复的过程，陶教授干脆对老婆说：“你就别再幻想了！”可老婆怎能不幻想呢？陶教授是她唯一可以幻想可以依靠的对象呀！即使幻想破灭了一百次，她还是得开始第一百零一次的幻想。陶教授整日浸淫于老婆的唠叨之下，觉得自己实在是不容易。他送了老婆一个外号“爱生气”，老婆说，我爱生气还不是因为你经常犯错误才生气，我也要送你一个外号“无厘头”。老婆觉得侍候陶教授还真劳心劳力，她要像天底下的所有女人一样与酒精争夺男人。而且，她极为痛恨陶教授没有金钱观念。慷慨，在婚前是优点，婚后变成了缺点。同样一百元，她的一百元是人民币的价值，而陶教授一百元的价值是日元的价值。有一次买鞋，店老板说三百元，她刚要讨价还价，陶教授急着回家写论文，不耐烦地大声喊：“很便宜了，赶紧买回家拉倒。”逗得店老板也笑了。瞧，自己的男人就是这样一个连小生意人都嘲笑的惊人白痴。

蛛丝马迹总是有的。陶教授到法国交流访问，带回了两条法国披肩。长长的流苏纷披着垂下，卖披肩的小姑娘将披肩示范性地围起来，流苏便随着身体的晃动而微微颤动，有一种异域的妖娆风情。陶教授为老婆选了一条玫瑰红底子的，老婆年龄往上走了，喜欢大红大绿来挽住年龄的颓势。他给小桃带了一条天蓝色的，那种蓝，说不出的清新典雅，小桃戴起来一定比蓝天还要纯净，还要明媚，还要青春。陶教授为这条蓝色披肩实在伤了脑筋，他知道，回到家后老婆照例要借收拾的由头检查他的行李，因为他的一切理所当然都是她的战利品。陶教授想来想去，也没想出什么好借口。

果然，老婆看到这两条围巾欢呼起来，先从塑料袋里取出玫瑰红的那条在梳妆镜前比画来比画去。她换下玫瑰红的这条，又待取出那条天蓝色的，陶教授阻止道：“这条是带给阿芬的，别弄乱了。”阿芬是他的妹妹，以前常常相帮着老婆带孩子。老婆一听，便把手缩回来了。倒是陶教授懊恼得很，这借口也真不高明，披肩有没有送妹妹，老婆很容易探明虚实。但既然话已出口，收不回来，只能这样了。于是，陶教授另外到中闽百汇买了一瓶法国香水送给妹妹，装作不经意地说，原本还要送一条披肩的，但不小心弄脏了。妹妹觉得惋惜，但有了法国香水，始终是高兴的。

过了一阵，老婆的法国披肩已经在办公室里赢得了一片赞叹声，这天见到小姑子，便好奇地问小姑子怎么不围那条披肩，一条人民币七八百呢。小姑子说，哥哥说披肩弄脏了，改送我法国香水。老婆心中顿时疑窦丛生，却并不表露，她不想让小姑子笑话自己的猜疑，便回家审问陶教授。陶教授从容道："那天送披肩的时候，外面的塑料包装不小心被钩破了，又随手将披肩放在车里，结果沾了油污，没办法送阿芬，只好扔了。"陶教授心中暗暗出了冷汗，同时佩服自己怎么能在几乎没时间思考的情况下编出这样一番谎话，可见人人是天生的撒谎专家。老婆不大相信："那你怎么没告诉我？"

"不是怕你骂我吗？做事毛手毛脚的，不仅毁了一条披肩不说，还搭进去一瓶法国香水，我要是告诉你，不是自己找骂吗？"

老婆无话可说。

四

在很多个夜晚里，王子恺一直咂摸着陶教授和小桃的对话，越咂摸越觉得意味深长。他越想越兴奋，便打电话给小菊："我觉得你们餐厅里的小桃和陶教授不一般呢，你帮我向小桃打探打探口风。"小菊不以为然："这有什么大惊小怪的？就只许你和我好，不许人家陶教授和小桃好？"唉，这小菊真是头脑简单，根本不知道其中的利害关系，王子恺便哄道："乖乖的，你帮我把事办成了，我重重有赏。"

小菊来劲了："真的？上星期我看中了一条白金项链，我生日快到了，你买来送我。"

"这就要看你表现了。"王子恺在电话那边嘿嘿笑了几声。

小菊睡不着了，一骨碌爬起来到小桃的宿舍去。小桃同宿舍的阿琴回老家去了，新员工还没进来，小桃这段时间独占单人宿舍惬意得很。哟，平时没注意，这小妮子不知何时手上多了一枚戒指，在灯光下特别耀眼。小菊一把捉住小桃的手，细细看了那戒指，故意道："真漂亮！不过，肯定是地摊货，哪里买的？我也去买一个戴戴。"小桃急了："才不是地摊货呢！两千多块呢，被你说得一钱不值！"

小菊摇头："你哄谁呢？两千多块！鬼才相信！你一个月工资

一千五，还要寄钱回家，哪来的两千多块！两块钱差不多！这么漂亮的戒指我一定也要买一个，快告诉我，哪里买的？你别这么小气嘛！看不得别人漂亮！”

小桃是个老实人，禁不起小菊这样逼问，便红着脸道：“是陶教授送我的。”话刚出口她便后悔了，慌忙摇着小菊的手哀求道：“你可别告诉别人呀！”小菊惊讶地扬起眉毛：“陶教授？”小桃飞红了脸点点头，小菊便扑过去挠小桃的胳肢窝：“亏我们姐妹俩这么要好，你倒是对我瞒得密不透风！你老实交代，什么时候好上的？”

丑闻被直接捅到了网上。网上硕大的标题怒吼着：服务生变身本科生！教授被服务生贴身服务！河西大学一夜之间闻名于天下。校长几乎要被陶教授气昏过去：见过笨的，没见过这么笨的！事情闹大了，想为你遮丑护短都不行了！只能把陶教授交出去了。陶教授不要面子，河西大学还要面子，他堂堂河西大学校长还要面子。

陶教授今天是现代传媒学的课，走进教室，只见学生个个表情怪异，其中一个还笑出了声。陶教授莫名其妙，借着讲台的掩护摸了摸自己的裤裆拉链，好好的，并没有城门洞开。这下他放心了些，咳嗽一声问道：“有什么不对吗？”

全班不吭声，集体失语。这是从来没出现过的现象。陶教授无奈，只好说：“既然没事，我们就上课吧，今天讲如何制作专题片。”他正待转身在黑板上板书，班长终于站了起来：“老师，您还是回家上校园网看看吧。”陶教授一头雾水，虽然班长那表情让他直觉事情大大不妙，可他还是想坚持上完课，要知道，教师随便在上课时间离开教室那可是教学事故。陶教授勉强打起精神上了三十分钟课，下面的学生几乎没怎么在听，陶教授便匆匆布置了作业，让学生自习。他小跑着回到家里打开电脑，一进校园网，上面的图片和文字几乎把他炸蒙了：电脑屏幕上，他正搂着小桃亲吻！而相关说明文字，有真有假活色生香。陶教授哆嗦起来，一行一行看下面的跟帖，足有几千条之多，用语之刻薄之下流是他闻所未闻。陶教授不敢再看，只觉得脸皮正在被一层层剥开，露出血淋淋的骨肉。流言像子弹一样将他击穿，有说他“良心的城堡已经坍塌”，也有大声召唤他“良心赶紧战栗着醒来”。陶教授大口喘着气，隔了几分钟之后又打开校园网，一条条评论像雪球般滚动，总共有一百多页，怎么也读不完，陶教授现在读到第五页，仿佛后面还有数不清狂吠的恶犬在追赶，那些嘶叫咬破他平静的天空。

陶教授再也看不下去了，“啪”的一声关了电脑。这时，老婆开了门旋风般冲到他面前，劈头给了他两个耳光，陶教授愣在原地。老婆咬牙切齿：“刚刚升了个主任，就生出这么多花花肠子！你也不撒泡尿看看你是谁！我没脸见人了！”老婆号啕大哭，边哭边叫：“品位也得高点呀，弄个女教授什么的，结果弄了个女服务员，你真是猪狗不如，见腥就扑！”陶教授一声不吭，任由老婆言语的子弹和利剑射到他身上砍到他身上，只一味拿沉默当最后的护身符。过了一会儿，陶教授开始收拾衣服，学校他是待不下去了，至少得离开一段时间。打开门的时候，他扔下一句话：“要离婚随时找我，我随时签字。”老婆捞起沙发上一个抱枕狠命朝他砸去：“想得美！叫我让位给那个小狐狸精？我要让你们生不如死！”

陶教授拎着行李下了楼，只见不远处一个女生冲着地上啐了一口：“真恶心！让我和女服务员当同学，亏得某些老师干得出来！道貌岸然啊！道貌岸然啊！”陶教授只得装作没听见，快步钻进汽车里。他恨不得自己有隐身术，他知道，现在对自己最好的保护就是消失，否则只能平白无故当了所有正义人士的箭靶。每个人的手指都戳向他，每个人的嘴巴都在咀嚼他，将他的骨肉嚼得稀巴烂再啐到地下。是的，他没有克制住自己的情欲冲动，他承认自己的错误，但不承认舆论对他奸淫的指控。因为小桃是自愿的，虽然年老对年轻的攫取在公众眼里有失道德。他们迫不及待地等着看他的笑话，盼望一场好戏快点进入高潮，他们在旁边敲锣打鼓疯狂助阵。没有任何尊严。像狗一样。陶教授不合时宜地回想起他和小桃第一次的情景。怪只怪小桃的皮肤太白，怪只怪小桃那天穿得太少。一个女人就是一个黑洞。他的前程就从这个黑洞漏掉了。天色灰蒙蒙的，像周围恶劣的脸色。他停在小区空地上的汽车遭到了破坏。玻璃上用水粉写上了“叫兽”两个红得像血一样的大字，车胎被扎扁了。流言的巨石不仅会砸烂人的声名，还会砸烂人的肉体。

路过鸣翠湖的时候，陶教授摇下车窗，将自己的手机用力扔进湖里。手机瞬间便消失得无影无踪，湖上荡起的涟漪也很快恢复了平静。陶教授稍微舒一口气，这样一来，即使记者将他的手机打爆，他也不必烦恼了。

河西大学的校园论坛热闹极了，好像迎来了一个百年不遇的盛大的节日。哎，怎么说呢，河大的师生们感情太复杂了，既有学校名誉受损的义愤，又有对陶教授的幸灾乐祸的快活，还满足了私下里不可告人的窥淫欲。要知道，河大的教授、讲师们都有一个肥大的舌头，渊明餐厅事件让他们充分享受了舌头的快感。他们详细描述了陶教授与小桃一起寻欢时这一老一少的生理差异及心理感受的异同，仿佛他们都是亲历者。从此以后，陶教授便多了诸多外号：陶渊明、陶公、东篱先生等不一而足。这个陶公是会被写进校史的，即使不能进入正史，野史里也断断少不了陶公的名字与风流韵事。身败名裂后，满世界都是你的熟人，每个人都认识你。

渊明餐厅一夜走红，前来就餐的食客络绎不绝，一时生意暴涨。平时较少来这里用餐的师生一窝蜂地涌向渊明餐厅。一进门就伸长脖子：“那个叫小桃的服务员呢？”

“对不起，她这几天休假。”经理彬彬有礼地道歉。问的人便一脸失望的神情。

就像一群苍蝇闻到了臭蛋的味道，记者们蜂拥而至。找不到小桃没关系，餐厅里不是还有无数小桃吗。问得所有的服务员脸上青一阵白一阵，小菊想发火，隐忍着。经理交代过了，顾客就是上帝，得罪了顾客，就请你卷铺盖走人。小菊觉得自己变成了动物园里的猴子，任凭别人参观与戏耍。

校长送走了一批记者，马上又迎来了一批。后来，校长躲起来了，让学校纪委副书记、监察室主任陈有亮全权负责此事。风口浪尖的滋味不好受，让手下替他去站一站吧。不知是哪个爆料者将陶教授的丑闻捅到网上去的，这些网民，唯恐天下不乱，经常以激烈的言论煽动裹挟民意，实在令人恼火。校长的第一个冲动是希望这个丑闻是捏造的，他害怕河大的多年声誉毁在他手里，他不能让随便一个家伙就颠覆了河大固有的形象。假如这一丑闻是捏造的，河大就可以顺理成章从被迫的仲裁者转变为受害者，就可以对爆料者说话的权利与责任意识做一番深刻的剖析，从而还河大一个清白。然而，校长深知这件事绝不会这么简单收场，这里面水太深了。作为一名资深的传播学教授，校长深知民众经常带着偏见并裹挟社会矛盾看待公共事件，以仇官、仇富的眼光在网上随心所欲发表言论，诸多因素混合在一起，造就了激烈言论的舆论市场。因此，煽动家在网上影响力极大，简单粗暴的具有民粹倾向的意见更受欢迎。

在把重任交给陈有亮之前，校长召集学校领导及党委开了多次讨论会，征求大家的意见："现在老陶出了这档子事，大家都说说该怎么办才好。我最焦虑的是河大的声誉，我担心的是由一位教授的道德品质被质疑蔓延成整个河大被质疑。"

刘副书记斟酌着开口了："我害怕这出戏演的时间越长，观众会越多。"

陈副书记说："这下咱河大让广大网民欢乐得不行。他们都期待着黑幕进一步掀开，看看黑幕后面的烂泥潭有多烂有多深。咱们千万不要阴沟里翻船。"

教务部长说："老陶确实太不像话了。大学本来是最纯粹的，是最不应该有功利主义的地方。正因为这种纯粹，社会的流毒以及垂暮的习气才能被遏制。可老陶却把服务员弄进函授班，这样做影响实在是太坏了。"

会议拖到晚上七点半才结束，与会人员对陶教授心怀怨恨。这该死的老陶！风流也就罢了，弄到大家为他饿肚子开会，那就是该死了。校长的脸上挂着冰凌，在休会前宣布了一条铁的纪律："反正大家少传播是非，让我听见了，别怪我不讲情面。"

校长阴沉着一张脸。餐厅事件让河西大学在全国丢尽了脸面，也不知有多少人在看河西大学的笑话。他恨那个在网络上匿名撒播谣言的人，也恨手下这些不成器的系主任。在第二次党委会上，校长劈头盖脸臭骂了各系主任一顿，责令以后若有到渊明餐厅用餐的一律不予报销。会议室里一片死寂。停了一会儿，校长把目光盯在陶教授脸上，陶教授慌忙低下了头。他是昨天被急令回校的。校长过了一会儿才把目光停在学校纪委副主任陈有亮身上："老陈，这件事由你召开新闻发布会澄清。"

校长的脸上好像挂着冰凌。这件事麻烦大了，处理得好，可能只领一张黄牌警告，教授们顶多开几次会多学习师德师风问题；处理不好，河大会领到一张红牌，直接影响到招生问题。沉默的压力把会议室塞得满满当当的，要朝屋子外边涨溢或炸开。他讲了河西大学的百年荣誉，讲了河西大学目前正在争取的中国十佳名校的头衔。最后，他悠长地叹了口气，目光复杂地望着陶教授："老陶，你这事出得不是时候呀。"陶教授不敢抬头。副校长说："老陶一向是高风亮节的，如果老陶能发表一个声明，说此事与河大无关，并主动辞职，我们会弥补你的。老陶，我有一个老同学在燕京诗歌中心当研究主任，那个地方最适合你不过，我那同学非常欢迎你。"这时，组织部长及时递上了他们拟好的辞职信和声明书，并推过来一支派克钢笔："你只需要签一下姓名就可以了，其他的工作我们来安排。你放心，学校不会亏待你的。"陶教授因研究陶渊明曾获过国际大奖，当时很是轰动了一阵子，学校如果强硬开除陶教授，恐怕会引起不必要的麻烦。因此，党委开会研究的时候，个个都赞成要冷处理，不能热处理。

副书记、教务主任、职称处长该说的一个个都说过了，话语如水流在陶教授耳边窸窸窣窣嘤嗡响着，校长看了看陶教授低垂的头颅，用舌头舔了舔有些皴裂的嘴唇，总结道："学校的工作原则一向是民主的，现在我们举手表决，同意让老陶暂时病休半年的请举手，不同意的可以不举。"校长话音刚落，在座的七个领导哗啦啦同时举起手来，集体宣誓一般。陶教授梦游般看了看这七只手，这七只知识分子的手都很白净，有的肥胖，有的瘦削青筋毕露，这些手，可真是知识分子的手呀。鲁迅说过，知识分子可用手中的笔作匕首作投枪，现在进步了，无须用笔，直接用手就行了。陶教授率先走出了办公室。校长环顾了学校的领导班子，严肃地说："那个爆料者也要严查，这种唯恐天下不乱的人才还要请他另谋高就罢，我们这里庙小，容不下道行这么高的和尚。"纪委书记用力点了点头。校长又把脸转向陈有亮："作为新闻发言人，你心里少说话。现在出点事，无论大小，官方说的，民众根本不相信。总觉得你在遮掩，在撒谎，在扭曲真相，甚至毁灭证据。总之把官府极力往坏处想。官方的事件调查，无论怎么做都不能让民众满意。这段时间你尽量少出门，不要让记者逮住你。要是你说错话，我唯你是问。"

散会后，各院系主任一个个溜得比兔子还快，只有艺术系的孙主任平日里与陶教授交好，见陶教授木偶般走着，孙主任凑近陶教授的耳朵道："玩玩就好啦，怎么搞得像真的似的？"陶教授尴尬一笑。失眠的夜晚里，陶教授苦思着学校里的各院系主任，他们几乎无一例外都有自己的小桃，可是，他们是怎么处理老婆和小桃的关系的呢？他们一个个管理得井井有条，个个都是走平衡木的高手，也不知他们的管理方法从何而来？难不成这是一门新的管理学？陶教授发现自己根本不会走平衡木，他只会傻愣愣地待在平衡木的一头，让另一头高高翘起，而另一头则坠入万劫不复的深渊。

陶教授的主任自然是撤了，换了王子恺。王子恺想，风水轮流转，以前说三十年河东，三十年河西，现在只需三年河东，便三年河西了。

校长回到家里，老妻问他："吃过了没有？"校长没好气地摇摇头，见老妻要去加热饭菜，校长摆摆手："别弄了，我不想吃。你帮我摁摁头。"于是校长便躺在老妻大腿上，享受老妻的拿手绝活。见他闭着双眼，老妻知道他累了，也不说话，只一味在手上用功。摁着摁着，校长突然睁开了双眼："老陶艳福可真不浅！老牛吃嫩草，牡丹花下死，做鬼也风流啊！"老妻不高兴了，把校长的头推开，霍地站起来，冷笑道："我看你羡慕得紧哪！"校长便讪讪地。到了晚上十二点，晚间新闻出来了，校长看到了学校的新闻发言人陈有亮。陈有亮西装革履，在电视屏幕里侃侃而谈。他信誓旦旦地告诉全国人民，河西大学已经成立了渊明餐厅事件调查组，若查明陶教授确有不良行为绝不姑息。校长起初有些生气，这个陈有亮怎么搞的？后来仔细想想，校长笑了。确实不能急于澄清，否则会留给人武断的印象。校方此时理应站在中立者的角色，致力于寻求事实真相，而不能急于发表文章批评爆料者的流氓习性。在事实尚未浮出水面之前，这种有着浓厚行政背景的批评行为，只会被视为曲线护短。在这个紧要的节点上，河大校方应该做的，只能是给真相一点时间。而且，时间是万能的灵药，这个世界新闻一大堆，吸人眼球的数不胜数，慢慢地，世人自然会淡忘渊明餐厅事件。到时，甚至可以告爆料者一个诽谤罪。想到这里，校长从酒柜里拿出一瓶珍藏了七年的XO，给自己倒了一杯，慢慢地品咂起来。看来，这个陈有亮可堪大用，还可以让他进步一下，将来成为自己的左膀右臂也未可知。校长用指头有节奏地敲打着桌面。

五

小桃这几天都躲在自己的出租屋里不敢去上班。小菊一下班，便对她说："你幸亏没去上班，不然你可就惨了，来咱们餐厅参观的人一拨又一拨的，都想看看你长什么样子，就像买票到动物园里看大猩猩一样。我和阿丽这些一起在餐厅里端菜的姐妹们也跟着一起倒霉，外面风传什么餐厅里稍微长得漂亮一些的服务员都是有主的，说什么河西大学各系主任经常在咱们餐厅举办群芳宴，报销的公款多得吓人，还呼吁中纪委彻查此案。"小桃听了，咬着嘴唇不吭声，眼泪顺着眼角无声地流下来。小菊拍拍小桃的肩膀，正要安慰她，突然手机响了起来，是小菊母亲从乡下打来的："阿菊啊，你在餐厅里有没有什么事啊？怎么全村的人都在说你们餐厅的服务员个个都是狐狸精，跟什么老教授有一腿？那餐厅要是真这么坑人，你就别做了，赶紧回来吧，帮家里种蘑菇，不然你以后可不好嫁人……"小菊不耐烦地打断母亲："妈，你别听外面的人瞎嚼舌头，人家大教授什么身份，哪会看上我们这种乡下来的服务员？你放心吧，没事。"说完便把手机挂了。小菊冲小桃摇摇头："好事不出门，坏事传千里，连我乡下的妈妈都知道咱餐厅出事了。"小桃突然跳下床来收拾东西，小菊惊问：“你干吗？”

小桃凄然一笑：“还能干吗，餐厅肯定是待不下去了，我只好滚回老家去，还能干吗？”

小菊一时也不知道该怎么办才好，愣了老半天，怂恿道：“不然你上寺庙拜拜佛，说不定坏事儿能变成好事儿？”

小桃眉眼低垂：“不拜也罢。每次我对菩萨有所求时，菩萨没有一次帮我实现我的愿望。我求什么，菩萨就让我落空什么，而且求菩萨之前，其实我隐隐就知道我的心愿必定落空。”

听小桃这么一说，小菊也没辙了，眼睁睁看着小桃收拾物件。小桃也没什么行李，三下五除二便收拾妥当，她将一个小瓷人塞到小菊手里：“这个送给你。”这个小瓷人小菊很喜欢，多次向小桃索要，小桃都舍不得给，现在要送给小菊，小菊反而不好意思接了：“你自己留着吧。”小桃不由分说将小瓷人塞到小菊手里：“收着吧，说不定以后就没机会再见面了。”小菊默然：“我送你到车站吧。”小桃摆摆手：“不要你送，哭哭啼啼的样子太难看。我这行李轻得很，自己拎着走就是了。”说着，冲小菊挤出一个比哭还难看的笑，便拎起行李走出了宿舍。

原是想一走了之的，但小桃想起了还没结算的工资，今天三十号，小桃是个尽职的人，她想该把最后一天班上完。于是，小桃拎着行李走进餐厅，迎来了她生命中的劫难。陶教授老婆冲进渊明餐厅的时候，小桃还在当值，她正在给客人上菜，并不知道一场灾难正在朝她扑来。那是一盘热气腾腾的鱼翅汤，小桃小心翼翼两手端着朝前走，一个怒气冲冲的女人从天而降，劈手夺过鱼翅汤，小桃还未反应过来，本能地将鱼翅汤递给对面的女人，她怕两人拉扯来拉扯去把汤洒了。哪知那女人竟然把鱼翅汤朝她脸上泼去！小桃惨叫一声，本能地护住脸，脸上好像烧起熊熊大火。那女人又一把抓住小桃的头发，两人便抓扯撕咬起来。女人的双脚往小桃的裤裆猛踢：“我让你骚！我让你骚！”小桃被打得满腔悲愤，一张嘴巴也不饶人：“就你那烂 ×，怪不得老公碰都不想碰！”老婆被戳到痛处，嗷嗷嘶叫起来，下手更狠，两人好一场混战。七八个服务员好不容易将两人拉开，小桃脸上烫伤的地方红通通一片，密密麻麻都是水泡，头发上还缠夹着几根滑溜溜的鱼翅。陶教授老婆鞋子掉了一只，脸上也有几道长长的挠痕，那是小桃长指甲的杰作。周围的人把鞋子寻来让她穿上，陶教授老婆便开始哭诉小桃如何纠缠她家陶教授，如何施展狐媚术，如今弄得陶教授声名狼藉，斯文扫地。小桃早已在姐妹们的庇护下去了皮肤医院，老婆还在对着虚无的空气叫喊："这下你满意了吧？我家老陶当不成主任了，看你这狐狸精还勾不勾引他！"

小桃躺在病床上，她整张脸包扎得密不透风，只剩下一双眼睛目光空洞地看着天花板。小菊劝道："小桃，你可千万别想不开，你要是想不开，那就是天底下最大的傻瓜，只会便宜了那老女人！"沉默了一下午的小桃忽然冷笑起来："我才不会那么傻呢！我要那女人赔偿我的医疗费！把我的手机给我！"小桃摁了陶教授的号码，里面却传来一个甜美的女声："您所拨叫的号码已关机。"小桃顿时灰了心，将手机扔在一边，憋了一下午的眼泪终于汹涌而下。

陶教授此时病倒在一家异地的小旅馆里奄奄一息。小旅馆里没有像渊明餐厅里那样合口味的菜。陶教授勉强能喝几口水，就像一头困兽，每天都处于被制服的状态。最后，眼看就要出人命，店老板强行把陶教授拉到了医院，陶教授才捡回了一条小命。到后来，他的病情慢慢好转，感觉再也不能天天这样僵尸般躺在床上，于是慢慢走到医院后花园里。看着照射在冬青树上的一缕阳光，陶教授不禁流下了两行热泪。身与心的双重衰老，就在阳光下同时到来。一个病人走过来，骂骂咧咧咧的，将陶教授撞向一边，胡子拉碴的陶教授仿佛没有知觉。平时，他不容许有人对他这样无礼，不容许自己这样长满络腮胡。现在不一样了，现在他根本没有心情去理会什么胡子。他现在置身于名誉受损的大虚空里，失去知觉，失去重力。

他知道，他和小桃，已经彼此永远地失去了。他确实是喜欢小桃的，可要他离了婚娶小桃，他知道自己绝没有这样的勇气，单单想到老婆张牙舞爪的嘴脸，他就不寒而栗。每次他试图冲击老婆的彪悍，最后都被反弹回来，被打翻在地。他索性彻底投降了。现在事情已经糟到不可收拾，自己是该给小桃一个说法的，总不能一辈子当缩头乌龟。自己剥夺了她的美好，折断了盛开的玫瑰。至少该给小桃一个电话，但电话要说什么？似乎有千言万语，但似乎每一句话都不合适，再怎么说都是徒劳。陶教授思想斗争了一星期，终于拿起了那个千斤重的话筒。至于说什么，等电话通了再说吧。总比音讯全无强，即使在电话里沉默，打电话本身就表明了一种态度。陶教授咬咬牙，像上刑场的死刑犯一般，颤着手指拨打了小桃的手机。

手机里的女声说："您所拨打的号码不存在，请核实后再拨。"

没想到，小桃比他更决绝。一个比一个决绝。小桃对他是失望了。不，不是失望，是绝望。他运气好，碰到一个不纠缠他的女孩子。换了别人，也真不知要怎么闹了。小桃竟然连惩罚都懒得惩罚他，一声不吭便从他的世界里消失了，这才是对他最大的惩罚。就像一个死刑犯，等着枪响的那一刻，枪竟不响了，死刑犯被告知他可以走了。死刑犯号啕大哭，因为，生不如死啊。作为教授，学术上他声誉尚可；作为一个老男人，他声誉很低。而现在，人们都不把他当教授看，而是百分百将他当一个老男人看。他感到羞耻，他只想成为小桃人生中很小的一部分，而她连这一部分都舍不得给予他。人到了五十岁，在女人面前就不讨好了，就这么回事。你就老老实实靠所谓的事业这服春药把剩下的日子过完吧。作为一个男人，他的力量正在一天天消逝。

陶教授最想不通的是究竟是谁在网上爆他的料呢？笑脸后面怎么会藏刀子呢？以他的性子，刀子就是刀子，无论如何是用笑脸藏不住的，可别人偏生就有这种好本领。想起王子恺那张笑脸，陶教授几乎疑心自己错怪了王子恺，不过，跟自己抢系主任位置的就只有王子恺一人，便是王子恺无疑了。陶教授凄凉地笑了。自己爱了一辈子陶渊明，没想到最后竟成了柳永。"忍把浮名，换了浅斟低唱。"陶渊明不为五斗米折腰，自己即使不回河大，也得另找一所大学任教，否则，他靠什么吃饭穿衣呢？要知道，他连陶渊明的一亩三分地都没有呀。陶渊明是主动放逐，柳永可是被放逐的呀。校园里寒光闪闪，刀来剑往，你若武功差，只有被砍杀的分儿。自己想做陶渊明而不得，只能被迫习成武林高手，可他真不愿意去学习砍砍杀杀的武功，何去何从，他真是彷徨了。不过，他清楚地知道，没有谁的屁股干净。听小桃说过，王子恺也常跟餐厅里的服务员小菊厮混在一起；也许有了自己的教训，王子恺和小菊早就断了，但猴子总有尾巴，放心好了。

深秋的夜，凉意丝丝，淡淡的月空上飘着一朵雨云，毫无目的地飘着飘着。风吹起云朵里藏着的故事，一道忧伤划过夜空，坠落在都市的边缘。

寒江秋晚

风声是在上午听到的。詹大姐瞅准了左右没人，端着茶杯悄声对马坚强说，小马，市局这次多了三个编制，你赶紧去争取吧，先下手为强。注意，这事还处于保密状态，你嘴巴可得捂紧，嘴巴没捂紧，竞争对手就会如雨后春笋，你可别给自己添堵啊。三个编制是这样空出来的：一个上调，一个因为结婚嫁到外省而外调，另一个辞职下海开公司。这三个编制会拿出一个名额公开招考，另外两个名额则采取调动的形式。马坚强感激地冲善意的詹大姐点点头。詹大姐平时不会用电脑，马坚强帮了她不少忙，詹大姐这也算是投桃报李了。按詹大姐的说法，这种机会是百年一遇千载难逢。这个社会有太多的秘密，抢先知道秘密的人就占了先机，这对那些平头老百姓不公平。没办法，不公平是先天的。马坚强爸爸是农民，当初马坚强高考填志愿的时候连世界上有财贸局国土局都不知道呢。

命运跟马坚强开了个大玩笑。他在县环保局工作多年，妻子女儿在市里，他做梦都想调到市环保局，这样一家就团聚了。可惜他在县里待了十几年，几乎没有等到什么机会，他都绝望了，死心了，想着就一辈子待在县里吧，一星期鹊桥一渡，还可以跟老妻保留点距离美，省得像其他同事那样整天为了琐事和老妻吵吵嚷嚷。但这所谓的一星期鹊桥一渡都不能保证，有时出差，有时搞接待，这样一来二去，夫妻俩甚至一个月都见不上一次面，虽然两人只相距五六十公里，但这五六十公里却变成了遥远的距离。一个多月没见，夫妻俩都显得很客气，一种生疏之感在两人之间弥漫，马坚强屡次想调动，心愿却总是实现不了，因为他从来都不是一个行动派，他只是一个幻想派。

现在，机会突然来了，在他已经死心的情况下来了。环保局今年多了三个编制，好家伙，一口气增加了三个，不容易呀，马坚强的心又重新活泛起来，如今他已超过三十五周岁的报考年龄，只能走调动的路子。老婆也告诉他一定要抓住这次机会，要是抓不住这个机会，两人真的只能当牛郎织女到退休了。“你要是再调不回来，我就找个人来陪我了。”老婆半开玩笑半认真地威胁他。

马坚强当晚梦见了一条大鱼。他和老婆两人站在齐膝高的水里，一条大鱼在他前方缓缓游动着，有鱼吃好啊，但他觉得自己肯定抓不住，他尝试着抓住鱼尾巴，鱼尾巴很滑，就在快脱手之际，他老婆一把抓住大鱼，把大鱼托出水面，大鱼在老婆手里摇头摆尾跳跃着。然后，他们把大鱼带到一家餐馆烹煮，马坚强也记不清是自己还是厨师用刀把鱼鳃挖了出来，然后一刀剁下鱼头，将鱼头大卸八块。醒来以后马坚强有些不解，也不知那鱼身哪里去了。他打开手机百度了一下：梦见活鱼意味着什么。现在的手机真是方便，百度就像无所不知的老师，答案马上跳出来了：“鱼是喜庆。鱼线条优美，在水里灵活游动，象征着顺利和喜庆。梦见死鱼，预示着事业不顺，生活艰难，要忍饥挨饿。”马坚强有些糊涂了，那自己梦中的鱼先是活的，然后被大卸八块，难道是意味着原本事情是顺利的，后来变得不顺利吗？那自己的调动之事到底能否成功呢？

马坚强是个关系赤贫户，他在自己的箩筐里扒拉来扒拉去，好不容易理出两条关系，一条是他这方面的，他曾经跟市环保局潘局长一起出过一趟差，虽然是七八个人一起，总算有一面之缘，这一面之缘很宝贵，因为平常小和尚很难有机会见到大菩萨。如今先上门去报个名挂个号应该没多大问题。另一条战线是他老婆这边的，老婆表哥的干爹是省环保局的副局长，如果此干爹能跟市环保局打个招呼，那事情应该不大。两条战线都不是铁关系，都是迂回曲折百转千回的关系，都没有什么把握，马坚强颇费踌躇，如今做事最忌两头找人，要是两方彼此知道了，觉得对方并不信任自己，一生气甩手不管了，后果很严重。可是如果只找一边，又没有什么把握。马坚强心一横，打算两头找，事态紧急，过了这个村就没了这个店，要是不努力，只能眼睁睁看着泥鳅溜走。

于是马坚强给潘局发了个短信，字斟句酌表达了想去潘局家里坐坐的愿望，手机被马坚强攥在手里都攥出了汗。过了一个多小时，潘局回了个短信，让马坚强有什么事到他办公室去聊聊就可以。这个短信让马坚强长长地松了一口气，总算答应让他去办公室坐坐，虽然在那一小时里马坚强不停地看手机，简直疑心手机坏掉，中间一个短信提示，却是局里布置的工作任务。在那一小时里，马坚强的心如电梯般七上八下。沉默是什么意思呢？通常情况下沉默意味着蔑视。是不是人在高位就可以随心所欲地俯视下面的人呢？是不是身处高位的时候看底下的人都像蝼蚁呢？还是潘局在开会，没听见手机响？马坚强在这一小时里灌了三大杯茶，上了两趟厕所，最后终于等来了救命的短信。

去市里找潘局的时候，马坚强一路上心情原本挺愉快，他是满怀乐观抱了希望的，因为他在县局里干了十几年，从来不敢迟到早退，且那次一起到省里出差，马坚强是作为县局里的先进代表一起去的，因为他的两篇论文引起了国家环保局的重视。潘局应该没什么理由拒绝他的要求。他是空着手去的，要是拿着东西去，公共场合不好看，今天先去报个名，过后再找机会向潘局感谢。今天是周五，他向领导请了一下午假，打算找完潘局后就直接回家。

进了市环保局，马坚强的心突然扑通扑通跳了起来，他这人从来都怕见官，现在进了高一级的衙门，不禁有点慌张。他下意识地整了整裤腰带，快步走上五楼潘局的办公室。

马坚强在办公室门口喊了声潘局，潘局示意他进来，开始烧水泡茶。马坚强屁股斜坐在沙发上，赔笑道："潘局，我在县里干了十几年了，和老婆长期两地分居，这次听说市局里有三个新编制，真是盼星星盼月亮盼来的好消息啊。"不料，潘局长并没有附和马坚强那种"盼星星盼月亮终于盼来好消息"的喜悦心情，他的眼睛从眼镜后面闪出一道寒光："小马啊，我怎么听人说你为人处事很生硬啊，几个党委成员都不大看好你啊。上次省局下来检查，你竟然还把领导的座位牌打错了一个字，把领导搞得气呼呼的，吃饭时人家说找不到他的座位牌，明摆着不想请他吃饭，拒不入席，搞得接待的一大群领导要多尴尬就有多尴尬，一个劲儿地赔罪，人家还是一脸不痛快。”

马坚强浑身一震，潘局的话像一支利箭，正中他的心脏，霎时鲜血直流，他活生生成了一个光秃秃的靶子。他涨红了脸，语无伦次：“潘局，那次的确是我太疏忽了，事情太多，那几天太累了，当时我也一直向省领导表示歉意……”他没想到七八年前的工作失误，至今还会被人冷不丁提起。

潘局脸上布满严霜：“事情太多？谁的事情不多？太累了？谁不累啊？累了就好好休息去。”潘局把马坚强逼到死角，还往马坚强的死穴上致命一击。打错座位牌上的名字是七八年前的旧事了，开会之前马坚强已经熬了一个通宵，差点在会议上睡过去。当省里来的领导嚷嚷着怎么把他的名字打错的时候，他出了一身冷汗，一直向那位领导赔不是，市局县局的一群领导也百般道歉，就只差向那位领导跪下了，但对方还是不依不饶，每逢市、县局领导到省里开会，对方都会提起这件事。如果领导不打算原谅他的话，那马坚强真是死无葬身之地了。

马坚强想哭。他用力抠着自己的掌心，告诉自己，别哭，都一把岁数了，都当爸爸的人了，千万别哭，女儿都十岁了。气氛压抑沉闷，潘局说：“你安心工作吧。”是送客的意思，也带着一丝轻飘飘的安慰。潘局的口气比刚才温和了些，但马坚强还是听出了潘局话里的骨头。

马坚强难以招架，他一向是个拙嘴笨舌之人，结结巴巴道：“协调能力这方面我可能有欠缺，我努力学习。”

潘局摆摆手，不留丝毫余地：“努力学习？市局要是调人进来，调进来就要马上能用，不能用的人调进来做什么？”潘局摆手的动作像是摁下一个开关把马坚强的希望之门决绝地关上，马坚强一头磕在门上，眼冒金星。那一刻，马坚强突然有了买彩票的感觉，买的时候兴冲冲的，当他满怀希望用指甲将答案刮开的时候，里面赫然有一行字——感谢您的参与。被拒绝的感觉真不好，比被人狠狠打一耳光还难受。

马坚强机器人般从局长办公室里走出来，梦游般把电动车骑回小区车库，突然想起老婆出差去了，自己应该去接女儿放学，这才调转车头往学校赶去。潘局一番话让他心如刀割无地自容，直想钻到地底下去，差点都把女儿忘了。本来今年工作比较顺，人太顺了难免会飘飘然，人一定不能有飘飘然的时候，当你飘飘然时老天爷会马上给你一巴掌，把你扇得眼冒金星。

学校已经过了放学高峰期，只剩两个学生孤零零地站在校门口，女儿一看见他的身影，既高兴又埋怨：“爸爸，你怎么到现在才来？”

“对不起，爸爸下班迟了。”马坚强强挤出一丝笑容。女儿叽叽喳喳地讲着学校的见闻，吵着要吃肯德基，她根本没有意识到父亲满腹心事，在迟钝这一点上，女儿与他惊人的相似，马坚强隐隐地为女儿的将来担忧，但这脾性与生俱来，又无可奈何。马坚强强打精神与女儿说笑，内心却很痛苦，唉，自己这么失败，如何在女儿面前做一个父亲呢，他觉得自己简直没有资格做一个父亲。自己都这么幼稚这么不成熟，怎么稀里糊涂就当了别人十年的父亲呢。

好不容易等女儿啃完鸡腿喝完可乐将女儿带回家，女儿进了书房写作业，马坚强躲进卧室，躺到床上。他觉得疲累至极，全身没有力气。席梦思蓬松温暖，躺在上面好歹有一丝丝的安慰。马坚强没有开灯。对。他要的就是黑暗。他想把自己藏起来，偷偷地舔自己的伤口，对，就是这种黑暗才能让他把伤口敞开来透透气，否则人前他只能遮得严严实实的，因为不透风，伤口会溃烂得更迅速。

回想自己这四十多年夹着尾巴的人生，他就像一只小老鼠，整天处于惊恐中簌簌发抖，眼睛血红血红的，害怕光线，看不到任何希望。他也曾自我催眠，但人家偏偏把他的伤口撕开来给他看。他天生是一个拘谨的人，说话生硬不够柔和，永远学不会长袖善舞。他悲哀地想到鲁迅的“想做奴隶而不得。”一个人躺在床上，苦闷加郁闷。秋雨没完没了地下，天地间一片灰暗。半夜，马坚强起来到厨房找吃的，这日子不知怎么过成这样，结婚十一年，用了四副碗，消毒柜里的碗有大的有小的有青花边的有红花边的，餐桌上瓶瓶罐罐林立。女儿倒是乖巧，做完作业自己睡了。

第二天周六，马坚强像个孤魂野鬼似地在香江边游游荡荡。本来江边风景很美，凉风习习白鹭点点，香江水波光粼粼，是个让人心旷神怡的好去处。但今天马坚强心情坏到谷底。潘局当着他的面说："进市局得手脚勤快，可我听人说喊不动你啊。"马坚强当时的脸马上绿了。一整个晚上，他都在痛苦地反省谁派给他活儿他推三阻四没完成啊？想来想去还是想不到冤主。他的为人是失败的，他做不到长袖善舞。四面楚歌大概就是这样子吧？马坚强恨不得钻进地底下。他被整个世界抛弃了。马坚强丢了魂似地在石板路上来回走着，眼前走过来一个人，马坚强视若无睹，那人原本对着马坚强招手，见马坚强不理，干脆把脸凑到马坚强跟前，大喊一声："马坚强！"

马坚强吓了一跳回过神来，"钱主任你好啊！"

钱主任拍拍马坚强的肩膀："马坚强，眼睛长在天上啊，跟你打招呼你硬是不理！"

这可真是太冤枉了，马坚强赶紧解释："不好意思，钱主任，我高度近视，另一眼还有散光。"

"不至于吧？我都到你跟前了，散光也该聚焦了吧？你怎么回事？青天白日的搞梦游啊？"钱主任打趣完就往前走了，他倒是个痛快人，不像有些领导，永远高深莫测云里雾里让下属不明不白一头雾水。

马坚强苦笑。人若是有了欲望，他马上就会坠入痛苦的深渊。碰了这个大的钉子，马坚强心灰意冷了，觉得自己突然变成了一个垂头丧气的老头。一个人衰老的标志是什么呢？就是曾经很强烈的愿望，现在可有可无了，因为你再不甘心也无可奈何了，只能眼看无可奈何花落去了，除了自我安慰，还能如何呢？难道去跳楼不成？其实人很多时候都是活给别人看的。这次市局有这么个机会，几个符合条件的就数他资格最老，若他不去争取，人家只会笑他被领导打入冷宫，那么以后他在单位里只能像唐诗里说的"白发宫女在，闲坐说玄宗"凄惨度日了。离退休还有近二十年呢，想想那样的日子就寒毛倒竖。所以他必须摆出争取的姿势。其实，他不爱热闹，目前的清闲挺适合他，若真调到市局了，到时候杂事一堆，反而不得安宁。但他要是不去争取，不知有多少人在看他的笑话?

马坚强灰头土脸的，一怒之下到了宝岛眼镜店。既然鼻子上这副眼镜不好使，就来副新的吧。一看价格，他倒吸了一口凉气。一个普通的镜框少则八百，多则一千两千，再加上镜片，近视加散光的镜片价格更贵。马坚强胡乱指了个中等价位，眼镜小姐计算机啪啪一算，一千五。马坚强刷了卡，心里既畅快又有些心疼。以前他特别看不起那些心情不好就去商场血拼的女人，原来是自己不懂得其中的妙处，原来自己这个大男人跟那些女人家同样一个德性。花了钱，意味着你是钱的主人，你还有能力去支配它，你找到的是支配的快感。在生活中受人支配，那么就在商场做一回主人吧。走出眼镜店，马坚强长长地吁出一口气，既痛快又心疼。

马坚强带着新眼镜回到家，发现老婆已出差回来。新眼镜让眼睛酸痛不堪，他把新眼镜摘下，垂头丧气地告诉老婆:“出师不利，潘局有人选了，昨天他非常干脆地拒绝了我，根本没有回旋的余地。为了用上他自己的人，说了我一大通坏话。欲加之罪，何患无辞?我看还是算了吧，再熬十几年就退休了，老夫老妻了也没必要天天黏在一起。”

老婆怒道:“我最看不得你这种遇事一碰钉子就放弃的怂样。我看我们很有必要一起去找找我表哥。”两人带着死马当作活马医的心态买了两斤大红袍到了表哥家。以前之所以没有找表哥，是因为老婆与表哥并不亲，只是散淡的亲戚关系，再加上表哥的干爹，简直是八竿子打不着，所以一直不敢上门找，要是亲舅舅，早就找了。因为这次有可能是马坚强最后的机会，所以老婆坚持要试一试。表哥倒是挺热情，听了这事说道:“哪天我带你上我干爹家见个面。”夫妻俩千恩万谢。

于是翘首等待。可省里的人总是忙得脚不沾地，总是没时间，表哥也不敢天天催干爹，马坚强心里猴急猴急的，生怕错过了机会。等了一个多月，马坚强终于等到了被赵副局长召见的机会，于是买了点烟酒，借了一辆本田拉着表哥直奔省城。

表哥进了门，有些腼腆地喊了声:“干爹，我来了。”马坚强悄悄揣度表哥跟干爹似乎也不亲，听说是因为干爹上山下乡时舅舅帮了他，所以才认了这门干亲，如今身份、地位悬殊，拘谨是难免的。赵副局长倒是爽快，答应找机会跟市潘局沟通沟通，但赵副坚决不收茶叶，坚决让马坚强把茶叶带走：“你要是不带走，我就不帮你这个忙了。”马坚强手里拎着被退回来的龙井，有一种类似于花姑娘被退回来的沮丧，但赵副答应帮忙，总算还有一丝丝的希望。

这天马坚强上班正忙，手机响起来，马坚强看一下号码是陌生的，但来电显示是省城的手机号，马坚强连忙摁下接听键。“你好，是小马吗？”

“是啊，请问哪位？”接电话的时候，马坚强正在核对材料，各县来上报材料的办事员都扎堆在小小十几平方的办公室里，马坚强晕头转向。

“我是老何呀。上次市环保系统会议咱们见过面。”

“老何？”马坚强绞尽脑汁，也想不起是哪位老何。他支支吾吾道：“老何您好，请问有什么事吗？”

那边有些不高兴：“你最近上班情况怎样？”很明显，对方猜到马坚强忘了自己是谁。

“有点忙，还是老样子，做不完的材料。”

“听说你想进市环保局？那边究竟有几个编制，具体情况你说一说。”

办公室里乱哄哄的，不方便说话，马坚强捂着听筒离开办公室躲进卫生间说话。“总共有三个编制。目前我知道想进市局的就有好几个人，一个是龙腾县环保局的小冯，一个是香城区的小钟，一个是长教县的老马，另一个是市局的小王，小王已经在市局借用了几年，肯定也想借这次的机会解决自己的编制问题。”话还有很多，但电话里不方便说。小王临时借用，若被打发回去，岂不是让人笑掉大牙？谁都知道好马不吃回头草。况且小王人在市局，近水楼台先得月，马坚强觉得三个编制中小王稳妥妥占了一个，小王已在市局借用了好几年，若有编制还不给他，岂不让所有人寒心？况且小王三十岁不到，年纪轻轻，已经报了名准备参加考试，只要笔试一过，面试题肯定为他量身定做。

“哦，我先大致了解一下情况，就这样吧。”那边把电话挂了。

马坚强内心有些忐忑，不知何方神圣，很明显对方知道他想调进市环保局的意图，是来帮他的，但马坚强确实一时之间想不起是谁。容不得他多想，办公室一屋子人等着他呢，他连忙回到办公室继续接收材料。

好不容易将各县的材料一一收整归类，办公室也安静了下来，马坚强突然哎哟一声，猛地捶了一下自己的脑袋——完了，完了，是省环保局办公室的何主任！惨了惨了，自己有眼不识泰山，可能把想帮助自己的贵人搞生气了！前几天，他托表哥向省环保局的赵副局长表达了自己想调到市环保局的意愿，没想到赵副局长竟然吩咐何主任来关心他，这是他做梦都想不到的事！要是何主任在电话里说“我是何主任”就好了，他就可以马上想起是何主任，可是他自称老何，当时市环保系统开会的时候人太多，马坚强真一时想不起老何究竟是谁。糟了糟了，这下何主任心里肯定老大不高兴，怎么办才好呢？真是蠢猪！马坚强在心里痛骂了自己一声。可他又不敢对任何人讲这桩蠢事，对老婆不能说，对朋友也不能说。天底下大概再也没有比自己更蠢的人了吧？领导是不能得罪的，一得罪领导，后果很严重。自古以来为尊者讳的教训不少，但后人难免又重蹈覆辙。

马坚强无精打采地走在下班的路上，以前一到周末他就盼着回家，现在他对家反而产生了畏惧之感，他害怕面对老婆询问的目光。马坚强一时还不想回家，只觉得脑袋里一团乱麻，心情糟透了，干脆到香江边小坐一会儿。他呆呆地看着在江面上展翅飞翔的白鹭，心想，为什么看别人总是闲庭信步，而自己总是趔趄前行呢？他想起契诃夫的名作《公务员之死》，讲一个小公务员在戏院里看戏，不小心打了个喷嚏，唾沫溅到了前面座位那个人的光头上。后来，小公务员认出那个光头原来是个大领导。这个公务员回家后一直战战兢兢，后来竟然病死了。或者说，这个公务员是活生生吓死了，因为他竟然敢把喷嚏喷到领导的头上。上大学时，马坚强看完这篇小说哈哈大笑，生活中怎么会有这么荒谬的事，怎么会有这样胆小的人，他只是不小心，又不是故意的，干吗自己把自己吓死呢？现在工作多年，马坚强突然明白了那个小公务员的心境。外人觉得无甚大事，因为这事与他不相干，而自己亲临其境的时候，因为关系到自己的前途与饭碗，所以自然如履薄冰。在这样一个萧萧瑟瑟凉意的午后，马坚强为自己的愚蠢行为而反省顿悟到一篇小说的意蕴感到无比悲凉。自己什么时候从一个天真烂漫的少年变成了一个蝇营狗苟的中年？那个天真烂漫的少年已经回不来了，他已经死去。

暮色沉沉，马坚强发现自己在江边坐再久也于事无补。他横下一条心，杀人不过头点地，事已至此，只能静观其变。此时肚子已饿得咕咕叫，马坚强不得不起身回到家，面对妻子强颜欢笑。他不想让妻子看到自己的软弱。

过了半个月，市潘局到省局汇报情况，当时赵副局长出差，何主任在场。晚宴时，何主任笑道："听说你麾下一个县局科员叫马坚强的？"

潘局酒正酣，随口道："哦，马坚强，你也认识他？这小子业务能力尚可，就是处事不灵活，一点眼色都没有。"潘局此话一出，何主任下面的话就被堵回去了，两人又干了一杯，这个话题就淹没在其他话题里了。等赵副局长出差回来，何主任便依葫芦画瓢将潘局的话原样搬给了赵副。

马坚强一肚子的焦虑，不知道赵副是否已经跟潘局沟通，如果沟通了，潘局是不是又在赵副面前添油加醋说一通自己的坏话，到时自己在赵副心里的印象也坏掉了，那事情真是糟得不能再糟。可这事又无从打探，这世界有太多的秘密，如泡泡般连绵不断，马坚强很想戳开泡泡看看，但他没有勇气。很多秘密还是不知道的好，知道了反而无法接受秘密的真相。郑板桥不是说难得糊涂吗，人只有在自我安慰中才有勇气继续活下去。他有时想，算了，干脆对赵副说，待在县里挺好的，这事就顺其自然好了，又觉得不甘心，凭什么竞争还没开始自己就要主动放弃呢？马坚强呀马坚强，你也未免太胆小！难道你比小老鼠还不如？不如冒冒险，说不定事情就成了呢？是进还是退？哎，人生到处都是选择题，马坚强纠结得脑袋都快破了。

马坚强终究沉不住气，打电话请表哥问问情况，表哥勉为其难答应了。过后，表哥给马坚强传话：“我干爹跟市潘局一提起你，潘局说你业务能力还行，但为人处事太生硬，缺乏锻炼。”马坚强如五雷轰顶，没想到为了个调动问题，丢人丢到家了。领导随意一句话就可以毁掉你的一生。马坚强像浑身着了火，每一处都是痛点，不一会儿整个人就成了一截焦炭。他强笑道：“我做事是不灵活，但也不知哪里得罪了潘局长，以致他这样说我？我跟潘局只接触过一次，还是作为先进代表一起去省里开的会，怎么就给潘局留下这样恶劣的印象？”

事到如今，能不能调到市里倒是可以放在一边，关键是如何挽回给领导留下的恶劣印象。马坚强的心严重受伤，都不想去上班了，他怕见人。他要么早早上班晚晚下班，没遇到人的时候，他会长长地舒一口气。他现在终于回忆起当初是怎么给潘局留下坏印象了。去年到省里的时候，他的朋友到酒店里看他，顺便给他带了一盒好茶叶。第二天晚上，大家都到潘局房间里泡茶，马坚强贡献出一包给大家分享，大家纷纷叫好，潘局也连连竖大拇指，问是哪里产的好茶，马坚强随口说了句同学捎来的，潘局开玩笑道：“马坚强你也会搞腐败呀！”马坚强尴尬一笑。过后，马坚强要将茶叶送给潘局，潘局坚拒：“君子不夺人所爱。”马坚强就傻傻地将茶叶拿回家自己享用了。马坚强回想起来真想哭，送给你你不要，你要清高，心里又记恨，做人真不容易啊。以前他很羡慕同事有跟领导出差的机会，既可免费旅游，又有礼品，又能结识人，既风光又有油水。现在好不容易有了一次跟领导出差的机会，他才知道全然不是这么一回事。跟领导出差，自己纯粹就是男仆的角色，要善于察言观色，要及时提供优质的服务，开车门也好，拎包也好，套近乎也好，随时都有人竞争上岗。当然，你要是心态好，你可以到处吹嘘“某时我和潘局一起到某地出差……”你只要敢于往自己脸上贴金，你可以迅速收获一大堆别人艳羡的目光。但是，马坚强很不幸地属于心态不好的那类人，他甚至有了屈辱的感觉。人家领导住在宽敞豪华的总统套房，自己和司机挤在一间狭小的标准房，人家领导前呼后拥，自己在后面落寞地跟随。啊，说来说去，谁让自己不是领导呢？

马坚强心头巨石日益沉重，不行，再也不能这样下去，他应该去申诉一下，他很想改变在潘局心中的恶劣印象。但他真的不敢再独自面对潘局了，他缺乏再次万箭穿心的勇气。他想让县局里的人事科长老林陪自己去找潘局解释解释。马坚强约老林到茶楼里泡茶，平时他跟老林相处得不错，马坚强将来龙去脉说了一遍，但他隐去了表哥的干爹的真实身份，免得给表哥的干爹造成不必要的麻烦。听了马坚强的吐槽，老林帮他分析道："是不是你托的人分量不够？"

马坚强有点迷茫："不至于呀。"

"那是在什么情况下说的？"

"是在酒桌上说的。"

"哎呀，这酒桌上乱哄哄的，怎么办得成事呢？再来，可能你托的人说话欠缺点技巧，要是这人说，马坚强这人虽然有点木讷，但是个厚道人，业务上还是很强的，很适合到市局里去锻炼锻炼，说不定事情就成了。"

马坚强不吭声，人家身居高位，自己哪敢教人家怎么说话。

老林又道："我劝你冷处理为好。潘局现在火气正旺，你再去辩解，那无异于火上浇油。我觉得你要放宽心态，一手不能遮百口，你不善于与人沟通，那是你的弱点，不是你的缺点，是金子总会闪光的。你要继续在工作上做出成绩，让人不敢小看你。另外，你也可以有意识地锻炼自己的沟通能力协调能力，让人刮目相看，事情终究会往好的方向发展的。"

一番话让马坚强心里既温暖又感动："老林，谢谢你开导我，在这方面我要向你学习。"

老林笑道："不敢当，我还得向你学习呢。"

从茶楼里回家的路上，马坚强被冷风一吹，突然清醒了过来：在潘局已经看死他的情况下，是没有人愿意冒着触怒潘局的风险来为他说话的。说得更白一点，没有落井下石已经万幸了。马坚强突然明白，自己又做了一回傻事。

马坚强悲哀地发现，不知从什么时候起自己慢慢变成了软体动物，工作多年，他早就没有了骨头。作为一个最底层的科员，他谁都惹不起，不管是人事科长还是局长，只要是带“长”的，他谁都惹不起。他和带“长”的人之间隔着一道天堑，那是云泥之别。马坚强搜肠刮肚，不知要送什么东西才能打动潘局，最后，他的目光停留在了家里祖辈流传下来的《寒江秋晚》图，出自八大山人朱耷的手，上面是一江秋水，一点孤舟，一片寂寥。这幅画用高观国的《齐天乐》来应和最匹配：

碧云阙处无多雨，愁与去帆俱远。倒苇沙闲，枯兰溆冷，寥落寒江秋晚。楼阴纵览。正魂怯清吟，病多依黯。怕挹西风，袖罗香自去年减。

风流江左久客，旧游得意处，朱帘曾卷。载酒春情，吹箫夜约，犹忆玉娇香软。尘栖故苑，叹璧月空檐，梦云飞观。送绝征鸿，楚峰烟数点。

说是《齐天乐》，却是充满清幽哀伤之情。

马坚强偷偷地把画拿给四个高人鉴定，四个人一看之下都两眼放光，都说应该是朱耷的真迹，因为朱耷以水墨写意画著称，你看这《寒江秋晚》画面构图缜密、意境空阔，笔墨清脱纯净、淋漓酣畅，笔简意赅，形神兼备，淡墨秃笔含蓄内敛又极尽流畅，一股孤傲落寞清空出世之气扑面而来，不是真货是什么？如假包换。其中一个还死活要马坚强把此画卖给他，让马坚强开个价。马坚强笑道：“这画是朋友的，不是我的，因为朋友不认识什么书画界的大佬，一直拿不定真假，才托我找大佬鉴定的，既然您老说是真的，我得赶快把画还给人家才好，不然我真正赔不起了。”说着赶紧把画小心翼翼收起来。马坚强之所以不开价，其一，他不想做不肖子孙，这幅画传了几代传到他手里，他应该继续把这幅画传下去；其二，他对书画市场不了解，说不定这幅真迹值几千万也说不定，但如果是假的，那将一文不名，价开高了怕惹人笑话，开低了自己吃亏，还是藏着再说。高人追在马坚强的屁股后面问你的朋友是谁？你带我去见他。马坚强找了个借口撒腿就跑，骑着电动车的时候，马坚强看满大街的人都像劫匪，好不容易安全到家，马坚强发现自己满身大汗。

现在事情紧急，如果这幅《寒江秋晚》能够挽回败局，能让自己顺利从县里调回市里，想必祖宗也会原谅他的。这书画，要是没有出售，只是放在家里，价值等于零。潘局那些贬低他的话到现在还像箭一样插在他心头，马坚强本想将画送去装裱店装裱一番，但又怕送到潘局家时太惹眼，所以还是没有装裱，只是小心翼翼卷好，用一个塑料袋装了，守候在潘局下班的路上。一连等了几天才等到潘局，潘局并不是单身一人，他是和长教县环保局的老马一起说说笑笑下楼来的。马坚强等潘局对老马微笑着挥手再见后才鼓起勇气走上前去，潘局一见是他，脸霎时拉下来。马坚强厚着脸皮将塑料袋递过去："潘局，听说你喜欢书画，我这里有一张朱耷的《寒江秋晚》图，借您贵眼鉴赏鉴赏。"潘局并不伸手接："小马啊，谢谢你，我现在有点紧急事务要处理，改天吧。你也别再来找我了，你就安心在县里工作吧。"说着匆匆钻进黑色奥迪，马坚强本想凑近车窗再努力努力，不知为何却本能地后退了两步，奥迪很快就绝尘而去，留下马坚强愣愣地站在原地。他沮丧极了：自己真没眼力见儿！潘局和老马在一起，自己应该装作没看见呀！潘局坐在奥迪里有些生气：这个马坚强，脑子真是坏掉了，弄个几千元的假画来糊弄我。朱耷，哼，要真是朱耷的话，早就在拍卖会上或者在什么博物院了，哪还会在他手里。

马坚强很明确地告诉老婆："调不成了。"老婆"哇"的一声就哭了，没完没了的。她不单单在哭老公调不进市局，她在哭自己怎么嫁了这么个窝囊废，哭自己的下半生。马坚强吼道："别哭了！哭得老子晦气！你要是嫌我没本事，离婚好了！"

老婆怒道："我现在人老珠黄了，你有本事说离婚了？离婚，好啊，房子归我，存款归我，孩子归我，你净身出户，每个月还要付孩子抚养费三千元。"

马坚强气得笑起来：他一个月工资才三千多，每个月付孩子抚养费三千元，那他不是整个人还是老婆的吗？！马坚强道："老婆，我已经尽最大的努力了，你要是再逼我，我只好跳香江去了。"

老婆见马坚强一脸痛苦神色，也不敢再说什么了，因为她不想当寡妇。当晚，夫妻俩比赛着喝光了一瓶二锅头。马坚强倒酒的时候，看那酒似乎也闪烁着嘲笑的目光，他恨得咬牙，一口将杯里的酒干了。酩酊大醉之余，夫妻两人抱头痛哭。哭累了，马坚强上厕所，一脚踢到家里的那棵发财树。发财树的树叶都黄了，一片片往下掉，也不知能不能挺过这个秋天？

第二天醒来，马坚强头痛欲裂，他回忆了一下现在是上午还是下午还是晚上？没有判断出来。今天星期几？糟了，上班是不是迟到了？他想起床，却发现浑身酸痛像软面条，连起床的力气都没有，嘴唇干干的，喉咙发苦。马坚强这才知道自己生病了，妻子拿来体温计测试，高烧四十度一。他两颊绯红，睁着眼睛问:“今天星期几？几点了？我上班是不是迟到了？”

老婆没有好气地白他一眼:“你脑子烧坏了？今天周日，不用上班，你这话传出去会让人笑死，大周末的还想着上班，人家又没评你先进。”

马坚强讪讪一笑:“我这不是烧糊涂了吗。”

老婆问:“要不要上医院打个点滴？这样下去万一把人烧傻了怎么办？”

马坚强笑了:“哪有那么娇气。先吃点退烧药吧，要是下午再不退，再上医院也不迟。”

下午烧退了，马坚强在床上躺得憋闷，他让老婆拦了辆的士把他们载到江边。香江是最能安慰马坚强的地方，马坚强每逢受伤的时候，常爱到香江边看滔滔江水。他坐在夕阳下，随手拔起一棵小草。那毛茸茸的小草被夕阳镶上了一道金边，带着清凉的气味和湿润的腥气，在马坚强手中柔软地颤动。马坚强心里涌上一种既凄凉又温暖的感觉，有些感伤，既怜悯自己又怜悯老婆，同时还怜悯整个人生。马坚强拿着小草在江边走着，享受着飘来荡去的模糊思绪。哎，人活着总是不断地受打击，越活越败兴，再也难以像孩童般兴高采烈，故人之间的关系不断地遭受破坏，对于新交难免就意兴阑珊缺乏信心，所幸身边还有老婆作伴。

晚上，马坚强又烧了起来，因为吹了江风的缘故。马坚强一边与体内的病毒抗争，一边想，人只有在生病的时候，才会把所谓的荣辱撇在一边吧。他的生活好像一条淤塞的河流，流着流着就流不动了，卡在那里，进退不得，再也不会张牙舞爪声色俱厉，也绝不会义无反顾玉石俱焚，一切归于疏懒与淡漠。天地苍茫，宇宙洪荒，“我”越来越混沌了，世界越来越茫然。

病好后的那段日子，马坚强经常买醉。如何讨社会的喜欢，这对马坚强来说是一个巨大的难题。他天性内敛，怯于与陌生人或者达官贵人交往，这样的自闭让他的社会关系一片凋零。他只是想先在领导那里挂个号，结果连号都没挂上。人的一生是一个众议，不可能独自生存，各种关系千丝万缕，如藤牵蔓，蔓牵藤。那些潜在的竞争对手如今幵会见面尴尬不已，原本处得像亲兄弟一样，可现在在利益面前，原先积蓄起来的感情脆弱得不堪一击。马坚强觉得自己遭遇了人生中最大的一场雪，他被冻僵了。朋友嗤之以鼻：“就你那里下雪了？每个人的生命里都有一场大雪，或迟或早，只不过你没看见罢了。每个人都在自己的生命里孤独地过冬，所以要学会取暖。我们喝酒吧，兄弟给你温暖。”马坚强不胜酒力，几杯下去就醉得一塌糊涂。为什么人一定要活在别人的评判之下？为什么人总是患得患失，在意别人对自己的看法？

朋友举起啤酒杯将一杯“百威”咕噜噜灌了下去，放下杯子顺手抹了抹嘴边的啤酒沫：“兄弟，你别这么绝望，潘局五十好几了，再过几年他就退了，山不转水还转呢。”

“真的？”马坚强两眼放光，犹如被打了一针强心剂，潘局看着很年轻，他还以为潘局只是四十几岁呢，要是潘局再干上个十几年，那他马坚强这辈子也就这样了。

一切暗流涌动，只不过马坚强身在最底层无法得知外界的动向。三个编制的位置终于都坐上了人。龙腾县环保局的小冯，长教县的老马，包括借调到市环保局的小王都如愿以偿，只有香城区的小钟和马坚强一样名落孙山。这三人后面都有一尊大佛，你不服气也无计可施，谁叫你身后没有大佛保佑。人家已经踏着祥云胜利到达彼岸，可你还在泥水中苦苦泅渡。明知是这样的结局，马坚强还是痛苦了一晚上。马坚强自怨自艾，坠入痛苦的深渊。人家成功了，那是人家的本事，自己还是算了吧，不要妄想蚍蜉撼大树。在刚听到消息的时候，马坚强曾经乐观地想，自己只占一个名额，完全可以和其他人共赢。事实证明，他太天真了，他人得到的必定是你失去的，共赢只是一种理想，不可能实现。在这个漆黑的夜晚，马坚强再一次强烈感受到自身的衰老，老得全身上下没有一点力气。曾经非实现不可的愿望，现在实现不了就随它去了。他甚至恐怖地发现自己爱上了周末买菜做饭接送孩子上兴趣班，他似乎比较适合这种不动脑子的机械运动，而不是在职场打拼，可是离退休还有那么多年，真是煎熬啊。

在马坚强最痛苦的时候，同学出差来到本地，打电话约他出去喝酒，马坚强很痛快地答应了，他觉得老是躲在家里快要窒息了，他需要麻醉自己。没想到在酒桌上撞见了小王，马坚强暗自叫苦，挤出一丝笑容："小王，恭喜你，借调到市局几年，终于修成正果了。我就等着在县局里退休吧。"

小王苦笑："有什么好恭喜的？局里水很深呀，你幸亏没来！"说着，他很神秘地凑近马坚强的耳边，"你不知道吧，长教县的老马空降到我们科当科长，原本市局里的老王盯了这个位置很久了，现在老王到处告状，都告到省局里去了，说是潘局踩他，他辛辛苦苦干了几十年，那个位置理所当然是他的，凭什么被别人抢走？现在不单单科里乱得很，局里也乱得很，每个人都怕引火烧身。你就等着看好戏吧。好戏马上就要开锣了，而且不是普通戏，是惊天大戏。"小王的眼睛如一潭深水，没有丝毫马坚强想象中的春风得意与振奋。

马坚强心里百般滋味，照小王这么说，他的失落倒成了一种幸运了？

后来消息传来的时候更是超出了马坚强的想象。潘局被"双规"了，不单单是吃了这三个编制的好处，还有其他数不清的好处。马坚强有些发呆，难道这半年来自己白白痛苦了？人家心里早就有了人选，自己无论如何努力都入不了人家的法眼，随便轻飘飘的几句话便把自己丢进了黑乎乎的无底深渊。人到中年，马坚强终于见识了一番所谓领导的艺术，什么话该说什么话不该说又有哪些话可以凭空生出来颠倒黑白说。凭自己的情商，长十个脑袋也不够用。上级衙门深似海，自己还是老老实实待在县里，做好分内的事，领一份工资好好度日吧。他新买了一辆大众车，拿到了驾照，往日的距离也不算距离了。

马坚强将《寒江秋晚》图精心装裱了一番。装裱的时候他一直守在旁边观看，生怕被调了包。装裱店老板一边装裱一边笑道："你这张图倒是仿得真啊，看这纸质有一定年头了，卖个几千块倒是有可能。"

马坚强笑道："是啊，就是仿的，要是真的，早就身价百倍了，哪会落到我这号小人物手里呢。"

坐在家里喝茶的时候，马坚强的目光一直在《寒江秋晚》那一蓑孤舟上流连，他没有把图挂在墙上，而是收在箱子里，时不时拿出来看看。自己脑子真是坏掉了，有了这幅画，自己下半辈子不上班都可以。一想到近半年的痛苦纠结，就差患上抑郁症了，差点就想一头栽进香江里了，要是当时一头栽进香江里那真是太划不来了。马坚强为自己泡了一杯大红袍，对着《寒江秋晚》举杯。

溃烂的樱桃

一

文慧下班的时候急匆匆往家里赶，来不及做饭了，小莹放学后饥肠辘辘等在餐桌边让她倍感压迫。忽然，她被一阵水果的芳香吸引住了，她猛抽了几下鼻子，举目四望，发现街道右边新开了一家雨露空间。因为新开业，里面人头攒动，大概是有什么优惠活动。文慧受了蛊惑，停下电动车走进去，哇，里面所有的水果都光鲜亮丽，犹如一个个漂亮的公主，它们都是经过精心挑选的，个大味甜，是同伴当中的佼佼者，才被选到了这里。所有的水果都可以试吃，哈密瓜甜到人心里，菠萝黄澄澄的，龙眼肉瓷实，山竹还带着露珠，巨峰葡萄披着高贵的紫衣，简直是水果选美大会。文慧眼睛一亮，她看到礼盒装的樱桃，两斤半左右，一斤三十九元，一盒一百元。要是散斤买回家，一斤要四十八元。小莹爱吃樱桃，文慧毫不犹豫买了一盒。

小莹放学回家，见到桌上洗好的樱桃欢呼起来。文慧笑了："少吃点，不然等会儿吃不下饭。"樱桃文慧是舍不得吃的。买回来的时候光鲜亮丽，两斤多一时吃不完，分作几天慢慢吃。后来，有的樱桃局部开始凹了一个坑，个别严重点的开始长毛。长毛的肯定不能吃了，凹了一个坑的还有救，凹在右边就吃左边，凹在左边就吃右边。文慧吃了十几粒樱桃，其中八粒是好的，有几粒是凹了坑的，吃完以后嘴巴里竟是满满的苦味。真让人惆怅啊。文慧后悔自己为什么要一口气买一整盒樱桃，买个一斤不是挺好的吗，新新鲜鲜的，吃完了再买多好。怪只怪自己的蠢了，樱桃单斤四十八元，两斤以上优惠价三十九元，扣掉那些溃烂的，远比便宜的那九元钱划算多了。人生就像水果，太容易溃烂。可是，有谁的人生像初摘的水果那样完美呢？任何人与事都逃不出时间的作用力，水果终究是要溃烂的。所以，人生终究也是会慢慢溃烂的。得出这个结论后，文慧长长地叹了一口气。生活像患了风湿病，这样的日子何时才能到头啊。

公正地说，文慧一开始的人生是像一盘新鲜的水果的。大学毕业后，文慧顺利地考上了市水利局的岗位，而她的一些同学还像伞兵无法顺利着陆。她这算是首战告捷了，她的性格是活泼的，老公小林长得高大帅气，在交通局工作，每年年底都发很多的奖金。那时，文慧身上满满当当都是对人生的热情。后来事情就慢慢不对味了。

文慧的婚姻，一开始也像鲜美的樱桃，看着对方彼此都是优点。几年柴米油盐下来，对方身上的缺点像霉斑一样一点一点地暴露出来。文慧是个完美主义者，老公小林对她的四体不勤很有意见，她干脆破罐子破摔了。每次老公指责她缺点的时候，她也毫不留情、一针见血地指出老公的缺点，弄得彼此伤痕累累。星期五下班的时候，文慧加了半小时的班，回到家已经七点。小林正在吃饭，听到开门声，头也不回，用一个骄傲的后脑勺正对着文慧。文慧气往上涌，即使是个舍友，也得回头打声招呼啊。连个舍友都不如了。最近夫妻吵架，仿佛生活在雷区里，一不小心就会踩响了哪个地雷。小林不仅心累而且身累，这几天正赶上创建全国文明卫生城市，他是忙得像陀螺一样滴溜溜转。整个香州市鸡犬不宁，大街小巷里的所有小摊小贩都像被一阵风刮跑了消失了，各单位职工抽派志愿者走上街头协助卫生、交通，到处是穿红马甲的志愿者，每个红绿灯岗哨都晃动着交警的身影，文慧抱怨老公：“怎么钱越拿越少，活儿却越干越多？”小林看了老婆一眼：“不是你想累就累的，有些小科局单位，想累都没有累的资格。”文慧撇撇嘴：“你爱累就去累吧，反正只要是正常人，都向往钱多活不累。”总之，一件事不对劲，所有事都不对劲，任何一个话题夫妻都会吵得不欢而散。

从去年经历女儿中考、买第二套房这两件家庭大事的风波之后，他们夫妻的关系降到了冰点。如今，他们又经历了生活更凌厉的一道雷电：自中央八项规定后，廉政风声一天紧似一天，不能公款吃饭，不能公款旅游，小林难受死了。好日子到头了。今年更是雷厉风行，开始翻旧账，要追回以前滥发的奖金。交警部门单位效益好，有小金库，以往每年年底都会发好多奖金。小林一看到会计给他的数字，脸上发白，十七万三千元。钱早就陆陆续续拿去接济乡下的老爸老妈了，现在要从哪里变出十七万三千元来？要是放在平常，十几万元也不是多大的事儿，关键是，他们刚刚按揭买了第二套房子，所有的钱都搜刮去付了首付，成了名副其实的月光族。如今要退钱，只有半个月期限，简直是雪上加霜，还不上钱的后果是严重的，轻则开除，重则判刑。现在好了，要去哪里找这十七万三千元呢？一想到文慧的脸色小林就头皮发麻。平时酒肉兄弟那么多，开口借一下应该有吧？小林打破脑袋也想不通，自己这么老实巴交的一个人，怎么也会遭此横祸呢？老天爷怎么可以开这种玩笑？

小林找李卫借钱。李卫说，我这是泥菩萨过河，自身难保呢。咱们难兄难弟，还是赶紧各自想办法吧。李卫自己也是急得团团转。到处都一样，以前一些富得流油的单位私设了小金库，年底往往多发很多奖金，如今不仅不能发奖金，还要把以前多领的奖金在半个月内退回去，通知发布后，局里一片哗然，有骂娘的，有敢怒不敢言的，一时间风声鹤唳人心惶惶。个个牢骚满腹，这钱又不是我们主动要的，是局里发的，如今又要收缴回去，这算怎么回事？而局领导更是满腹委屈，当初积极为科员谋福利，如今变得里外不是人，况且官越大，吐的钱越多，让人情何以堪？谁也没想到，以前所有让人眼红羡慕的职业，如今会变成一个笑话。

小林愁死了，抢银行的心都有。文慧手头抠得很紧，简直是苛政。苛政底下小林身无分文。听到李卫那边挂断了，小林发呆了好一阵子。本来还想再找人试着借借钱，后来一想，借了钱终归还是要还，工资卡捏在文慧手里，没有了灰色收入，拿什么还人家呢？船破沉入海，这事归根到底还是得让老婆知道。

晚上，小林很早回了家，手脚麻利地做了晚饭，做了文慧爱吃的烤羊排。酒足饭饱上了床，小林很努力地表现，文慧很享受很舒服。趁老婆心情好，小林挠着文慧的耳朵，装作不经意道:“老婆，有件事要跟你商量一下。”

文慧有些警惕:“什么事?恐怕是坏事吧?无事献殷勤，非奸即盗。”

小林有些踌躇，又给自己打气，杀人不过头点地，早说晚说都得说，于是心一横，将退钱的事讲了。

文慧顿时柳眉倒竖，捞起枕头朝小林脸上砸去:“你干的好事!你吃了豹子胆!你这是明修栈道，暗度陈仓，亏你还落了个妻管严的美名!滚出去，到沙发睡去!”

小林拿着枕头和毛毯在客房将就了一个晚上。他破天荒给自己倒了一杯红葡萄酒。睡不着的时候，他端着酒杯在阳台枯坐。远远近近万家灯火，一家连着一家，一如梦里阑珊，连缀起城市的轮廓。到处是灯火的河流，一条河连着一条河，交错辉映，千转百回，流动与静止、喧闹与沉默、张扬与含蓄，明灭斑斓，高高低低，跌宕起伏，映照着每一扇窗户里的故事。每一扇窗户里面，是无数的苍生栖息的地方。屋檐下每一个真实的生活表情，构筑起了这个城市的喜怒哀乐，让城市的每一个夜晚显得深邃而不可捉摸。灯火下，人们用他们各种悲欢离合的故事，映照着平实的日子。小林想，这个家的这盏灯，不知今后是否依然明亮，依然照耀明天的路程和归宿，像温暖的巢穴一样天天迎接他和文慧这两只倦鸟归来。几家欢乐几家愁，有人在欢笑，有人在痛哭。整个晚上，小林都睁着眼睛。他想，在这个城市里，在这节骨眼上，可能有几千对几万对夫妻正在吵架吧?他们科科长，听说要退回二十几万呢。

文慧恨不得把小林的肉一口咬下来。表面老实，背地里不知做了多少手脚。一方面是心疼钱，一方面是痛恨老公的不老实，气急攻心。老公不抽烟不喝酒，他那十几万花到哪里去了呢?她严刑逼供，可小林死不开口。

屋漏偏逢连夜雨。正当文慧埋怨小林的时候，没想到她自己也需要退钱。她们单位动作比较慢，今天才正式公布，她得补交十五万。文慧傻眼了，哭都哭不出来，老天爷是在故意捉弄他们吗？夫妻两人一共要补交三十二万元。抢银行是不可能的，要么卖房，要么卖车。卖车还填不满窟窿，他们家的福特当初买的时候二十几万，但车是贬值的，一开出4S店即使你马上开回来卖，起码掉价好几万，更不要说现在已经开了几年了，能卖个六七万就能高兴死你。怎么办？火烧眉毛，只能卖房。小林说："第二套房还在按揭，没有两证，只能卖现在住的这一套。"

"不能卖。坚决不能卖！"文慧哭叫起来，"这套房子花了我多少心血！从请工人开始，瓷砖是我千挑万选的，大到木板、卫浴、厨具、沙发、床、窗帘，小到鱼缸，我都快跑断腿啦！为了买个壁纸，我一样样看，一站一上午，连老板都烦我啦！就说那门槛，当初为了招财要埋五角钱的硬币，我一督工就是一下午……"

"就你舍不得？我奋斗一辈子就这么套房子，不是万不得已，我能卖吗？"小林提高了音量。

"反正房子我不卖。卖了房子我们住哪里！干脆把我抓起来好了！"

"让人笑总比吃牢饭强吧？哪个轻哪个重你真掂量不出来？"小林真恼了，这女人，脑袋瓜真拎不清！

当晚夫妻爆发了婚姻史上最大的一场战争。那套从景德镇买回来的瓷碗也砸了，成为无辜的牺牲品。文慧收拾碎片的时候还被划了一个口子，血流出来的时候，文慧的眼泪也流了下来。她想起了年轻的时候，往事历历在目。

二

文慧不要的那个人，被高中同学芬芳捡走了。

文慧不要的那份工作，被若雨捡走了。

现在，文慧徒留惆怅与悔恨。

文慧也曾经捡了别人不要的东西。

不愉快的时候，文慧就会想起张威。当初张威追求文慧的时候，文慧不假思索地拒绝了，甚至有受辱的感觉。她文慧一米六三，又喜欢穿高跟鞋，张威才一米六一，他竟然胆敢追她！真是吃了豹子胆了！张威是一中的老师，拿到手的工资惨淡得很。

后来文慧把张威介绍给了高中同学芬芳。芬芳那时没有正式职业，但人长得不错，张威尤其喜欢芬芳那双吊梢眼。眼见文慧成了家，张威憋了一口气也想尽快结婚。于是张威经常去芬芳家，只要有空就去，想方设法带她出去玩。对于张威，芬芳很满意。遇到张威之前，芬芳做任何事都特别不顺。小到买个洗发水，她常用的是海飞丝柠檬清爽去油型，四百毫升的，可是跑到常去的吉马超市一看，有去屑止痒型的，有纯香型的，有丝质柔滑型的，就是没有去油型的。再跑去新华都，去油型的有倒是有，大的太大，小的太小，小的是旅行装，用几天就完了，大的是一升的，用得太久恐怕变质，气得芬芳胸口疼。自费办个医保，旧的医保中心搬走了，好不容易问到新的医保中心，排队排到自己时，少带了一份材料，回家拿来后人家要下班了，只好第二天再来。张威除了个子，一切都让芬芳满意，而她明显缺少挑剔张威的资本。他们以闪电般的速度结婚了。

有一次下雨，文慧看到张威夫妻俩有说有笑同撑一把雨伞往前走，张威撑着伞，一手环抱着芬芳的腰。那一刻，文慧真是羡慕至极，又心痛又惆怅，心痛并不是因为她爱张威，而是想到自己老公。叫小林做任何事他永远是一副冷冷的嘴脸，夫妻俩要是能像张威他们那样有说有笑地出现在公共场合，估计得等到下辈子。又有一次在菜市场迎面碰上张威，张威左右两手拎满了活鱼鲜虾和各类蔬菜，满头大汗，却是一副兴冲冲的模样。文慧估计那些菜都是芬芳和孩子爱吃的菜。有人这样把自己放在心上，对一个女人来说这是前世修来的福气。可是，这样的好男人却硬生生被自己错过了，拱手送给他人。当初是怎么错过这个好男人的？文慧在深夜里自己问自己。还不是因为虚荣心？文慧是看重颜值的，和一个比自己矮的男人走在一起要有多别扭就有多别扭，要有多沮丧就有多沮丧。文慧看重面子，小林一米八〇，英俊潇洒，而芬芳得到的是里子，她拥有一个矮个子丈夫，但这个矮个子丈夫却像一只小甜瓜。

一个女人只有经历了生活的柴米油盐和酸甜苦辣之后，才会吸取教训改正自己错误的人生观，才会懂得里子比面子重要得多。此时的文慧有些后悔了，她怀疑起自己当初的选择。但是，她清楚地知道，假如让她重新回到二十几岁的时候，她还是会毫不犹豫地拒绝张威！所以，她活该早早地起床上菜市场买菜。

文慧曾经有一个机会调去区文明办上班。可是，区里离市里有十几公里的距离，文慧犹豫了。机会转眼即逝，当初留给文慧的那个缺，如今是若雨坐在那里。那天，文慧去区里办事，听人家喊若雨“王主任”，文慧愣了愣，一时反应不过来“王主任”是谁，后来才意识到那是在喊若雨。要是当初自己不那么挑三拣四，如今自己也应该被人称作“文主任”了吧。

为什么人生的每一次选择都要留下遗憾和后悔？有时候，文慧后悔得睡不着。失眠的后果太可怕，她整个人瘦下去，皱纹悄悄地爬上眼角。她意识到不能再这样下去，她必须学会像微信上所说的，如果人生打了结解不开，就把它结成一朵花。当初认识小林的时候，小林刚刚失恋，小林的女友移情别恋嫁给了一个官二代，文慧庆幸那女人抛弃了小林，自己才得以乘虚而入。小林当时的样子活脱脱就是一个宋玉，增一分则太长，少一分则太短，着粉则太白，施朱则太赤；眉如翠羽，肌如白雪；腰如束素，齿如含贝，丝毫不逊于影星，这样的美男子谁见了谁流口水。文慧从自己身上发现，女人要是好色起来比起男人有过之而无不及，自己活脱脱就是一个宋玉笔下的登徒子。文慧回想自己选择的好处，老公虽然不体贴，但带出去时收获无数赞美，大大满足自己可怜的虚荣心。至于留在市里工作，虽然当不成文主任，但上班距离近，可以照顾到孩子。这样想来，有得有失，至于得大于失还是失大于得，就不要去计较了，真要深究下去，只会把自己缠死。每个人都有自己的命。

当初看上小林的英俊，看上他的沉稳，哪知这沉稳在婚后变成了平庸。他当真是百无一用。无用就是有害，丈夫那样平庸，文慧对他别无期待，死心了。小林从来没想过在事业上努力一下，至今没有一官半职，一星期仍然有两天需要走上街头十字路口指挥交通。文慧羡慕别人家的老公当官，前呼后拥，风光无限。每当文慧抱怨的时候，小林就问文慧："你没见过那些贪官被抓起来的样子吗？现在当官可是高危行业。你想过抛物线式的大起大落的生活，还是想过直线式的波澜不惊的平凡的生活？"

文慧愣了一会儿，没有回答。她也不知道自己想要什么样的生活。总之，她总是羡慕别人的生活，总向往着另一种可能性的生活。

今天难得小林比文慧早下班。桌上摆着辣椒炒大肠、清蒸鲈鱼、鸭架子、炒芦笋和红茹排骨汤。不错啊，这些菜适合下酒。文慧从柜子里找出一瓶红葡萄酒，招呼老公："喝点吧，喝醉了什么烦恼都忘了。"小林用看酒鬼那样的目光厌恶地看了文慧一眼："酒醒后呢？醒来后所有的烦恼不是又回来了吗？"说着将碗筷丢进洗碗池里。他已经吃饱了。文慧看着眼前的这个男人，丝丝缕缕的惆怅从心底升起。这个男人，不抽烟，不喝酒，每天围着小家庭团团转，这是多少女人梦寐以求的男人。多么踏实可靠的男人啊。可是，小林不仅仅是踏实，他简直就是太老实了，不钻营，不建设人际关系，老实得让文慧恼火。可是，文慧为什么不满意呢？她喜欢大口喝酒的豪爽的男人。她甚至买来一整箱的红酒，动不动就怂恿老公："喝吧，喝吧，微醺的感觉很美的。"遗憾的是，小林用看着堕落女性的眼神看了她一眼，非常坚决地把酒杯从眼前挪开了。文慧还喜欢抽烟的男人。她喜欢男人身上的烟味儿，那是一种特别有男人味儿的味儿，从嘴里、从指甲缝里、从发丝里袅袅散发出的令人迷恋的香味儿。文慧不敢把这想法说给芬芳听，她怕芬芳骂她贱。她甚至可以想象得出芬芳是怎么教训她的："你是不是脑子进水了？抽烟有什么好的？先不要说对身体不好，有得肺癌的可能，你先算算一笔经济账，一包玉溪二十四元，一天一包，一个月七百元，一年八千多元，五十年烟龄大概就抽掉一间单身公寓了，你真是无事生非呀！再说喝酒，那醉汉有多么令人嫌恶你不知道？吐得稀里哗啦的，味道让人作呕不说，还非得拉着你谈心，让你只想抽他两个大耳刮子。这算是好的了，要是遇上那喝醉了打老婆的，喝醉了再去赌的，弄得妻离子散，你说，喝酒到底有什么好的？你真是神经搭错了线！”是的，芬芳真觉得文慧神经搭错了线，芬芳家张威抽烟喝酒二毒俱全，芬芳经常为此气恼不已。

如果说文慧这几年的生活在走下坡路的话，芬芳就是在走上坡路。芬芳这几年做了微商，还兼顾做公司里的培训师。她们公司的培训口号是《你不仅需要梦想，还有野心》。这个由十一个字和一个逗号构成的句子在几个月内不仅创造了超过百万的励志书销量，还让她的女老总一夜之间成为新一代的女性精神领袖。每当女老总站在台上把她的畅销书从陈述句变成疑问句，以一声高过一声的嘶喊重复到足够遍数，现场就能形成她预期中的崇拜她的气场，她君临天下，看起来像一个女王。只要在场听众的齐声回答没有达到女老总希望的分贝，她就会在自己信心的支持下不断问下去，直到那个结果令她自己满意为止。

“一个月内销售五十个气垫，三十根口红，有信心吗？”

“一个月内销售五十个气垫，三十根口红，有信心吗？！”

“一个月内销售五十个气垫，三十根口红，有信心吗？！！”

……

这样的问题，只要坚持问下去，最后总会听到“有”这个回答。

等收到第一个满意的答案后，女老总就会乘胜追击，在众人已经被鼓动起来的高涨情绪中举起她的大作，大声继续问道：

“微商需要什么？”

“微商需要什么？！”

“微商需要什么？！！”

受她不断启发和摇动着手里畅销书动作的影响，台下的家庭主妇们也争相举起她的著作，大声说出“野心”这个女老总预期的答案，并高喊：

“勇者无敌！”

即使偶尔碰上冷场的情况，女老总只需要在这两个问题之间再加一个过渡的提问，这群家庭主妇就会自动回到她的魔咒和光环之中。

“靠男人养的滋味好受吗？”

“大声说出来，不要怕！”

“大声点，我没听到！！”

“好，再来一遍，让你自己听见，自己挣钱，扬眉吐气，微商将带给你源源不断的财富！”

芬芳喊得喉咙都嘶哑了，手也拍疼了。她非常庆幸自己遇上了美红颜这家公司。正是这家公司，让她从以前一个半毛钱都挣不了的家庭主妇蜕变成了与时俱进的、投身时代滚滚洪流的微商。她每天在微信里发大量的图片，其中恒定的一张是风情万种的女老总举着红酒杯，在一大圈钞票中微笑。另外就是她们公司化妆品的各种简介。现在的芬芳变得有点烦人，不管见到什么人都要推销她们公司的产品，让人退避三舍。芬芳开始时急得不行，眼看和她一起加入微商的姐妹们个个成绩喜人，甚至一个个做起了上线，单靠下线的提成就有不错的收入，可她这个月才推销出了三个气垫，而且是费了九牛二虎之力，看在彼此是亲戚的面子上才勉强买下的。一开始，芬芳也没搞懂什么是气垫，说穿了其实就是粉底液，只不过以往的粉底液都是靠手指搓均匀，现在的气垫是用粉扑扑均匀而已。芬芳到处寻找自己的下线，她四处渗透，一个都不放过，老公张威所有的亲戚、同学、朋友，芬芳跟他们的熟悉程度与亲热程度比起张威有过之而无不及。这让张威感到很不安，他隐隐感觉这会招致别人的反感。芬芳理直气壮：“这年头，不管卖保险、卖米、卖菜、卖唱、卖画都是卖，我凭自己双手挣钱，有什么见不得人？”慢慢的，芬芳的下线暴涨，呈几何式上升，到了后来，芬芳基本上不用直接销售了，只需下线的提成就有丰厚的红利。

张威说不过她，也就由她去了。至少他享受着老婆挣来的宝马，只要开了车门，张威就觉得气短，不由自主失去了批判老婆的权利。

三

去年九月初八是黄道吉日，芬芳他们乔迁新禧，文慧夫妻俩前去道贺。等文慧夫妻俩从芬芳家出来的时候，文慧整个人都不好了。芬芳家的新房子装修得太奢侈了，一百四十五平方的楼中楼，欧式风格的白色门，一切都是崭新的。这个世界有钱人多的是，但是有钱又有品位的人不多。卫浴是欧普的，厨具是拉登的，书房弄了个隐蔽的床，立起来是漂亮的橱柜，客人来的时候可以放下来当床。乔迁新禧，芬芳喜气洋洋，春风在她脸上荡漾。装修花了五十万，房子一平米两万，整个房子花了大概三百五十万。这对于工薪阶层来说，是一辈子想都不敢想的，但是芬芳做到了。芬芳谦虚地说："银行里贷款一大堆，我现在是百万负翁啊。"文慧擂了她一拳："我也想当百万负翁啊，可就是当不成。"

从芬芳家出来后，沉默在文慧夫妻俩之间蔓延。沉默就像一块巨石横亘在夫妻俩中间。文慧环看小区四周的美景，栋距之间很宽敞，视野开阔得很，到处是绿树鲜花，错落有致，犹如置身于欧洲风情花园中。一想到一辈子与这样的高尚小区无缘，文慧不禁深深地叹了口气。人的命真的不一样。芬芳做微商赚大发了，月入十万。腰包鼓起来了，人也抖起来了，从头到脚像换了一个人。芬芳时常在微信上秀夫妻恩爱，要么是她生日时张威买给她的九十九朵红玫瑰，上面还有几滴露珠晶莹剔透。或者是张威煲的爱心汤，要么是夫妻俩自驾游的亲密合影。总之，芬芳的生活一片欣欣向荣。相比起来，文慧这个小职员实在太寒酸，月工资四千元，近三年来稍微有所改观，绩效奖、文明奖、平安奖、综治奖等等，手头才稍微宽裕了些。文慧有时候会幻想，要是老祖宗留下一个唐朝的花瓶该多好，卖个一千万，买个两百万的房子，剩下的八百万就在银行存着，她不投机不冒险，这辈子应该够花了。可惜家里没有唐朝的花瓶。花瓶是有一个，是她花了四十元买回来的。如果这个花瓶能够流传一千年，那也应该算得上是古董吧？那得传到她的第五十代孙了吧？

文慧叹道："我们什么时候才能住上这样的房子呢？"

小林嘟囔："人家搬个新房，你巴巴地包个八千元，就你有钱！"

文慧道："人家帮咱家小莹上了一中，就是包一万两万都不为过！"

之前，女儿面临着初中升高中的问题，很严峻。女儿已经很乖巧了，戴着厚厚的近视眼镜，可女儿的智商确实让文慧很着急——也许在老师眼里，女儿很需要智力支持。每次看女儿用了一个多小时才勉强完成一张数学卷子，一检查错题无数，文慧就觉得人生一片灰暗，真想离家出走。更痛苦的是还不能打不能骂，要挤出笑容违心地鼓励女儿有进步，以后会更好。女儿排在年段两百名左右，但二中每年考上一中高中部的只有一百名左右，所以，女儿离一中的距离犹如唐僧西天取经般的遥远。可是，无论如何要上一中。一中是名牌大学的保证啊！文慧铁了心要让女儿上一中读高中。靠女儿明显是靠不住了，那只能靠大人，争取个寄读的名额也行。文慧自己在水利局上班，跟教育系统的人是两眼一抹黑；小林在交警支队，更是跟教育系统的人两不相干，更糟糕的是，小林是外地人，同学朋友全在外省。可是，在中国的家庭里，不是常说男人是家里的顶梁柱吗？文慧把所有的希望都押在小林的身上，小林整天快被文慧逼疯了，小林说："不是还没考吗？急什么，离中考还有好几个月呢。"哎，简直要把人逼疯。事情一多，照道理应该把最重要的事做完，但小林经常挑最不重要的事情去做，因为最不重要的事最简单，重要的事情总是很困难，这种鸵鸟行为总是气得文慧发疯。比如说，现在女儿的升学问题火烧火燎的，可是小林不去着手解决，只记得家里的面巾纸没有了，赶紧去超市买一包回来；或者是女儿的水笔快用完了，需要去文具店买一盒这样鸡毛蒜皮的小事。

文慧一瞪眼："教育局又不是你家开的，等中考成绩出来再去找人，来得及吗？你永远是大便急了才开始挖茅坑，不把屎拉进裆里才怪！"说着又翻陈年旧账，痛斥小林从结婚以来所有耽误的事。小林一看那架势就怕了，那简直就是唐僧给孙猴儿念紧箍咒，一念就头疼。

小林只好曲里拐弯地想办法。他的一个同事的亲戚在教育局里上班，可惜小林跟这个同事不熟，为了女儿，只好硬着头皮跟同事套近乎；更悬的是，同事的亲戚在教育局里只是一个普通的科员，手里并没有什么权力，要办事还得由他带着去找相关领导。这是一根绕得很长的线，绕到后面细得快断了，可这根线是小林唯一的救命稻草，小林只得紧紧地拽住这根线，这根线是他通向目的地的云梯。每次文慧催问小林情况怎样时，小林都含含糊糊地回答正在摸索呢。是的，哪里有那么容易呢，同事刚刚带他认识了亲戚，他刚刚搭上同事亲戚这条线，亲戚一听哈哈大笑，急什么呢，不是还早着吗。小林连忙赔笑：“是啊，还早，可我女儿那分数真让人揪心哪。听说想进一中的人都可以绕市区一圈了，这不赶紧提前打个招呼吗。”

亲戚点头颔首：“成绩是硬件，要是成绩没有上线，要进一中真的挺难的。全市就只有几个指标。”

“所以要拜托您呀！”

同事亲戚倒是个实在人：“我只能说是尽力呀！决定权不在我手里，我只能尽量帮忙，能说得上话的我一定帮你说话！”

小林将这番话原原本本学给文慧听，文慧一听脸就沉下来了。她要的是定心丸，而不是这样一番含含糊糊的话。这种含含糊糊的话反而让她更担心了：要是以后陆陆续续去找的人多了，那么可怎么办？再以后，文慧唠叨起小莹读一中的事，小林索性躲到单位值班去了。最近，他总是很积极地申请值班。

值班室里只有小林一个人，觉得全身的肌肉都放松下来了，一种肺部及全身心都得到自由的感觉。小林天性爱清静，独自一人时他会有一种随意之感，有一种放松和安宁的感觉。独自一人时，没有领导，没有压迫。一个人待着真是太好了！可以对自己大声说话，可以在没有他人目光注视的情况下走来走去，可以把二郎腿跷在办公桌上，做个无人打扰的白日梦。本来，小林样子长得好，照道理应该活得神采飞扬才对，可他天性沉默寡言，在这个喧嚣的世界里理所当然找不到自己的舞台。所有的舞台都是属于长袖善舞的人。

值班无非是接接电话，是一件很无聊的事。小林带了一本书来看。当小林对现实事务无能为力的时候，他总是逃避到书本中去。他最喜欢的作品是葡萄牙作家佩索阿的《惶然录》，这是一多么孤僻的人啊，比起小林孤僻多了，如果要选出一个世界上最孤僻的人，绝对非佩索阿莫属。佩索阿认为人内外皆空，是期望和许诺的破产者。在一个漫漫的长夜，佩索阿与一盏孤灯为伴。“因为我参与这样的夜和寂静，便选择了那盏灯，像别无选择的时候，只能紧紧抓住它，任何事物都是一种共在。”小林喜欢与佩索阿共在，但是今天小林一个字也看不下去，眼前的字他都看不懂。小林很沮丧，老婆张牙舞爪，好像要把他吃掉一样。其实，他并不想跟老婆计较，但他绝不愿意被女人吃掉，他要垂死挣扎，假如他不挣扎，以后漫长的婚姻之路只有死路一条，他可不想把自己葬送在一个女人手里。他是男人，再怎么样身上都是有狼性和血性的，看到别的男人戎马奔腾，小林越发觉得悲哀，悲哀于自己的无能，悲哀于命运的捉弄。

百无聊赖中，一只绿头苍蝇闯进了办公室，停在了一根水笔上。小林盯着它良久。对于苍蝇来说，人不过也是一只光鲜闪亮的苍蝇，在它们的凝视之下停息片刻而已。小林觉得自己就像这只苍蝇，感觉自己的灵魂就像这只苍蝇一样令人憎恶，至少目前正被自己的老婆厌恶着，他被一只苍蝇的躯体包裹，像一只苍蝇那样去四处乱撞。就在小林极为沮丧的时候，谢天谢地，他重新观望四周时，苍蝇似乎无声无息地已经不见了。不可避免的，女儿入学的事又烦人地涌上了小林的心头。

突然，门外响起脚步声，小林赶紧调整了自己的坐姿，假装翻阅值班记录，门开了，是同事老张来取昨天值班时落下的保温杯：“小林啊，轮到你值班啊，一个人在这里简直没意思透了，周末大家都在自驾游啊，你好悲摧……”

“是的，是没意思透了，我怎么这么倒霉呢，轮到值班。”

老张已经穿上他的那件旧夹克：“肯定搞得你想打瞌睡了。”

小林表示赞同，而且微笑。小林想，那些喜爱喧嚣的人永远不知道，喜爱孤独的人在人世间行走的面目是在一种强烈拒绝的心灵态势下貌似合群，但求无害，但求不异类。

老张顺手将买来的麻糍塞给他：“吃吧，吃吧，刚好配茶，有个动静。”小林连声道谢。其实，小林最讨厌麻糍了，他不爱甜食，尤其不喜欢这种黏糊糊的甜食。老张永远不会知道他自己的慈善行为，在某种情况下也是干涉他人生活的一种恶行。小林厌恶地皱了皱眉头。小林不喜欢别人给他什么东西，其实，对于发善心的人来说，那些东西完全不重要。小林楼上有个“好心”的老太太，今天送他一些变质的面粉，明天送他几块饼干，以此确立她慈悲慷慨的心肠，而小林一定要及时奉上他大量的真诚的微笑与赞美，只有上帝才知道他很烦这样慷慨的施舍……哦，可能不止上帝知道，还有葡萄牙的佩索阿先生也知道。

总体而言，小林是悲观的。小林是一个典型的怀旧主义者，他怀念大学时没有生活压力、可以尽情看书的日子，怀念只要努力学习就能考上好大学的公平环境。进入社会后，可不是你朝着认真工作就会获得提拔的。他反感文慧那张嘴，但他从不对文慧说。小林觉得，倾诉是灵魂使自己向外开放的需求，他从来不求被他人理解。他宁可被其他人自然地漠视，或者被严重误解成全非的面目。这是小林内心的真实想法，从不敢告诉别人，毕竟，这个世界是由热衷倾诉的人组成的。假如小林胆敢说出来，他担心被拍砖。

在文慧的婚姻暴政下，小林无数次想着愤而揭竿而起，但小林从来没有采取过行动。他一直不喜欢任何形式的暴力，他从不妄图改变他人和改变外部世界。这个家的发展是不以小林意志为转移的，所以，小林只能意淫而已，在独处时臆想离家出走，脱离文慧的统治，即使一天也好。想到这，小林长长地吁出了一口气。

四

女儿的中考问题是怎么熬过来的呢？一想起那段灰色的日子，文慧就有虚脱之感。在女儿中考逼近的日子，文慧急得团团转，小林那种温暾子性格让她很不放心，看来只有自己动手才能救自己，她不能把女儿的前途押在老公的手里，那是会搞砸的。一块摇动的石头，能指望靠上去吗？靠上去只能一起坠入深渊。

文慧不得不硬着头皮去求张威。当初的张威如今已是士别三日当刮目相看了。张威如今贵为一中的教务处主任，所谓现官不如现管，听说他和一中的校长好得同穿一条裤子，他的话校长基本上言听计从，一人之下万人之上。听了文慧的诉说，张威笑笑的，文慧心有些慌，感觉那笑容里太有深意。是快意的笑吗？你当初不是看不起我吗？今天怎么反过来求了我呢？要是当初从了我，现在孩子的入学问题不就不用求人了吗？先别说有没有当上教务主任，就凭是本校教师子女这一条，就有优先照顾权。

张威打哈哈："小莹学习这么自觉，你很省心啊，培养出这么优秀的孩子，要向你学习！"

文慧反过来夸他们家小宇："小宇脑袋瓜那么聪明，一直在年段前十名，你们是怎么教育的，要来传经送宝啊！"

芬芳脸上笑成了一朵花："我们家小宇真的是挺聪明的，学习上我都没费过心，不用检查作业，什么都是他自己来……"

文慧一脸羡慕："芬芳你真是好福气！我为小莹真是操碎了心，每天都要帮她检查作业，还要抽查背诵，陪着她一起磨蹭到三更半夜，就好像我自己要中考。"

芬芳叫起来："你不容易哟！瞧你这黑眼袋，听我的，你就应该放开手脚，让小莹自己来……"

文慧附和道："向你学习，以后我让小莹自己来……"她一边尴尬地摸了摸自己的黑眼圈，此时她恨不得手里有一面镜子。到底黑成什么程度？吓人不？

张威一脸诚恳："你和芬芳是老同学了，到时我能使上力气一定帮忙。小莹这孩子，我也很喜欢呢！不过，你不能让小莹知道你在为她奔走，孩子嘛，总归要让她自己有上进心。"

这番话在情在理，文慧听了舒心。

从张威家里告辞出来，文慧长长地吁出一口气，真累呀。累人，累心。事情什么时候演变成这个样子呢？她暗暗揣摩张威那意味深长的笑，突然有些心慌起来。要是张威提出什么过分的要求呢？自己是从呢还是不从呢？

从五月份开始，文慧疯狂地为女儿四处收集各科复习资料以及往届的仿真卷，陪着女儿一头扎进题海战术中。为了帮女儿节约时间，她还帮女儿抄了一本错题集，戏称为“葵花宝典”。她一会儿鼓励一会儿威胁：“小莹，争取考上老一中啊，考上了妈妈给你买一部 iphone。”

“真的？”小莹两眼放光，她一直在偷偷攒压岁钱，平时零食都舍不得买，就是想争取早日买一把 iphone。

“当然真的啦，妈妈什么时候骗过你？”

小莹歪着头想了想，确实，妈妈还真很少骗过她，也算是言出必行的君子了。小莹正沉浸在拥有 iphone 的遐想中，文慧的威胁紧跟而至：“要是没考上，整个暑假不许出门，就待在家里预习高中知识。”小莹嘟起嘴来。霸王条款，什么都是妈妈说了算。她的成绩很不稳定，谁敢打包票一定会考出好成绩呢？不过，为了 iphone，小莹豁出去了。文慧一方面操心小莹的学习，一方面又怕张威忘了她的事，几次想给张威打电话，手机掏出后终究又放回了包里，她怕人家烦。

意外地，临中考前，文慧接到张威的电话。看着熟悉的手机号码，文慧紧张得手心出汗，张威想干什么呢？他想在电话里说什么？她摁下接听键，张威在那边说：“小莹复习得怎么样？你别给孩子太大压力。”文慧说：“小莹已经尽力了，这几天我做些好吃的，争取做好后勤服务工作。谢谢关心！你家小宇都提前自主招生了，厉害啊！”又寒暄了几句，挂了电话。文慧有些发怔。人家是君子。这时候能来电话关心，证明张威没有忘记她托请他的事。

张威放下电话也有些发怔。电话里除了孩子的事，他真的想再说些别的什么。只是，使君自有妇，罗敷自有夫，自己还能说些什么呢？再说了，芬芳那个脾气，自己能在她眼皮底下走私吗？别想了。

重赏之下必有勇夫。中考过后，文慧问女儿：“考得怎么样？”小莹点点头。文慧有些心安了，小莹是个稳重的孩子，对自己的考试成绩一向估计得比较准确，应该没有什么大问题。

打 114 查中考成绩的时候，文慧的手一直发抖。932 分。去年的录取线是 931，这下没什么问题了。文慧欢呼起来，抱着女儿又哭又笑。小莹却镇静得很，她有些不解：“妈，至于吗？”等文慧稍微冷静下来，小莹提醒道：“妈，别忘了 iphone。”文慧爽快地一挥手：“现在马上去买。”

等录取线切下来，933分。文慧的心又悬了起来，要命的1分啊。她躲在家里不愿出门，像个负了重伤的士兵。她怕人问起小莹的分数。窗帘被风吹得鼓鼓荡荡，文慧看了心烦，用力一拉，哧啦一声，窗帘掉了下来。

张威的安慰电话神一般地来了："你放心，这一分在照顾范围之内，顶多花点钱。要是差十几分，那神仙也没办法了。"

等小莹顺利地拿到一中录取通知书的时候，文慧大宴宾客。其实，她没必要这样张扬的。现在请客吃饭都很敏感，她没必要出这个风头。可是文慧真的太高兴了，小莹终于为她争了一口气，扬眉吐气的感觉真好啊。她要把快乐分享给别人。小林反对她请客，文慧生气了："怎么，女儿考上一中，你不高兴？"

小林道："你就是对小莹没信心。之前天天逼着我去找人……"

文慧柳眉一竖："小莹的成绩是怎么来的？就靠你天天当甩手掌柜来的？"

小林赶紧告饶，他最怕惹火烧身。老婆爱咋的就咋的吧。

见小林不吭声，文慧又追了一句："你要是有张威那个能耐，我就享福了！"

小林冷笑道："张威那么好，你去跟他过好了。"男人是最怕比较的。

文慧气噎。天哪，她怎么会找了这样一个男人！要跟张威过当年就跟张威过了，何必等到今天！

这几天，谁都不跟谁说话，彼此把彼此当空气。男人是需要尊严的，在无形的比较中，张威的形象如千手观音般的高大，衬托得小林侏儒般矮小。看到文慧对着张威笑靥如花，而对自己冷着一张臭脸，小林就气不打一处来。文慧在心里冷笑，小林你未免以小人之心度君子之腹，我是那种水性杨花的人吗，我之所以对着张威笑，正因为张威是外人。但凡你能把问题解决，我也冲着你笑。夫妻十几年，你连这点最基本的自信都没有，只会让我瞧不起。

庆功宴照样举行。文慧就是这样，她的骨子里有一股不管不顾的劲头。如果以花喻人的话，她就是花中的木棉，一意孤行地开着，绿叶都掉光了，不要任何陪衬，一树血红，拼尽全力。是没有任何心计的花，连矜持都忘记了，连端一点架子都忘记了。让人感觉这是太过骄傲的女子，在自己的季节里铺天盖地开着，不怕人妒忌，不怕人使坏。其实，她可以稍微委婉一些，比如选择紫色，比如选择淡粉色，那些低调的颜色可以让她不被非议不被诽谤。可是，那就不是木棉了。她宁愿站在风口浪尖上，一路妖娆。她宁愿被诽谤，被打击，也要一意孤行地热烈地开放。

庆功宴上，张威被让到了首席。

五

解决了女儿入学问题，文慧又迎来了另一桩家庭大事。文慧当时手头有点钱，正忙着看房。一则她不会做生意，二则她不会炒股，如果把辛辛苦苦攒下来的钱放在银行里，几年后贬值得让人心痛得想上吊。买房一是为了保值，二是为女儿的将来做个打算。文慧听了太多关于女人的悲惨故事，如女人遭遇家暴啦，或者女人嫁了个赌徒背负了百万债务啦，文慧想，假如女儿将来成人后不幸遇不到合适的那一半，她宁愿女儿单身，一张空白的图画总好过一张乱糟糟的图画。房子是定心丸，房子是坚强的大后方，有了房，文慧就不太用操心女儿的后半生，她也算尽到母亲的一份责任了。再则眼看着芬芳住上了豪宅，文慧真是眼馋了。市区的房价惊人，只能买郊区。买房原来是一个大工程，关系到楼层，文慧饱尝楼层低矮之苦，太矮了蚊虫多，光线都被挡住，一件衣服要晒两天，还散发出难闻的霉味。文慧发誓第二次买房一定要买高楼层。正如人没有十全十美的人，房子也没有十全十美的房子，要么是结构不好，要么是没有南北通透，要么地段不好车流量太大太吵闹，要么光线不好；要么什么都很好就是价格贵得离谱，犹如一个美女张口要两百万聘金。文慧一有空就往各个售楼部跑，她因此熟悉了整个 Z 城的内脏，东城区有哪些楼盘，西城区有哪些楼盘，文慧都如数家珍，看房的过程中甚至治好了她的路盲症。路线熟悉了，心理距离也就近了，以前文慧打死也不会买郊区的房子的，现在她也想开了，就多出十五分钟的路程，只能将就了。总有人说，人生不能将就，可你不将就，你就没法子生活，所以，人的一生是不断妥协不断投降的过程。文慧渴望买个楼中楼，上下空间隔开，朋友来了夫妻其中一方要是觉得吵，可以躲进小楼，但这个愿望文慧目前没办法实现，她只能买个三房。文慧看中了一个新楼盘，因为相对二手房交易来说，二手房交易太麻烦，还要契税、营业税等各种五花八门的连听说都没有听说过的税。二手房虽说送装修，但那装修不是文慧喜欢的风格，还得撬掉重新来过，比毛坯房还不如。

佳苑售楼部接待文慧的是一个帅哥。他滔滔不绝地介绍完楼盘的优点，说是欧式花园，学区房，购物便利等等，过后帅哥突然神秘地压低了声音："你们在房管局或者跟开发商有熟人吗？要提前打个招呼，不然买不到好房子。虽说是摇号，但不是全靠运气的！"

文慧看了眼满满当当的售楼部，她相信了帅哥的这套说辞。现在房管局限制得严，开盘往往只有一栋楼盘，一栋楼顶多一百八十套房子，可是单单贵宾卡就办了四五百张。也就是说，即使你腰包里揣着钱，开盘那天你也有可能买不到房子。

开发商是大款，张口就是以亿为单位，坐骑是兰博基尼，这样的人文慧想认识也认识不了。至于房管局，文慧突然心头一跳，并不是她认识房管局的什么人，而是，她想起来了，张威在房管局有个很要好的哥们。当初张威追她的时候，曾经让那在房管局上班的哥们开车来接她，请她到三清山玩。为什么是张威而不是小林认识房管局的人呢？一想到这，文慧恨啊，恨小林的无能。怒其不争。生活真没意思啊。处在复杂的关系网中，中年生活千疮百孔四面漏风。如果是年轻时，高傲的文慧是不愿意求人的。但现在不是赌气的时候。反正孩子入学已经求过张威一次了，不妨厚着脸皮再求他第二次。

文慧借着感谢张威的由头请张威夫妇吃饭。席间，小林猛向张威敬酒，嘴里说着全仰仗你，我家小莹才能读一中。张威说哪里哪里，是小莹自己争气。那边文慧亲热地拉着芬芳的手，说芬芳好福气，嫁了这么个神通广大的丈夫。芬芳嘴上“哪里哪里”地谦虚着，眼里却是掩饰不住的满足与得意。她庆幸自己选对了老公。自古夫贵妻荣，老公混得好，自己脸上也觉得倍感光彩。没想到那么骄傲的文慧，有一天也会求到自己头上，骄傲的孔雀也有低头的时候，这真是让人快意。

聊着聊着，话题扯到房子上面。小林道：“张威，听售楼部的人说，得找房管局的人跟开发商打个招呼，这样才能买到好房源，这次还得麻烦你跟小高打个招呼呀！”张威满口答应。

到了开盘那天，开发商包了钻石大酒店八楼的大会议厅，每个 VIP 用户基本上都是夫妻双双出动，单单领入场号就排起了长龙，文慧领到的是 101 号。会议厅吊灯明晃晃的，穿大红旗袍的小姐微笑着穿梭其间，主持人九点准时粉墨登场，先来了一段劲爆的歌舞，然后开始抽号选房。第一批十个号，没有 101 号。第二批也没有，文慧有些沉不住气了。第三批，那个穿大红旗袍的小姐纤纤细手伸进号码箱，拿出来徐徐展开，念道：“101 号。”文慧大喜，随着队伍进到选房现场，柜台前黑压压挤满了人，每个人奋力嘶喊着自己心仪的房号，看那争抢的架势，仿佛要买的不是两百万的房子，而是满街的大白菜。文慧之前看中的 2801 已被人挑走，只好选了 2601。文慧挤出了一身汗，脚后跟被人踩着了，乌青了一片。虽然不是最满意的结果，但好歹享受到了开盘优惠价。之前有一个跟她看房时偶然相识的小年轻，一脸兴奋地冲进选房现场，售楼小姐遗憾地摊摊手：“卖完了，不好意思。”小年轻傻了眼。文慧拿着认购书，排队等着交定金。此时队伍即使排得再长文慧也不焦虑了，她安心等着队伍往前移，一边放眼看那边还在抢着选房的混乱现场。这时，张威的电话进来了：“怎么样？选到房子了没有？”

文慧道：“托你的福，选到了 2601。”01 是东边套，那是买房人都想要的方向，因为西边套会西照。

张威之前有听文慧说她想买 28 楼的，张威道：“小高尽力了，现在不能明目张胆地留下好房源，只能交代内部人员让你选房时靠前一些，这样才不至于空手而归。”张威的电话总是这样及时，这样善解人意。

文慧看着正在边上喝矿泉水的小林，不禁长长地叹了口气。人是不能对比的。有人天生就是暖男，有人天生就是神经大条，谁让自己摊上了神经大条的，况且还是自己选的。

六

去年两件大事迎刃而解，文慧长长地松了口气。这几个月来紧绷着的神经终于放松了下来。人生就是这样一关又一关地往前闯，犹如关羽过五关斩六将。虽然房奴的日子不好过，但因为有盼头，文慧这阵子对待小林温柔多了。

温柔没两天，晴天霹雳来了。现在夫妻两人都面临还款的问题。十五天时间一分一秒过去，秒针滴滴答答简直像催命。已经过去两天，小林和文慧暴吵过后是冷战，文慧看样子准备继续冷战下去。小林头脑比较清醒，现在不是冷战的时候。这天，文慧吃完饭又要往卧室走，小林拦住她："我想过了，若真是不想卖房，只能借钱。咱们家里还有三万元现金，缺口二十九万，我负责借十九万，你负责借十万，你看行不行？"小林打算从借记卡先借个十万出来，至于利息，至于能不能还得上，管不了那么多了，先应付过眼前的难关再说。

文慧咬着嘴唇不说话。他们夫妻俩的遭遇，亲朋好友基本都知道了，好心人的劝慰使文慧更觉万箭穿心。张威和芬芳大概也知道了吧，他们也许在心里乐开了花。现在，芬芳可以居高临下地看她了。

女儿在一中住宿，一星期到了周日才回一次家。小林夫妻俩各吃各的，中午吃食堂，晚上就在外面随便应付。文慧那天经过水果超市，看到店里做活动，樱桃特价三十九元，文慧一时心动，又买了一盒，买吧买吧，虱子多了不痒，债多了不愁。女儿只吃了小半斤，晚上回学校时忘了把樱桃带上。小林故意不吃，显得很有骨气似的。文慧一人吃了大概半斤，剩下的樱桃渐渐地烂了。最后，文慧只好把烂掉的樱桃扔进垃圾袋里。哈，我是有钱人啊！终于过上了把樱桃扔掉的生活！

小林冷冷地看着文慧拿着那盒溃烂的樱桃下楼，不说话。三十二万元还没有着落，再过两天就是还款的最后期限了，文慧却还有心情还有闲钱买樱桃。她是打算让这个家像这樱桃一样烂掉吗？

香港的姐姐

姐姐逃跑了。父亲打着手电筒照亮了太极村的每一个角落，包括樟河边的每一丛芦苇荡，樟河上的水波回荡着母亲与奶奶焦急嘶哑的呼喊。然而，姐姐的火车铿嚓铿嚓地驶向了广东。我神思恍惚地跟在父母亲的手电筒光后面，祈祷着姐姐的火车快些再快些。姐姐，快跑，千万别被爸妈抓住呀！

从小，我就被笼罩在姐姐美丽的阴影之下。阿雄哥喊姐姐上城里玩儿，我黏着姐姐也要去。阿雄哥从口袋里摸出两粒糖果塞给我，我剥开糖纸，将糖含在嘴里，使劲吸了两下鼻涕，还是坚定地对姐姐说："我要跟你们去。"阿雄哥脸上现出为难的神色，他一只脚撑在地上，拿不定主意。姐姐不耐烦起来，跳上阿雄哥的自行车后座，命令道："快骑。"眼看他们就要从我眼皮底下溜走，我追上去，拽住后座铁皮，姐姐跳下来，朝我飞起一脚，我应声倒地。他们终于如愿以偿甩掉我到城里寻快活去了。我朝着他们的背影哭喊："记得给我带两个包子回来呀！"也不知道他们听见了没有。

我伸长脖子等待姐姐和阿雄哥回来。在我等得脖子快要扭断的时候，他们终于回来了。我扑上去问："包子呢？"姐姐灰着个脸："包你个头！"我不死心，翻遍了他们的袋子，连包子皮都没有，倒是翻出了一个红绒盒子。姐姐尖叫着正要阻止，我已经打开了，里面躺着一对金耳环，小巧玲珑。我拿起来就要往自己耳朵上戴，阿雄哥大喝一声："小米儿，那是我送给你姐姐的。"他忙不迭地将金耳环抢回去献给姐姐，姐姐脸上像冬天冰冻的湖泊，她将金耳环用力掷到地上："我要的是金项链，不是金耳环！人家女孩子订婚都有金项链，为什么我没有！"姐姐说着说着就哭了，我乘机将那只骨碌碌滚出去老远的金耳环捡回来。

第二天，姐姐就失踪了。阿雄哥像丢了魂一样，他跑去广东找姐姐，但广东就像海，姐姐就像针，他怎么也无法打捞。

没有姐姐的日子，我变得沉默起来。书里的东西我天生毫不费劲儿就能记住，考起试来不费吹灰之力，全年段没有人能超过我。可我没有朋友。别人在操场上嬉笑打闹，踢毽子玩把关，我一个人孤独地站在老松树下看着我的同学，在那一瞬间，我感觉自己很苍老了。这时，阿兰趿着一双拖鞋迟疑着走了过来。阿兰生了癞头疮，有时头上还流黄水，苍蝇经常在她头顶上盘旋，加上她家里经常揭不开锅，班里那些伶俐的同学没有人愿意和她玩。她亮出手掌里一粒不知从哪里弄来的彩色玻璃球："送给你。"我接过来："明天你到我家里喊我，我们一起玩吧。"就这样，阿兰成了我少年时代若有若无的朋友。长大以后，我考进了厦大的化工系，我发现，自己经常会鬼使神差地和那些不受大家欢迎的人成为朋友。班里的成冬性格孤僻，只有我能和他谈上几句话。那些爱热闹的同学偶尔也喊我去跳舞，更多的时候，他们会绕过我。偶尔聚餐的时候，我周围的位置经常会空着，因为无话可说。最后一位迟来的同学，见只剩下我旁边一把椅子，正迟疑着准备坐下来，另一桌的人朝他热烈地招手："鸿宇，过来！这边挤挤！"他一扫脸上的忧虑，欢天喜地将椅子拖到另一桌去了。

我成了一个化工专家，同时成为了一名诗人。村里人用异样的目光看我。他们读不懂我的诗，也没兴趣读，他们不知道我的诗能做什么用处，又不能换钱，倒是要花钱买书号才能出一本灰不溜秋的诗集。我在诗中写樟河边苟延残喘的庄稼，写累死在田埂上的老黄牛，写村里人被开发商追打掉进粪坑的耻辱。我一次次晾晒整座村庄的伤疤，靠出卖太极村的疼痛赚取微薄的稿费与声名。

十九年后，姐姐回到了太极村。她说，在香港吃腻了龙虾，她疯狂地想念樟河里的竹甲鱼，俗称牛尾巴，她跑遍了香港大大小小的鱼市，每当她张口问："你们有卖牛尾巴吗？"被问的人便用疑问的眼睛看她，脸上迅速浮现出似笑非笑的表情。姐姐被笑得不自在起来，她连比带画：

“不是牛的尾巴，是一种鱼，灰灰的，有一条长长的牛尾巴一样的……”被问的人不耐烦起来：“我们所有的鱼都在这里了，你自己看吧。”说着便转身忙活开了。姐姐踩在一大堆腥气冲天的鱼鳞中间，一箱箱地逡巡，眼睛都瞪得酸了，可她有多少次希望，就有多少次失望。离开了家乡，才知道什么叫故乡。一个人要是从没有离开过家乡，那他永远不明白什么是故乡。十九年前，姐姐千方百计逃离了家乡；现在，她在香港如坐针毡地想念家乡的牛尾巴鱼。

姐姐从鱼市回到豪华装修带有游泳池的别墅里，陷在红木椅上发呆，抑制着想象中咀嚼着牛尾巴的口水。从人酒店里挖来的厨师做了满满一桌菜，面对着一向喜食的清蒸大闸蟹姐姐无从下筷，她皱着眉头离开了餐桌。厨师有些生气，这娘们还真难伺候，他曾在香港美食大赛中获过二等奖，此处不留爷，自有留爷处，他打算向女主人辞职。当厨师向女主人提出要走的时候，女主人竟然痴痴呆呆地说了一声好，爽快地将当月的薪金递到他手里。想象中的挽留并没有出现，甚至连惺惺作态都没有，厨师愤怒至极，感觉受到莫大的侮辱，掷下那叠港币拂袖而去。

姐姐一个人在空荡荡的别墅里喝下整整一瓶 XO。老公在外面陪二奶三奶，她头脑有些发烧混乱，醉眼蒙眬中她看到了博古架上阿雄当年送给她的珠母贝壳。那贝壳闪烁着玫瑰红的光泽。她看到了樟河上空的朝霞，映在樟河水中浮光耀金。突然之间，她感觉到了樟河水上清凉的空气，似乎有水花溅到她脸上。姐姐伸手一摸，是冰凉的泪。她的烧神奇地退了。天亮了，贝壳又恢复了不起眼的模样。可是这不起眼的玩意儿让姐姐童年时期躺在芦苇丛中那一瞬间惬意的心情得以再生。姐姐尖叫一声：“我要回家！”

姐姐自己也搞不清楚，她回到太极村，到底是因为想念牛尾巴还是想念阿雄还是想念母亲还是想念樟河边那些孤独的芦苇。姐姐下车的时候，一只尖尖的闪亮的高跟鞋先探出车来，这只高达十公分的高跟鞋引起了乡党的一片惊叹。姐姐浑身上下珠光宝气，十足的香港贵妇模样。一个乡党啧啧赞叹着上前摸姐姐的貂皮大衣，姐姐不自觉地耸了耸肩，她闻到乡党的手上残留着猪粪味，照她的脾气，她可能会将这件数十万港币的貂皮大衣扔了，麻烦的是这件大衣是今年她生日时老公送她的生日礼物，她有些生气，既生气自己穿这件大衣来，又生气乡党那只摸过猪粪的手。一个中年男人迎面走来，姐姐一恍惚，才辨认出这个中年男人就是阿雄。阿雄变成了一个中年卖肉屠夫，昔日的俊朗少年已经不在，昔日的深情也早已随那俊朗的容颜埋葬。他们彼此互看了一眼。他们已变成了熟悉的陌生人。无话可说。如果还想说什么，阿雄想说，阿雪，我们躺过的那片芦苇地，我再也不敢从那边走过。我怕伤心。我怕从那里浮起你的影子。

姐姐带着混乱的头脑费了数不清的口水，送了数不清的香港特产，乡党才渐渐散去。父亲将一盘牛尾巴端上了桌。姐姐两眼放光，父亲将手在围裙上擦了擦，忐忑地说："入冬了，牛尾巴都藏起来了，不好找，只摸到十几条。"姐姐顾不得跟父亲客套，用手抓起一条牛尾巴丢进嘴里。她嚼了两三下，满脸狐疑，将牛尾巴吐了出来，又抓起一条牛尾巴在空中细看。奇怪，就是牛尾巴，没错呀，怎么味道这么糟？有一股很重的土腥味。没有吃到记忆中的味道，姐姐沉着一张脸。母亲小心翼翼地看着大女儿的脸色，提议女儿上楼休息一会儿。女儿的脸蜡黄蜡黄的，从香港到广东到太极村，这一路颠簸一定很辛苦。

我拿出了一张黑白照片，照片里我和姐姐正在樟河边追逐。这是我和姐姐仅有的一张黑白照片合影。照片中姐姐的眼睛亮晶晶如一潭秋水。姐姐看了看十九年前的自己，再看看自己猩红色的口红、猩红色的指甲油、高得让人担心的高跟鞋、价钱超出母亲想象力的貂皮大衣，突然脸红了，沮丧地垂下了头。她不吭声，转身往樟河边走。母亲看着女儿的背影连连叹气，也怨不得女儿不理睬自己，当初她这个当妈想方设法拦着女儿不让她往外走，甚至把女儿关在屋里关了三天，大小便就让她用一个脸盆解决，这口怨气应该让女儿出出，这样才能还了当年的债。

姐姐到了樟河边，呆住了。她怀疑自己走错了地方，记忆中的芦苇空空荡荡，不知哪一年被连根拔起被清除得一干二净。以前几米深、清得可当镜子照的樟河浅了、浊了，发出淡淡的腐烂的气息。难道自家餐桌上的牛尾巴就是从这浑浊的河水中挖出来的？一想到这，姐姐抠着自己的喉咙连连作呕。她记忆中的樟河，遍地是珠母贝壳，河边被水浪冲击形成一条女人腰肢般柔软的河岸，水面时有微风吹过，青光粼粼仿若无数条闪闪发光的绸缎。鸭子在对岸缓缓踱步，牛尾巴在水里快活地游来游去，当年她喜欢躺在草丛里看着一望无际的蓝天，无忧无虑心旷神怡。现在身穿貂皮大衣显然已经不适合躺在河岸边了，姐姐在河边那块她曾经洗过衣服的石头上坐了下来，十几年岁月逝去了，樟河水也老了。姐姐也变成了一个妇人。

她在广东擦过皮鞋，因为这是只需最低成本的行当。但擦了两三天，姐姐不愿意了，她那双干过农活的手，原先就粗，现在皮相上更难看了，指甲缝里常常残留着黑色的鞋油，怎么洗也洗不干净。她又去当卖花童，在公园里专门围着小情侣叫卖。她勤快，聪明，卖花的钱可以填饱肚子了。但她很快又厌倦了，整天卖花，永远交不到有用的朋友。她用卖花所有的六百多元积蓄买了一套伊思娜，黑色的流苏映衬着她雪白的皮肤，她照了照镜子，气昂昂穿着伊思娜到钻石大酒店里应聘迎宾小姐。

这天，酒店里来了一个香港大佬。大佬前呼后拥，二十岁的姐姐露出甜美的笑容试图引起大佬的注意，然而大佬拿着一块砖头大的手机通着话，根本没看见姐姐。再后来，大佬喜欢上了钻石酒店，他看上了钻石酒店的收银员阿莲。大佬的目光像苍蝇一样黏在了阿莲身上。姐姐上前挡住阿莲。阿莲是姐姐的同乡兼好友，因为父亲得了重症，急需大把大把的钞票往医院里砸，阿莲便来了深圳。阿莲的男朋友也跟着来了，阿莲守身如玉，一心想靠双手而不是靠身体的其他部位赚钱，于是她的表情便永远木讷讷的，不像其他酒店小姐身上那样散发着蛇一样的妖媚。然而，这偏偏对上了大佬的胃口，大佬肆无忌惮地看着眼前这个雕塑般的人儿，看着看着，便看成了一朵在都市里难得一见的莲花。要知道，莲花一般生长在乡野，现在，莲花移植到深圳来了，大佬决定趁别的男人的脏手伸向这朵莲花之前先把这朵莲花弄回家。大佬绕过姐姐，一只肥手冷不防搭向阿莲的胸脯，阿莲由于极端的惊吓而喊不出声，她以为自己是在大喊大叫，其实发出的只是猫一样的声音。

姐姐窜上前去，抓过大佬的肥手搭在自己的胸脯上。大佬感觉到了异样，阿莲的胸脯没有什么分量，而姐姐的胸脯让人感到异样的踏实与温暖，那只肥手便蛇一样从衣服的外面游到姐姐的身体里面去。阿莲感激地看了姐姐一眼，从眼窝里滚出一串晶莹剔透的泪珠，仓皇逃走。大佬想推开姐姐起身把阿莲追回来，姐姐一屁股墩在大佬大腿上，对着大佬的肥脸笑："你还是要我吧。阿莲中看不中用，你为了逗她笑，可能要学周幽王为逗褒姒一笑烽火戏诸侯，这样你就得不偿失了。我就不一样了，算命先生说过，我是旺夫命，你要了我，保准你事业发发发。"大佬颇学过几分相人之术，仔细打量姐姐，只见对面这个女子面盘又大又圆，涂着唇膏的肥厚嘴唇闪闪发光，心下一动，这个女子确实适合做自己的夫人。毕竟钱财要紧，有了钱财，十个阿莲这样的女子也不愁。当下便把阿莲从心中放下，全力搂紧姐姐，房间里顿时春光荡漾热气腾腾。三天后，姐姐便在如火如荼的夏天里坐着奔驰车从龙湖口驶向了她的理想地香港。

多年以后，姐姐穿着貂皮大衣从香港回来，在乡间小道上与阿莲意外相逢。阿莲担着尿桶，面容憔悴身材瘦小，当年白皙的皮肤已被乡间的太阳晒成了黑色。当年她的父亲终因不治去世，她与男朋友双双返乡生儿育女。阿莲放下尿桶，双手在身上擦了又擦，还是不好意思上前拥抱姐姐。姐姐感慨万分，其实，阿莲当年完全没有必要感谢她，她只是取自己所需，她的爱情之花已经凋零，她迫切需要现成的果实，她唯一的存款是她青春的肉体，她发誓要将这唯一的存款利滚利。而当时的阿莲看不上果实，她只要爱情的花朵，姐姐只是在朝自己的目标奔去的时候顺便帮了帮阿莲而已。姐姐不知道阿莲后不后悔，只见阿莲朝姐姐腼腆一笑，亲热地对她说："有空到我家坐坐，我种的紫薯烤起来可香啦。"阿莲说这话的时候脸上全无自卑的神色，姐姐望着阿莲担着尿桶远去的背影，怅然若失，犹如一个踌躇满志的拳击手一拳打在棉花上。

姐姐的香港老公看中了太极村的大片土地，他大手一挥，决定在太极村建一个化工厂，主要生产甲缩醛，让姐姐过一把董事长的瘾。老公的口才很好，说起话来滔滔不绝："甲缩醛可用作杀虫剂配方，也可作皮鞋上光、汽车上光剂、空气清新剂配方、彩带配方、电子设备清洁剂配方，还可以溶解各种聚酯，或者与乙醇混合使溶剂得到增效作用，让产品获得优良的品相。"老公嘴里的一大堆化学名词如天花乱坠让姐姐云里雾里，老公摸着她的粉脸笑了："这甲缩醛在化工产业就像女人的化妆品一样受欢迎，涂上它的化工产品就像你的脸一样粉嫩粉嫩的，让人怎么爱也爱不够。"老公踌躇满志，香港地皮太贵，劳动力也贵，太极村真是一个埋想的赚钞票的地方。他心花怒放，越想越高兴，扑过去把姐姐压倒在沙发上。

姐姐被老公描绘的场景深深迷醉了，她雄心万丈，在家乡像马儿一样撒欢奔跑，从买地、批营业执照等高难度的活儿都由她一一拿下。我一听说姐姐要在村里办化工厂，马上跑到县政府，我想对县长说，这件事绝对不行。但是，我连县长的面都没有见上，县长秘书一脸蒙娜丽莎的微笑，告诉我县长不在。这就是一个诗人在现实中所受到的待遇，我可以想象得出县长站在办公室窗口居高临下看着我这个傻子的表情。他心里一定想着，什么狗屁诗人，什么叫GDP，懂吗？不懂吧！不懂就滚一边去。姐姐听说了我的所作所为，指着我的鼻尖咬牙切齿发誓："小米儿，你要是再坏我的事，再挡我的路，我从今以后就没有你这个妹妹！这种事亏你做得出来，小时候不懂事互掐也就算了，三十好儿的人了姐妹还要互掐！"我昂着头冷冷走开，我知道我的力量太微薄了，只好躲进我的小天地继续呻吟写诗。

当崭新的化工厂矗立在姐姐面前时，姐姐兴奋地抱住老公亲了一口："我要在老家当女强人啦。"老公不满地拿手擦那张一如既往的肥脸："我跟你说过多少遍了，你那口红老是涂到我脸上，烦不烦。"沉浸在兴奋中的姐姐给了老公一个灿烂的笑容，丝毫不想跟老公计较。姐姐奔走在女强人的路上。老公乐呵呵地回香港去了，没有了姐姐的束缚，他正好可以放心大胆地在香港与他寻找到的阿莲颠龙倒凤。太极村的家因为有了姐姐变得门庭若市。乡亲们鱼贯而入，争相诉说着自家小伙子与姑娘的健壮与能干，完全可以胜任化工厂的工作。母亲从未受到如此重视与优待，起先满口答应，慢慢就有了挑剔的眼光，到了最后，要是对方空着手，母亲便不会松口了。

阿雄不想在昔日的情人手下讨饭吃，可他老婆阿兰不明就里，阿雄又不好跟老婆挑明，怕老婆又生是非，只是死活不进化工厂。老婆兴冲冲进了化工厂，阿雄拦也拦不住，闷闷地继续他的卖肉生涯。自从当年姐姐逃跑后，阿雄就继承父亲的手艺成了一名屠夫，他在临街房前的空地上，竖起两杆木桩，上面搭一根横杆。一双铁钩下钩挂着半扇猪肉，上钩挂在横杆上。随便哪个人指着精肉说：来二斤！阿雄一刀拉下去，不差斤两，顶多就差秤的高低，他为自己的手艺而自得。姐姐想让阿雄进厂，只要自己一声令下，让他当个组长完全没有问题。她走到阿雄肉铺的远处抱着膀子冷眼旁观，看阿雄解去捆绑死猪的绳子，用尖刀在猪的后腿皮上切一刀口，开膛破肚，剔骨剥肉。姐姐庆幸自己当年的逃跑。要是没有当年果断的逃跑，她现在就变成了屠夫的女人，坐在屠夫后面收拾猪血。她无法想象自家旁边就是猪圈，到处是猪的粪便，到处是猪争食哼唧和宰杀时的嚎叫，空气中弥漫着血腥味、燎猪毛味、翻洗猪肠时热腾腾的粪便味，还有熬炼猪油的焦香味、煮熟的下水味，她怎么可能待在这种五味杂陈的地方呢？姐姐再也待不下去了，连一声招呼都不打，毅然离开。

化工厂的管理有美国请来的高端管理人才，生产出来的甲缩醛质量一流，产品供不应求，成本迅速回收，半年以后开始有了利润，化工厂里的灯光经常彻夜通明，恍若天上虚幻的宫殿。姐姐坐在老板椅上，兴奋地看着下班的几百名工人鱼贯而出。姐姐突然耸耸鼻子，她闻到了空气中一股刺鼻的味道。她想不通甲缩醛这种清澈透明易挥发的液体，怎么会散发出这种令人窒息的味道。姐姐感到了丝丝的不安。周围除了机器的声音，连蝉鸣都听不见了。记忆中的夏天被声嘶力竭的蝉鸣充斥，只有清晨清静片刻，稀稀拉拉的知了一个一个独唱，到了正午便疯狂地稠密起来，成了大合唱。现在，讨厌的蝉鸣声绝迹了，姐姐闹不清为什么自己的心反而空空荡荡起来。

尽管工人身穿防静电工作服，戴着化学安全防护眼镜和橡胶手套，甚至还戴着过滤式防毒面具，但他们的鼻黏膜和喉咙还是受到了深深的刺激。他们的皮肤越来越干燥，视力越来越下降，很多人戴起了眼镜，看起来像有些学问的知识分子。阿兰的眼睛不小心溅到了甲缩醛，厂医提起她的眼睑，用生理盐水冲洗完，阿兰又出现了呼吸困难的症状，厂医赶紧让人把阿兰抬到厂外空气新鲜的地方进行人工呼吸。阿兰醒过来，看到姐姐那张关切的笑脸，不好意思地向老板点点头以示歉意。她感到羞愧，自己的身体怎么变得这么差劲呢，别人都没有晕过去，只有她晕过去，真是让人笑话死了。姐姐吩咐司机送阿兰回家休息，阿兰很坚决地拒绝了。她摇摇晃晃坚持晃到了家里，扑到了床上。她感到头晕、恶心、浑身无力，口唇麻木，胸闷，头不由自主地摇来摇去。我从县城赶回来看望阿兰，这位小学时我唯一的好友形容枯槁，我握着阿兰的手，为自己是化工厂老板的妹妹感到深深的惭愧。

不知从什么时候起，太极村的空气越来越刺鼻了，喝的水里面也有了一种说不出的让人难受的味道，樟河水越来越污黑，异味刺鼻，周围的桑树、梧桐树叶子慢慢发黄，最后掉光了，那棵带给太极村儿童无数快乐的桑树终于枯死。阿雄望着远处郁郁葱葱的树木，再看看村里的化工厂，突然恍然大悟。阿兰在床上躺了三天，阿雄坐不住了，把老婆送到医院一检查，是绝症。阿雄满腔悲愤，往日，他总是躲着姐姐走，今天，他拦住了姐姐的去路。“把化工厂停掉吧！这是断子绝孙的活儿！你看，樟河水都浊了，黑了，浅了，这样下去明年就变成烂泥潭了。”

姐姐挑挑眉毛：“我回来的时候樟河水就浊了，又不是我一个人把它弄浊的！”阿雄握紧了手中的拳头，假如眼前站着的不是一个女人而是一个男人，他一定一拳将对方打得脸上开花！他一字一顿地告诉眼前这个女人：“你若不把化工厂停掉，信不信我拿炸药炸烂它！”

姐姐轻蔑地看了对方一眼，钻进了凯迪拉克。

当晚，阿雄拎了一截钢管，准备偷偷进厂捣毁化工设备。化工厂那条见过世面的狼狗，用一双凶狠的眼睛盯着阿雄，杀气腾腾地发威吼叫，忽而像一道黑色的闪电扑将过来。阿雄惊出一身冷汗，挥舞钢管阻挡狼狗的攻击，狼狈窜回家中。回到家中阿雄惊魂未定，一想到恶狗凶残的样子就不寒而栗，他看了看墙上的钟表，将早上买回的五个包子打开，将老鼠药包了进去。他瞅准狼狗撒尿的空儿，将包子扔到地上。不一会儿，传来狼狗的呕吐声和嚎叫声，阿雄挥起钢管使劲朝狗头砸了过去。狼狗抽搐了几下，吐出白沫，终于没有了动静。阿雄长舒一口气。这条狗不知咬伤了多少工友，有的羽绒服被撕破，有的小腿上被咬出了豆大的窟窿。他今天击毙恶狗，也算是为民除害了。响声惊动了保安，阿雄炸厂的计划未遂，他打电话给我："小米儿，劝劝你姐姐吧，伤天害理的事真不能做。人在做，天在看，会遭天谴的。"

我想了一夜，写出两句诗。第二天，我无言地把我的诗递给姐姐。"一条河哭干泪水 / 一群脏孩子长大成人。"姐姐怔住了，从不读诗的姐姐突然觉得自己一下子就读懂了这两句诗。这一阵子，姐姐一直神思恍惚，阿兰那张患了绝症的枯瘦的脸一直在她眼前飘浮。更让姐姐纳闷的是，这几个月来她不断地碰到和尚，到银行领钱也会碰到和尚，到医院也会碰到和尚，更夸张的是，有一次经过寺庙的时候，竟然看到了一整车的和尚，他们也许正准备去哪里念经。姐姐为这种现象深感不安，她觉得这可能意味着所有的男人都对她不感兴趣，而她对所有的男人也都不感兴趣了。朋友甲对她说，和尚代表着禅，可能是你有禅缘。朋友乙对她说，和尚代表阳刚，至刚至阳，这意味着你身上有纯阳之气。姐姐把这个怪现象告诉我，我听了哈哈大笑："反正我觉得和尚出行太多，绝对不利于修行。"姐姐听了也哈哈大笑："化工厂停产的事，容我再考虑考虑。"

阿雄引来的市环保局工作队伍浩浩荡荡驶进了太极村。三个月后一个春光明媚的日子，姐姐载我到桃源洞烧烤。我们在桃树下铺开塑料布，摆上两只一次性塑料酒杯，桃花开得正艳，一瓣桃花飘飘摇摇掉下来，正好落入姐姐的杯中。我笑了："姐姐，你的前世一定是一朵桃花。我的前世肯定是一柄桃枝。"姐姐笑了。回来的路上，一个和尚直直朝姐姐走来，施了个礼："这位女士，你的前世是观音娘娘，请随意布个礼吧。"说罢便将一个黄布袋伸到姐姐面前。姐姐听了前半句面若桃花，听了后半句如桃花凋谢，怏怏从手袋里拿出一张港币丢进黄布袋中。后来，姐姐不说话，我也不说话。

姐姐打电话给香港的老公，说想把化工厂停了，还在电话中朗读了我写的那两句诗。姐夫每天有开不完的会，见不完的客户，签不完的单，他没有时间读诗，也没有时间思考一条河的前世和今生，更没有时间为一条河流泪：“你发疯我才不会跟着你发疯呢。这个厂投资多少你知道吗？三亿港币！我看你趁早回香港逛街购物美容吧。阿雄那个狗崽子引来的环保局人员由我来摆平。”姐夫的口气斩钉截铁，不容姐姐分辩，“我负责挣钱养家，你只需貌美如花就好了，你瞎掺和什么！”

姐姐像一头发怒的狮子对着电话吼起来：“厂里的工人全部是我的乡党！我小时候吃过东家的桃西家的李，我不能用甲缩醛毒死我的乡党！这样死了会下地狱的！”姐夫在香港那边号叫：“你要是敢停产，我就不认你这个女人！”姐姐说：“我已经吊销生产执照了，地也卖了。”姐夫跳脚暴怒：“你这个脑残的女人，那么多钱怎么能说扔就扔？化工厂不能办，我们就改办别的厂，照样赚钞票。”听电话那头一片平静，姐夫居然也瞬间安静了下来：“你现在这么能干，敢拿这么大的主意，你就别回来了。”姐姐平静地挂断电话，冲我笑了笑。

化工厂全面停产，曾经繁忙的车间只剩下灰尘飘荡。高大的青灰色厂房像个被抛弃的老人孤独地站在风里，装着甲缩醛的蓝色铁桶一字排开，等待着处理。这些以前装满钞票的铁桶如今变得一文不值甚至要掏空姐姐的腰包才能交清那令人咋舌的罚款。这个占地两百多亩、高峰时曾有三千多工人的大厂区，如今只有老鼠出没，车间里没有了嗡嗡的生产噪声及工人的粗嗓门，数十米高的大烟囱也没有了烟柱毒龙一样升起。那辆原先锃亮无比的凯迪拉克吃了无数太极村的尘土已变得蓬头垢面，姐姐把它送给了镇政府。姐姐拎着拉杆箱准备回香港，这里的空气不是她的，樟河水也不是她的，牛尾巴也不是她的，她心心念念的只不过是一个幻象。太极村已不是她的故乡，她的家在香港，她迫切要飞回香港去，她在香港的家已被另一个阿莲占据了一年之久，不管清理巢穴的战斗多么艰巨，她一定要回去，她已是香港的姐姐了，就让香江水暂且代替樟河水罢。姐姐回头最后看了一眼那条烂泥潭似的樟河水，顺便摸了摸手袋里准备好的那把刀子，从嘴角扯出一丝无声的微笑。到时看情况，刀锋送给别人或者送给自己都行。

龙椅

一

故宫的颜色跟朱子奇的想象完全不一样。他们一行三人：龙湖市国税局局长朱子奇、副局长孙怀民、会计王凤早上八点就到了故宫南门外守候，被告知八点半才能进去参观。朱子奇看着午门，灰色的石墙给人压抑之感，远看整个故宫呈黯淡的朱红色，一股晦暗的气息扑面而来。空中没有一丝云彩，只是灰，灰得让人喘不过气来。王凤却不受影响，她兴奋地说："我第一次来故宫，一定要好好看看，特别是珍宝馆，我要看看古代那些妃子到底戴的是什么奇珍异宝。"孙怀民笑道："老王，凭你这倾国倾城之貌，放在封建王朝起码也是个答应。"王凤大笑："你也太小看我了吧，我怎么着也得是贵妃呀。"两人互相打趣着，朱子奇没有吭声。他这是第二次来故宫，第一次来时，没能进入太和殿，甚为遗憾。这次来的目标就是进太和殿坐一坐那把万历年间的龙椅。象征着无上权威的天子，就在这片天空下最宏伟的宫殿里，振臂一呼便可定人生死，人这一辈子，若能有踏上皇权至高位的一刻，也就死而无憾了。这座令人敬畏的宫殿，又何尝不是催生梦想的宫殿？！朱子奇想，无论是鳌拜还是班布尔善，或者是和珅，抑或者是慈禧，凡是对极权有崇拜的，都曾对这片华丽宏伟而又尊贵的宫殿上的天空注目过许久吧！

十月份是旅游旺季，游故宫的人可真多呀，朱子奇庆幸他们来得早，排在了队伍前面。八点半一到，他们就鱼贯而入了。三人沿着中轴线走，故宫大得可以跑马，没参观几个殿三个人脚就酸了。三人时而低头看脚下的砖石，或是摸一摸朱漆大门上的门钉，或是檐上的木雕和中轴线上的种种图案。大部分汉白玉的地砖已被游人的鞋底磨得失去了光泽，甚至塌陷，当年那些被无数怀揣着各种权谋的臣子、太监和宫女们踩过的如水的青石板也已经踏坏一部分，如今换上的砖石也已长满绿苔。

到了中午两点三人才到了太和殿外，月台上陈设着日晷、嘉量各一，铜龟、铜鹤各一对，铜鼎十八座，还有象征着长寿的龟与鹤。日晷是古代的计时器，嘉量是古代的标准量器，二者都是皇权的象征。殿下有三层汉白玉石雕基座，周围环以栏杆。栏杆下安有排水用的石雕龙头，想象一下雨季千龙吐水的奇观，甚是美妙。可惜太和殿不让人入内。

后面还有很多宫殿，日已西斜，朱子奇道："小王，我们就不去珍宝馆了，下次你自己来看个够。今天就到这里吧，大家都累了。"

局长都发话了，王凤哪敢不从，三个人从神武门出来，打的回到宾馆。因为了了心愿，当晚朱子奇睡得特别香，第二天三人打道回府。

回来后上班，朱子奇看着自己的办公桌椅怎么看怎么不顺眼，那椅子坐起来都有点硌屁股，腰部那里怎么靠怎么不舒服。他上网搜索了一下，看中了一套意大利的老板办公桌椅，椅子是真皮的，价值不菲。他喊来了办公室主任，主任办事效率很高，第三天，价值不菲的办公桌椅就摆在朱子奇的办公室里了。朱子奇点起一支烟，惬意地坐在皮椅上旋转了一圈，闭着眼睛吐出几个烟圈，心想，这椅子也算是税务局的龙椅了，可不是随便什么人可以坐得的。

很快到了年底，一年一度的年度审计就要来临。朱子奇做事细心，通常都会吩咐财务室提前自己审计一遍。他能够走到局长这个位置，局长的官帽可不是随随便便从天上掉下来的。第二天，王凤惊慌失措地到了局长办公室，她探头往走廊看了一眼，见没有人，便神神秘秘地关上了办公室的门。朱子奇把脸一沉："把门打开，免得被人误会。"王凤挨了批，脸一红，顺从地将门打开。王凤刚要说话，陈副过来请示一项工作，王凤便住了口。待陈副出去，大概已经走远，王凤才压低声音道："局长，出大事了。"

"什么事？"朱子奇心一颤，脸上却不动声色，一副泰山压顶面不改色的模样。税务局的业务千丝万缕，一不小心就会趟上地雷，到底是哪个环节出了纰漏？王凤是个稳重的人，她干了多年的会计了，如果不是大事，她不会慌张成这个样子。

王凤道："咱们财务结算有大问题。"

"大问题？"朱子奇皱起了眉头，"问题有多大？"

"有两百三十几万的漏洞。"

"什么？"朱子奇情不自禁地站了起来，这次轮到他起身去把办公室的门关上了，"怎么回事？你平时工作怎么搞的，怎么这么大的漏洞到年底了才发现？"朱子奇严厉地斥责。

王凤弱弱地辩解道："因为局里同志这么多年来工作都很踏实，大家都彼此信任，因此账目我一般都是只核对票据的张数，里面的数字简单地相加，账目总数是吻合的，我也没仔细看其中的内容，这次年底了要审计，我无意间发现了其中一张票据有问题，吓了我一大跳，赶紧把所有的账目全部查了一遍，初步统计是两百三十几万的漏洞。昨晚我通宵加班，现在头还痛着。"

朱子奇道："这件事要彻查。你千万别到处嚷嚷，大家都是一条船上的蚂蚱，不管谁出了事，咱局里的精神文明奖三年就要打水漂。我的位置坐不稳，大家也没好日子过。你去把技术科的小何喊来。"

王凤连连点头，起身去找小何。朱子奇冲着她的背影道："嘴上的门要把紧。谁走漏了风声，我就找谁。"

王凤赶紧道："局长放心。我的嘴巴还是比较紧的。"

小何一脸茫然进来了，平时他与局长八竿子打不着，突然蒙受召见，有点受宠若惊，又有点忐忑不安。小何问道："局长，啥吩咐？"

朱子奇一脸严肃："现在有件很严肃的事要你去做，你要注意组织纪律性，不要告诉别人。"

小何一头雾水，丈二金刚摸不着头脑。

朱子奇将王凤送来的那一份发现问题的票据清单递给小何："你查一查，这些账目都是被人修改过的，看看电脑终端是哪一台电脑操作的。"

小何走后，朱子奇在办公室里像无头苍蝇一样踱来踱去，到底是哪个千刀万剐的小人胆大包天捅出这么大的娄子？妈的，老子还没贪咧，你小子竟敢贪！鬼迷心窍，吃了豹子胆！朱子奇气得心绞痛，他的心脏一向有小问题，疼得他脸色苍白，扶墙定了一会儿神，赶紧打开抽屉拿出里面的备用药吃了，好一阵子才缓和过来。妈的，这是拿刀往我心窝上捅咧，查出是谁，看老子怎么收拾你！

很快，小何来报告了："朱局，这些数据修改都是在孙副的电脑上操作的，时间都是在下班后。"说着递上一份刚打印出来的清单。

朱子奇道："你再辛苦一下，查查被修改的数据到底有多大的漏洞。在事情还没有弄清之前，在没有下结论之前，注意，不能说的话千万别乱说。"

等小何走出办公室，朱子奇颓然瘫在椅子上，苍天啊上帝啊，他还多次在大会上表扬孙怀民能吃苦，经常加班，原来孙怀民加的是这种班！朱子奇五内俱焚，整个人都不好了，就像自己精心喂大了一条狗，这狗不仅不知恩图报，还反过来咬了他一口！朱子奇咬牙切齿，恨不得将孙怀民立刻免职。可是，他的头脑里还残存着一丝丝的理智。城门失火，殃及池鱼。孙怀民要是锒铛入狱，自己屁股下的这把椅子也势必要换了主人。原来还痴想着能不能进步到省税务局，现在看来，能坐稳屁股底下这把交椅已经是万幸了。他拿起电话拨了孙怀民办公室的电话，声音很严厉，仿佛滴水成冰："孙副，你马上到我办公室。"

孙怀民吓了一跳。朱子奇待他如兄弟，要么喊他小孙，要么喊他怀民，从未如此郑重其事地喊他孙副，喊得他毛骨悚然，全身起鸡皮疙瘩。他心中忐忑不安，走进局长办公室，朱子奇一脸怒气好像要吃人："你看看你干的好事！"说着劈头将两份清单扔到孙怀民脸上，孙怀民一看，一份是财务的审计报告结果，一份是技术科打印出来的他修改数据的时间明细表，他脸色惨白，两腿一软不由自主扑通一声跪到朱子奇面前："朱局，我错了，求求你给我一个改正的机会。"

朱子奇厌恶地看了孙怀民一眼，假如眼前是一只狗，他真想把这只狗踢死。"说，到底是怎么回事？局里的福利不错，你为什么还干这种事？”

孙怀民带着哭腔道：“我炒股炒输了，心想偷偷挪用一下公款，等赚了钱再将窟窿补上，哪知越炒越输……”多少次，他翻看着自己的炒股记录，他曾经赚过一百多万，可惜全赔了，还倒欠了两百多万。看着曾经赚过的一百多万，就像一个老地主，手指着失去的土地，怀念过去的天堂，那昙花一现的好事，如今恍若隔世。

朱子奇恨不得破口大骂，可这事又声张不得，只好哑巴吃黄连忍气吞声：“孙怀民，你这是自毁前程。本来，要是我到省里去了，我还想把这把椅子交给你，现在全完了。所幸现在事情还没有发展到不可收拾的地步，现在只是局里内部审计，你要是及时把窟窿堵上，那我还可以帮你。要是我秉公上报，你就等着蹲监狱去吧，枪毙都有可能。”

孙怀民一迭声地感谢朱子奇，说他尽快想办法，不管是借也好，卖房卖车也好，抵押房产也好，一定在审计组到来之前将窟窿补上。朱子奇冷眼看着他：“你先写一份检讨给我，把你的作案过程写清楚，也把你的涉案金额写清楚。你最好老实一点，耍花招对你没有任何好处。我会让财务科把你的财务部问题再审查一遍，得出一个确切的数字。”

二

“小宛！”孙怀民坐在沙发上，想把妻子喊过来，他有话要告诉她。

小宛从厨房探出头来：“干吗！我的锅快烧焦了！”她的双手湿淋淋的。

“没什么，你把菜起锅后再出来吧。”

厨房里响起油锅嗤拉嗤拉的声音，小宛好像掉进厨房里了。小宛那么肥，一百五十斤重，一米五的个头，站在玉树临风的孙怀民面前，像只陪衬的丑小鸭。老公的嫌弃让她悲伤。这些悲伤只有食物能懂。食物总是懂得小宛的需要，特别是炸鸡，总能恰到好处地抚慰小宛，治愈她的羞惭，并且从不要求小宛永远忠诚于它。所以，小宛热爱上了厨房。在她眼里，老公还不如一盘美食来得贴心。

过了一会儿，孙怀民忍不住喊道："小宛！"

"干吗！还有两道菜呢，你下去帮我买瓶醋，我要做酸辣土豆丝。"

孙怀民下楼买了醋上来，小宛埋怨道："怎么这么久！我的土豆丝太烂了！"

等小宛把菜端上桌，问道："你喊我干吗？不帮忙也就算了，还拉后腿！"

孙怀民闷头喝萝卜排骨汤："没什么。"

吃完饭打扫完厨房，小宛已经累成狗了，还得强打起精神收拾明天到南昌出差的衣服和生活用品。老公已经在客房睡了。因为孙怀民打呼噜，小宛神经衰弱，夫妻已经分房睡一年了。

小宛一直盼着离婚。这日子，一天也过不下去了，老公动不动就去喝酒打牌，天亮才回来，工资也不上交，有他没他没什么区别。关键还指手画脚，嫌她地板拖得不干净，嫌她衣服没有叠整齐，嫌她越来越胖像头猪。这天孙怀民又喝得醉醺醺回来，身上的酒气令人受呕，小宛轻蔑地看了酒鬼一眼，转身回房去了。老孙气得大骂："你再这样喝会喝死的！"孙怀民被老父亲这样当头棒喝，呜呜咽咽地哭了："局长敬我酒，我敢不喝吗？"

夫妻俩一直处于冷战之中。小宛去庙里问菩萨，她什么时候可以离婚。卜杯的时候，一下子就阳杯。小宛满心欢喜，去放鞭炮。没有打火机，一个热心的男人借给她，可她连续打了四次火，都点不着炮。小宛有点恼火，再一次打火，又被风吹灭。真是邪门了，可小宛偏就不信这个邪，她再一次试图点火，可火苗就是出不来。定睛一看，没油了。后来小宛把鞭炮交给庙里的人点，反正最后鞭炮是响了。拜拜回来，小宛剥了橘子吃。她买了两样糕点两样水果，老人家说，吃了拜拜年的供品有福气。小宛口渴，可那橘瓣一入嘴，酸得她哎呀大叫一声。

这次到南昌铁路局参加培训，小宛很快活。对于职业妇女来说，出差就是解放，不用买菜做饭洗碗，不用伺候老公孩子，仿佛回到单身。每天培训完下课，她都会拐进附近的糕点店买上一块芒果慕斯配上一杯拿铁犒劳自己。小宛喜欢一切甜食。到了糕点店里，她的两眼会放光。

她痛恨苦瓜。据说，婴儿喜欢甜食，只有长大成人以后才会慢慢喜欢上酸味和苦味，这跟味蕾的发育有关。可她现在已经四十岁了，她还是固执地喜欢甜食，这使她绝望，难道她永远长不大，思维永远停留在儿童时代吗？而且她相信，即使到了八十岁，她仍然会固执地喜欢甜食，绝对不会改变。人生太苦，需要甜食的慰藉。就像她喜欢粉红色，讨厌黑色一样，朋友讥讽她少女心，她讪讪然，也许真是少女心吧。

小宛是真的热爱吃。从小家里吃饭，她经常是第一个上桌，最后一个离开。而且她是博爱型的，每样菜都要夹一点尝尝滋味。所有的剩菜她都一扫而空，她是第一个光盘行动的身体力行者。那天她去吃豆花，看见一个已经离去的食客碗里剩着五六截大肠，小宛想，天底下怎么会有这样暴殄天物的人呢。她偷偷地瞄了几眼周围的食客，大家都各吃各的，似乎没人注意她这边的动静。小宛思想斗争得厉害，最终敌不过馋虫的诱惑，伸出筷子将大肠夹了过来。这时，收拾碗筷的洗碗工恰好走了过来，小宛红了脸，本想撒谎“这一碗是我朋友的”，但遇上洗碗工那鄙夷的目光，小宛的话终究没有说出口。大肠已经送进嘴里，小宛嚼了嚼，很硬，嚼了许久才吞下，怪不得人家舍弃不要。后来，小宛再也没去过那家豆花店。她怕再遇见那个洗碗工。

几天培训下来，小宛又胖了两斤。由于培训老师要求上课手机关静音，等下课后，小宛才发现手机上有十几个未接电话，都是同一个号码。小宛回拨过去，那边说：“你老公出事了。”

“出事了？什么事？”

“你赶紧回来吧，他现在在市医院太平间。”

后来小宛才明白，为什么那橘子是酸的了，甚至酸得发苦。老公从楼上跳下来，他是解放了，一了百了。她变成了一个寡妇。没有了男人做掩护体，小宛总要收获一大堆同情的目光。更有二流子乘机占她便宜。也就是说，假如她还留在婚姻的城堡里，有老公这面旗帜做掩护，她会省去很多来自外面的攻击。当时一心只想摆脱来自婚姻内部的不快，如今婚姻的城堡夷为平地，站在冰天雪地里满目苍凉。

她凭空多出了两百三十万元债务。对于月工资四千的人像一座泰山。

像一只背上已经驮着一座小山的乌龟，又多了一座大山，更加艰难而缓慢地爬行。

之前几十年的奋斗化为乌有，变成了负数。而且这负数呈几何级增长。

一夜回到解放前。要从深渊回到地平线也许需要一百年的时间。小宛深深地绝望了。

三

两天前孙怀民把检讨交给朱子奇，朱子奇追问他什么时候全额还款，孙怀民支支吾吾：“我刚把股票卖了，只剩下16万块钱，已经交给王凤了。”

“多少？ 16万？”朱子奇气得用力拍了拍桌子，桌子上的水杯跳了起来，水溅了出来。“我告诉你孙怀民，你不管是卖房卖车还是卖血还是卖身，我限你在五天内把窟窿补上！五天后审计组就来了，事情就捂不住了，你懂吗？懂吗？”朱子奇几乎要咆哮了。

孙怀民点点头：“对不起了朱局，我尽量想办法。”

朱子奇说了声：“滚！”

孙怀民从朱子奇办公室出来，恰好撞上小何。小何刚要喊一声：“孙副！”孙怀民怨毒地剜了他一眼，小何不禁打了个哆嗦。

小何刚进市税务局，分在技术科。能够进入税务局这样肥得流油的单位，全仰仗孙怀民叔叔在面试时帮了大忙。孙怀民和小何爸爸是多年好友，平时小何喊他孙叔叔，但在单位里，小何喊他孙副。小何知道，自己这下彻底地把孙叔叔得罪了。在孙叔叔眼里，他就是个忘恩负义的白眼狼。要知道，砸人饭碗那是血海深仇，何况这人还刚刚给了自己一个铁饭碗。他在查到数据修改的时候也吓了一大跳，看不出平时文质彬彬、热情爽朗的孙叔叔竟干下了这样的勾当，有几秒钟时间内，小何头皮发麻。可是朱局又催得急，他都来不及思考就把相关数据交给朱局了。

那天下班回家，小何把父亲拉到卧室里，迫不及待说了这件事。他问父亲："爸爸，我到底做错了没有？"父亲长叹一声："不负如来不负卿，说起来容易，做起来难呀！不过你做得对，毕竟朱局是主官，而且你孙叔叔是过错方。不过，这下子咱们和孙叔叔家算是彻底断交了，哪天我厚着老脸再上门赔罪，也不知会不会被轰出来。"

因为难以启齿，因为畏惧，小何爸爸迟迟不敢上孙怀民家赔罪。

小何这阵子真是度日如年。他真是吓坏了，时常觉得一股股冷气从脚底直窜向心窝。这是他生平遇到的第一件大事，想到那个巨大的金额，小何就心尖打战两腿发软。这件事就像一块石头，而且是一块会膨胀的石头，这块石头越胀越大，把他的整个胸腔都塞满了，堵得他喘不过气来。怀揣着这个沉重的秘密，看着单位来来往往的每一个人，小何想，自己真是身怀鬼胎。党建科的王科长在走廊里遇到孙怀民，恭恭敬敬地喊了声："孙副！"孙怀民"嗯"了一声，王科长侧身走回自己的办公室。小何隔着办公室的窗户看到这一幕，心想：这些蒙在鼓里的可怜人啊，你们不知道自己尊敬的人那衣服里面包裹的是一颗怎样的心。

技术科的李科长见小何魂不守舍，笑着打趣他："小何，想着怎么还没找到老婆吗？整天丢了魂似的！"小何掩饰地笑了笑："是啊，我跟女朋友异地恋，女朋友正闹着跟我分手呢，愁死我了。"

李科长拍了拍小何的肩膀："愁什么？旧的不去新的不来，你长得这么帅，单位又这么好，你都不知道自己是多么抢手的香饽饽！"

小何苦笑了一下。这都哪跟哪啊！他跟女朋友正浓情蜜意着呢，李科长这张乌鸦嘴！小何终于不堪秘密的重负，把这桩秘密悄悄告诉了党建科的小朱。小朱和他年纪相仿趣味相投，两人相处半年很快热火朝天打成一片，变成了无话不谈的哥们。这天小朱拉小何出去吃火锅，小何正想借酒浇愁，很痛快地答应了。这几天，小何心里一直惶恐得很，生怕孙叔叔要是平安度过这场危机以后给他小鞋穿。小朱看小何愁容满面，问道："哥们，你咋啦，霜打了似的。"小何摇摇头："不是霜打，是被大雪压了。"

小朱跟小何碰杯："什么大雪？说来听听。"

小何欲言又止:“这是一个大秘密，我告诉你，你一定要保密哦。”

小朱很爽快地点头:“你还信不过我吗？”

小何还是不大放心:“你一定要保密哦！”火锅的热气附着到小何的眼镜上，小何的镜片油腻腻雾蒙蒙的，眼前一片模糊。小何觉得，这世事就像这模糊的镜片让他看不懂。

小朱有点生气了:“兄弟，你要是信不过我，你就别说。”

小何连忙竹筒倒豆子把事情经过讲了。小朱瞪圆了眼睛:“两百多万？”小何点头:“是的。”小朱喃喃道:“咱们国家刑法是多少钱判死刑？”小何干了一杯啤酒:“不知道啊，这知识得上网查，咱们是法盲。再说了，两百多万，咱们得干个二十年才能领到两百多万。估计咱们这辈子也没机会贪污这么一笔巨款。”小朱也是没经过大事的人，听到这可怕的秘密也有些六神无主了，说话都有些结巴起来，端酒杯的手都有些抖。小何笑道:“你抖什么？又不是你贪了钱。看你这心理素质，也不是贪官的料。”说得两个人都笑了起来。小何涮了盘羊肉，捞起来分在两人碗里:“我听我爸说了，这事就像个定时炸弹，要看怎么处理。要是处理得不公，有些人心理不平衡，把举报材料往上面一送，那朱局肯定得完蛋。”小朱觉得不可能:“要是真有人举报，可这是损人不利己的事呀，谁会干这损人不利己的事？”

两瓶啤酒下肚的小何眼里闪着兴奋的光芒:“那就难说了。舍得一身剐，敢把皇帝拉下马。这把柄要是落在那些朱局得罪过的人手里，说不定就有好戏看了。”

“谁说得准呢？这年头，谁也不知道明天会发生什么事。说来说去，还是夹紧尾巴做人才好，免得引火烧身。”

当晚两人喝了一箱雪津啤酒，醉醺醺回到各自家里。

回到家里，小朱兴奋得一晚上睡不着。不知为何，孙怀民一直看他不入眼，他总是挨孙副的批评。这下好了，孙副要是倒了，他就有指望了。局里有个副科的空缺，他一直绝望地以为那空缺必定是小何的，现在看来，鹿死谁手还真不知道呢，世事真是如棋局难以预料啊。

四

王凤加班到深夜。拖着一身疲惫回到家里，打开客厅大灯。客厅大灯有两盏，只有一盏是亮的，另一盏是黑的，大概是烧坏了，或是线路短路。老公出差去了，王凤又不会修理，可她无法忍受家里的灯不亮，第二天打 114 请了个电工来修理。那电工忙活了老半天，试了各线路，有电呀，可电灯死活就是不亮，真是邪门了！电工忙到最后摊摊手说："我做了几十年电工了，第一次遇到这种情况，没办法，你另请高明吧。工钱我也不收了。"王凤眼睁睁看着电工走了。真是咄咄怪事！她望着橱窗里的两只唐三彩马发呆。她和老公都属马，这两只马是她和老公去洛阳旅游时买回来的。此时王凤分外地想念老公，特别希望老公能陪在她身边。王凤拉开橱窗门，把其中一只马拿出来，不知怎么手一滑，唐三彩哐啷一声摔得粉碎。王凤吓了一跳，她把碎片捡起来扔进垃圾桶里，却又割了手，鲜红的血珠渗出来。王凤捧着割破的手，嘤嘤地哭了。

这几天，王凤夜夜失眠。

走进心理诊所的时候，王凤的心稍微安定了一下。仿佛见到了医生，她就有救了。吴氏心理诊所位于水仙大街的拐角处，闹中取静，边上有一棵高大的紫荆花树。诊所门面不大，大概只有四十平方左右，生意却很好，人满为患。王凤等得不耐烦了，几乎要拂袖而去。可她不敢回去单独待在房间里，只好耐着性子一直等待。有一个五十岁的患者，喋喋不休地倾诉着，他们躲在白布帘后密谈，王凤焦躁得想掐那人的脖子。直到快下班时，才轮到了王凤。

"医生，我老是梦见那些神神怪怪的东西，它们一个个张牙舞爪。"王凤神色憔悴，很显然，昨晚她做了一夜噩梦。

"那些神怪是什么样子的呢？你解释一下。"吴医生温和地说，他慢吞吞地喝了一杯水。

"我解释不了。"

"既然解释不了，那就没有什么神怪，是你自己心理太紧张。"

“反正是无形的。”王凤不服气。

“什么是无形的？”吴医生一直诱导着病人说话，多年来的经验让他知道，所有的病人都有强烈的倾诉欲望。

“无形的东西就是，一，不能被眼睛看到。二，不能通过五种感官感知到。三，不能通过任何方法探测到。”

王凤精准的表述引起了吴医生的兴趣。眼前的这个女人，显然是个心思非常细腻、思维非常活跃的女人。可是，精神活动越丰富的人往往心理问题越严重，这是吴医生多年积攒的经验。看来，眼前的这个患者挺棘手。吴医生就曾遇到过这样的患者，患者用了半年的时间试图证明他自己要比吴医生高明得多，而吴医生只是一个浅薄的心理骗子。后来吴医生缠不过那人，举手投降认输，那患者露出胜利的微笑，痛快地掏出了一叠人民币。吴医生长吁一口气，这半年的工夫总算没白搭，好歹还有回报。也许可以这样说，吴医生用自己的失败赚回了人民币。

王凤恍恍惚惚从诊所里出来。到了晚上，她迫不及待吃了吴医生开的药。可是，没用。那些妖魔鬼怪还是一个个面目狰狞地朝她扑来。她冷汗淋漓从噩梦中醒来，想到吴医生，不禁愤怒地将床头柜的药瓶扔进垃圾桶里：“骗子！骗子！”她大叫一声，头突然剧烈疼痛起来。她试图捂住头，整个人却往后倒去。王凤挣扎着想扶住床沿，双手双脚却不听使唤。家人闻讯赶来将她送到医院，医生说：“脑溢血，幸亏送得及时，不然命都没有了。”

王凤瘫痪了，生活完全不能自理。

五

孙怀民的事真是晴天霹雳。自己一直得意于把单位管理得井井有条，没想到出了这么大的纰漏自己还蒙在鼓里。

朱子奇感觉灾难正在临近，就像在火山爆发前夕，只有知道详情的人才闻得到那隐隐约约的硫黄味。

火山爆发前鱼虾都死了，蚂蚁、老鼠都大规模迁移了，可一个大活人还没有知觉，那喷发的通红岩浆不该烫死这个蠢蛋吗？朱子奇恨不得打自己一个耳光，自己就是那个蠢蛋。

下班了。朱子奇看着局里两个嬉笑打闹的小姑娘，心生羡慕。她们叽叽喳喳的，交流着哪家的奶茶店奶茶好喝又实惠，讨论哪一家美甲店的老板手工活一流。真是少年不识愁滋味啊。小姑娘脆生生齐齐问候：“局长好。”朱子奇满脸慈祥：“要去哪里？”小姑娘道：“城东的海底捞。朱局一起去？”

“不了，不了，”朱子奇连连摆手，“我一个老头子夹在你们中间，败了你们年轻人的兴致。”

“那朱局再见！”两个小姑娘噔噔噔踩着高跟鞋兴冲冲走了。

朱子奇望着她们的背影摇头叹息：“山雨欲来风满楼，可年轻人多开心呀！覆巢之下无完卵。年轻人哪里知道，老骨头正拼尽全力想擎住摇摇欲坠的大厦呢！”朱子奇内心五味杂陈。

两个小姑娘待到走远了，回头瞄一眼，确定不见了朱子奇的影子，这才放心道：“现在的领导真是可笑，他还以为我们不知道孙副的事呢！”

另一个伸出指头“嘘”了一声：“小声点！我们也不想让领导知道我们这些小兵知道这件事！”

前一个笑了：“瞧你那熊样儿！这种事，就跟出轨一样，全天下都知道了，当事人还以为别人不知道！”

另一个道：“算了算了，别聊这些扫兴的事儿，天塌下来有高个的人顶着，轮不到我们操心。快点，都七点半了，迟到了！”她们一头扑进五彩斑斓的夜晚。

朱子奇决定召开党委会。孙怀民胆大包天，必须给予严重警告与批评。党组成员总共有六个，其中陈副与朱子奇面和心不和，朱子奇颇为踌躇。假如这事让陈副知道了，他会不会在背后告黑状？但是，如果不召开局党委会，万一事情东窗事发，那责任只能由自己一个人承担。两害相权取其轻，朱子奇决定还是召开党委会的好，这种事向外扩散是臭名远播，捂在被窝里也是越捂越臭，朱子奇当然不希望国税局成为全市各局的笑柄。

六个班子成员都到齐了。朱子奇咳嗽了一声，将事情简单通报了一下。这无疑是一枚炸弹，会议室突然呈现出一片坟墓似的寂静。朱子奇看到陈副的表情很复杂。

孙怀民当众念了检查，并且表态尽快将挪用的公款补齐。

陈副回到家里，辗转反侧睡不着。这真是一个扳倒朱子奇的大好机会。只不过，要是将事情捅出去，国税局近三年就别想拿到精神文明奖，各类先进都与国税局无缘，元气大伤之后几年内都翻不了身。这是一荣俱荣一损俱损的关系，究竟要不要把这件事捅给上级单位，陈副掂量来掂量去还是没想好。

市税务局办公大楼高达二十五层。这幢大楼一直是朱子奇的得意之笔，他东奔西跑，在短短两年时间内硬是把二十五层高楼盖成了。别人做不成的事他朱子奇就是能做成，这也是领导欣赏朱子奇的地方。

但是朱子奇做梦也没有想到，办公大楼竟会成为发生命案的地方。

孙怀民在自己办公室里发呆。这事儿得先摁住。绝不能让自己的形象在下属面前变黑。贪污，绝对会引起公愤。油老鼠过街人人喊打。必须扑灭火种，燎原起来可不得了。千万不能让消息扩散。他拿起电话机给小何打了电话，让他过来一趟。在等待小何来他办公室的这一小段时间里，孙怀民靠着椅背不停地盘算着如何开口让小何保守这个秘密。现在他的办公室冷冷清清的，再也没有人来他这里说说笑笑了。晓红是单位里最少根筋的人。如果这事她知道，那么就意味着全世界都知道了。单位每个人都吓死了。在这个时候他说话是最没有力量的。恐怕大家躲他都像躲瘟疫一样呢。不能再给大家添麻烦了。

外面响起了敲门声。原以为是小何，没想到竟是单位的纪检书记。孙怀民的脸变得煞白。

纪检书记简短说了几句，走了。

孙怀民颓然坐在办公桌前。

别了，我亲爱的女儿。

别了，老婆。虽然彼此嫌弃，好歹磕磕碰碰夫妻一场。

就在审计组快要到达的前一天，孙怀民从二十五楼纵身跳了下来，血溅当场。所有的税务局工作人员听到“砰”的重物落地的声音，纷纷从窗户探出头来看个究竟。只听岗卫刘老头凄厉的叫声：“不好了！孙副跳楼了！快来人啊！”

朱子奇听不清下面乱哄哄喊些什么，他的座机尖锐地叫了起来，是李副急促的声音：“朱局，孙副跳楼了！”朱子奇冲出办公室摁电梯，但电梯久等不来，他干脆从楼梯上跑下来，只见地面上已经乱哄哄围了一堆人。见局长来了，众人自动让出一条路，朱子奇大叫：“快叫救护车！”

李副道：“没用的，已经没有呼吸了。我刚打了 110。”

“110？”朱子奇瞪大了眼睛。

“是的。”李副突然觉得哪里不对劲，感觉局长好像反对打 110 似的。但是报警电话已经打了。李副看局长呆若木鸡，连忙将局长搀扶到大厅坐下：“局长你别急，先喝杯茶定定神。”

110 动作神速，十分钟后就赶到了现场，请一些目击人员做了笔录，还上孙怀民的办公室封锁了现场。孙怀民的尸体暂时被 110 拉走了。刘老头忙着洗刷地面的血迹。整栋办公大楼弥漫着不祥的气氛，大家议论纷纷。下班的时候，人人绕着边上走，没人敢从孙怀民尸体躺着的地方经过。

此时朱子奇的手机响了。王科气喘吁吁的声音：“捂不住了。孙局，没办法，捂不住了。”

朱子奇一阵眩晕，心简直要跳出胸腔。

“啪！”那边电话挂断了。就像一个无底深渊发出的最后的回响。

朱子奇下班后回到家，全身瘫软在沙发里。在这几天里，他一直度日如年。一边侥幸地希望孙怀民能够准时拿钱来填满窟窿，一边想着到底要不要在审计组到来之前主动把这件事汇报给上级单位。他一直举棋不定，抱着侥幸的心理想，要是今天孙怀民能把窟窿补上，那就内部处理。如果上午孙怀民还不将挪用的款项上交，那下午他就如实向上级汇报，以免到时过于被动。哪知还没有等到下午，孙怀民竟然跳了楼。他倒好，他是一了百了了，难的是这些活着的人。公安局的人可不是吃素的，他们很快就会将事件弄得水落石出的。朱子奇一方面恨孙怀民，一方面恨自己，要是当时不抱有侥幸心理该多好，要是自己及早向上级领导汇报，至少可以化被动为主动。时至今日，一切全完了。

结了婚的爱情

小米原以为向往已久的婚姻花团锦簇，没想到结婚后第二天，她就陷入了夫家与娘家无休止的拔河，她手足无措地站在中间，不知该帮忙往哪边拉。回门的时候，趁小顺去买酒，大哥很严肃地指着沙发说：“你坐下，我有话对你说。”

父亲与母亲也坐在沙发上，小米一看这架势有点不对，心有些慌，不知是什么事，三口两口把嘴里正在嚼的糖果吞下肚去，乖乖地坐了下来。

大哥说：“小顺家经济比较困难，既然你喜欢他，我们也不多说什么了。你们目前租房很不划算，我们要求小顺买房，他说手头只有八万块钱，现在咱小县城的房子一平米两千多，娘家再出十五万帮你们凑一套一百平米的房子，房子必须写你的名字。现在新婚姻法要出台了，爸妈的意思是这套房子你们要去公证一下，证明是你个人的财产，万一以后两人闹点别扭，他顶多分到百分之二十的财产，这样你才不会人财两空。”

小米一点心理准备都没有，她傻眼了，嗫嚅道：这样不合适吧？都结婚了，房子还要去公证，小顺还不跟我急？

父亲瞪着眼，你就敢保证你们以后不闹别扭？周围离婚的人一抓一大把，房子就是你后半辈子幸福的保险，老爸帮你上保险，你还反过来怪爸爸？要么你就像你姐那样，嫁个有钱的老公，房产三套，爸妈就不会替你愁。

小米的姐夫是个成功男人，小顺很不幸，遇到这样一个强有力的参照物。在小米爸妈眼里，小顺是整个朋友圈中最差劲的女婿。小米只好装着撒娇，爸爸，你说什么呀，自己女儿刚刚结婚第二天，你就诅咒她离婚呀？

母亲接嘴了：小米，你可别不识好歹。谁愿意咒自己的女儿？天底下的父母有哪一个不愿意子女婚姻美满的？爸妈这是为你着想。你也知道，男人离婚了还可以找个如花似玉的姑娘，女人离了婚，可是隔夜的黄瓜没人买，即使有人买，也是穷人来买个新鲜白菜，顺便搭配着将那隔夜黄瓜拎回家。

小米不愿意听这话，跺起脚来，母亲这话太狠了。大哥冷冷地插嘴了：你看着办吧。你不去公证也行，到时候吃亏了，别怪我们没提醒过你。

大家的脸色都有点僵。小顺买了酒回来，发现众人脸色有些不对，笑问："怎么啦？"

小米勉强挤出笑脸，没怎么啦，吃饭吧。小米是爱小顺的，她知道自己长相平凡，是个扔进人群里怎么也捡不出来的人，脸盘偏小，虽然性格温婉，但嫁给英俊的小顺是有些高攀了，因为天底下温婉的女孩多了去了。她要好好珍惜小顺。

婚假七天，小米和小顺不敢出门旅游，也算是为买房节约钱。结婚前，小米睁着那双小顺最爱的忽闪忽闪的大眼睛，描绘着她的蓝图：蜜月旅行，我要去云南。美丽的云南。有着玉龙雪山、泸沽湖、蝴蝶泉、香格里拉的云南。在苍山洱海漫步，小米相信她和小顺的爱情会越来越年轻。可结婚过后，小顺问小米：去云南吧？

不去。

不后悔？小顺逗小米。

不后悔。不是要买房么。

说不后悔是假的——小米的目光长久地停留在地图上云南的那个点。她伸出手去抚摩，反反复复的，目光中充满了不舍。小顺不忍了，煽动她：我们去吧。去吧。

还是别去了。过几天你妈六十大寿，红包要包多少？小米问小顺。

小顺嘟囔道：你看着办吧。

小顺很是丧气，因为小米爸妈有退休金，而小顺父母是农民，不仅不能帮助小两口，还得每月孝敬老人家三百块钱，因此小顺就总觉得比小米气短。

回乡下庆贺婆婆生日的时候，几个小叔子也到了，加上小姑子，众人叽哩呱啦地说着方言，不时掀起一片快活的笑声。小米听不懂他们的方言，觉得无趣，索性到处转转。她吃惊地发现了婆家的巨大变化，全都鸟枪换炮了。去年，她作为小顺的女朋友来过一次，那时婆家的房子还是粗坯房，婆家说，几个儿子都出息了，可房子还是多年前的粗坯房，会让人说闲话，于是一个儿子派了一万,四个儿子共派了四万，将两层楼房简单抹了灰，新盖了卫生间，买了抽水马桶和热水器。在卫生间里，小米还意外地看到了一台洗衣机。小米心里霎时有些不平衡起来，自己的老父亲老母亲为了支持自己，一直舍不得买台洗衣机。如今乍看了，心里甚不是滋味。可她不好把这想法说出来，说出来，小顺会怪她的。

日子有一搭没一搭平淡琐碎地过着。这天，小顺的朋友大谢来家里玩。三人聊久了，没事干，开始玩抓黑猪的扑克牌游戏。红桃一到十三称作猪血，全部吃了是正分，只要有一根被别人吃了，就全部变成负分。黑桃十二称作黑猪，负一百分。小米已经吃了十二根红桃，差一根红桃三。这时大谢草花大了，大谢说，小顺你赶紧把红桃三甩给我，不然我们统统客气。小米心里很紧张，她冒险吃下十二根红桃，不成功则成仁，她盼望着小顺别把红桃三甩给大谢，怎么着我们是夫妻，你总不能帮着外人不帮我吧。心里紧张归紧张，脸上却是笃定的，对于小顺，她没有十分的把握，应该也有七八分的把握吧。没想到小顺竟然把红桃三甩给大谢，乐得大谢眯眯笑：小顺你真是好样的，不重色轻友。小顺也笑了。

小米勉强控制住自己的不快，继续玩牌。打了几圈，中午了，又来了小顺的四个朋友，这样总共就有六个人。大谢提议说，我们去白云山庄吃饭吧，那里有水库，吃完饭还可以顺便钓钓鱼。所有人都兴高采烈，大谢自己开车，车只能坐五个人，小顺说，小米你就别去了，你又不爱钓鱼，到那里太闷了，你留在家里看看电视挺好。

大谢说，这样不好吧，你们新婚没几天，就把嫂子一个人扔在家里，小顺你小心回来跪搓衣板。

另一个朋友说，不然我就别去了。小顺使劲拉住他：一起去一起去，难得我们哥们聚一聚。小米她真的不喜欢钓鱼，她去了反而不自在。

还有一个说，嫂子就坐在小顺大腿上好了。小米的脸一红：你们去吧，我就不去了。

五个男人就这样嘻嘻哈哈地走了。

小米很郁闷，回到客厅看电视。婆婆又来看儿子了，已经住了一天，对于这个在县政府上班的儿子，婆婆是很自豪的。婆婆喜欢看古装历史电视剧，小米喜欢看香港片。正无趣间，有手机的铃声响起，小米起初还以为是自己的手机在响，可是音乐不对啊，她还是拿起手机看了看，的确没有来电。这时婆婆恍然大悟了：是我的手机！她手忙脚乱地奔向卧室接听，原来是公公打来的。

盖上手机，婆婆眉飞色舞：小顺这孩子，真是没白疼他，给我买的这款手机一千多，屏幕清晰，通话效果又好。

小米一个月工资才一千多。她心里再次不舒服起来。她母亲一个月退休金两千多，为了帮小米买房，出门连三轮车都舍不得坐，一律步行，打电话都是三言两语，说是为了节约电话费，更别提什么手机了；婆婆没有收入，却有一千多块的手机，谁叫人家养了个孝顺的儿子，而母亲却养了个不孝的女儿……

小米心里堵着一口气，反正这里没人为买房着急，她明天干脆买把两千块钱的手机给妈妈。心里有事，小米再也坐不住了，索性回房间睡觉。婆婆撇了撇嘴，心里嘀咕道：小顺怎么娶了这么个懒婆娘回来，也不知道擦擦桌子洗洗地板。

小米翻来覆去睡不着，小顺给他母亲买手机的事自己是万万不能对妈妈说的，倘若如实说了，无疑会引爆火药桶。当然，母亲嘴里是不会说什么，可她心里必定会想，我们付出的多，得到的少；人家付出的少，得到的多。这是什么世道啊。假如照实说了，母亲心里没想法是不可能的，没想法那就变成圣人了。在娘家那边，小米不单单要遮掩婆家的一切，还要粉饰。就这样纠结着，小米大睁着眼睛无法入睡。

小顺到晚上十二点多才回来，满身的酒气。小米皱了皱眉头，她厌恶满身酒气的小顺。而小顺爱喝酒，是因为心里苦，要钱没钱，要权没权，喝点酒，麻醉一下神经，心里的苦就会轻一些。他在县政府办公室里当秘书，起初，主任很器重他，任何一份文件，都要经他的手。总是可以看见他办公室里深夜的灯光，第二天，大家看见他眼里的红血丝，就会问：昨晚又熬夜啦？这时，小顺就会无奈地摇摇头。他在心里对自己喊：工具，工具，你顶多就是一个工具！活儿越繁重，这种工具感就越强。

忽地，办公室又多了一名秘书，听说，是市委书记的某某亲戚。小顺突然不忙了，他不需要加班了，因为主任每天都会笑眯眯地对着新秘书轻言细语地交代着些什么，顺便拍拍小顺的肩膀：小顺啊，你以前太累啦，现在逮着机会休息一下，正好可以让新来的年轻人锻炼一下。

小顺突然间空闲起来。他对自己说：小顺，你真是贱！以前被奴役时，牢骚在胸中满溢着；现在人家不奴役你了，你反倒空虚起来了，真是天生的贱种哪！奴役与空虚，你都不想要，可你不得不选择其中的一种。

眼下正是年终提拔副科长的关键时候，小顺眼见着年轻人带着红血丝顶着办公室的灯光准备熬夜，他的内心涌起一阵又一阵的绝望。这种情形，小顺不敢对小米说。小米有时随口问他：这阵子你好像比以前清闲一些？当晚小顺就装出熬夜赶稿的样子，让小米相信着自己的老公是一个有前途的人。小顺琢磨着半个月后真相大白时要怎么找个台阶下。此时他大着舌头眉飞色舞：老婆，今天我钓到了一条三斤多重的鱼，大谢妒忌得眼睛出血……小顺喝醉了，母亲给小顺端来了一杯醒酒茶。躺在床上满嘴喷着酒气的小顺喃喃道："家真好啊……"小米听着，有点想哭，家真好啊，这句话中的家明显指的是他母亲，而不是他和小米的家。小米想不明白，怎么两个不同姓、身上流着不同血的人，突然就因了一张纸而捆绑在一起，看来，那张纸还是抵不上血缘。

关了门，小米冷冷地说，小顺，我跟你商量点事。关于房子公证的事，小米本不想说的，就把这件事烂在肚子里。可今天一整天她非常不痛快，原来老婆就是用来牺牲的。小顺人缘好，大家都夸小顺有肚量，肯吃亏，原来老公的好人缘就是靠牺牲换来的。小米躺了大半天并没有睡着，她不知道小顺以后还会让她牺牲些什么，所以一等到小顺回来，有些话就冲口而出了：小顺，我们赶紧买房吧，租房太贵了，总不能一辈子租房吧。

我也喜欢有自己的房子，只是缺钞票啊。小顺感叹着。

我大哥已经把十五万元打到我卡里了。

真的？小顺眼睛一亮，醉意跑了一大半，他一个月工资两千多，扣去吃喝拉撒，手头那八万还是炒股幸运地赚来的，要存够十五万可能还要等十几年，到那时房价早已像坐飞机一样蹿上高空，他永远望尘莫及。大舅子这十五万真是及时雨。

不过我大哥有个条件。

什么条件？

大哥要房子写上我的名字，还要去做个公证。

小顺的脸犹如正欲绽放的牡丹突然遭遇了霜打。他愣了一会儿，闷闷道，行，要公证就去公证吧。

两个人默默躺下，身体隔得有点开，就这样紧绷了一会儿，小米觉得有些对不住老公，伸出手抱住老公的腰，小顺也把手放在小米的手上。小米想说些什么，又不知道说些什么，好像说什么都不合适。就这样睡了。

房子买了，穿着天蓝色西装裙的漂亮售楼小姐请他们写名字。小米和小顺对看了一眼，小顺说，写你的吧。小米就拿起笔，写上了自己的名字。小顺盯着小米纤长的手指，心想，老婆写字还真不赖，龙飞凤舞的，平时把三个字练得挺顺畅，可见挺爱惜自己的名字。

接下来装修等事忙得小顺四脚朝天。虽然活儿全部由装修工人来做，小顺偶尔也帮个小忙扛个石膏模什么的，尘土飞扬，一双皮鞋前面的皮全蹭没了，整个人灰头土脸。这天小米值夜班，小顺妈妈去大儿子家做客，小顺找不到饭吃，就约了大谢喝酒，也算犒劳一下自己。大谢关切地问，小顺你脸色很差，怎么啦，装修房子真的能累死人吗。

小顺已经一两白酒下肚了，酒精一刺激，啥话也都说了：装修虽苦，心里却乐着呢。我苦的是另外一件事。

什么事？说来给哥们听听，说不定我能帮你出出主意。

房子写了小米的名字，她说还要去做个人财产公证。说完这番话，小顺无比地畅快，这番话堵在他心里一个多月了，早变成了一块僵硬的大石头。再不把大石头搬开，他真的要苦死了。他并不是在意房产写小米的名字。他在意的是小米怎么能这样？你要是跟我有二心，那你还跟我结婚干什么？早知道别结婚得了？可事实是婚已经结了。小顺能把这块大石头送给母亲吗？当然不能了，老人家立马会被这块大石头磕出血。只能把大石头卸给大谢让他帮忙扛一扛。

什么？个人财产公证？这分明跟你存二心嘛！这种老婆你也娶？！换了我，立马休了她！带着你的房子滚回你家去吧！大谢生气地拍桌子，小米看起来挺明理的嘛，怎么一颗心全掉在钱眼里了？我以后娶老婆，坚决不娶这路货色。

小顺苦笑。有些话跟大谢说不出口。他是爱小米的，要是反对房产公证，只怕小米认为他贪财，不是真心爱她。到时小米寒了心，那婚姻这条路恐怕走不了多久了。扯结婚证的时候，满脑子要恩爱百年，白头偕老，没想到刚结婚几天，日子就好像过不下去了。真是郁闷啊。他干脆抓起酒瓶，对着自己的嘴巴灌。

大谢一把将酒瓶夺了下来：喝太多既伤身又伤心，别喝了！要我说，这事也没啥好烦的。她要个人财产公证就公证吧，你不是也出了八万块吗？你也跟她来个君子协议，要她把这八万块钱在协议里写上。

这是哪跟哪啊！越说越离谱了，照这样下去，出门打个的八块钱，一人一半，每人还得掏个四块钱！怎么婚姻就这么容易变味呢？

大谢的主意根本不可行。这哪是主意呢？根本就是馊主意。小顺瞒着母亲，和小米悄悄去做了房产公证。拿着公证书，上面的名字极为刺眼，小米低着说，对不起。小顺不吭声。

小米有些慌了，抬起头：小顺，这是我爸妈的主意，你千万要相信我。等我们金婚的时候，这公证书就变成一团废纸了。

小顺冲小米笑了笑：我本来就没在意这团废纸。

小米回到娘家，气鼓鼓地将公证书一拍：这下你们满意了吧。

爸爸拿起公证书一看，眉开眼笑。公证书在妈妈、大哥手里传了一遍，大哥朝小米翘起大拇指：小米，你真是好样的！办事很顺溜。看来，小顺是真心爱你，你要好好跟他过日子。

好好过日子？小米冷笑起来：大哥，你不知道，我和小顺现在两颗心之间就隔着这张纸。这张纸可比一堵墙还厚。我都看不见他的心了。要是哪天小顺提出来跟我离婚，我只能抱着这张纸哭。

有这么严重吗？大哥不以为然地撇撇嘴，抱着这张纸哭总比抱着大街上的电线杆哭好吧？这个妹妹，简直是把好心当成驴肝肺。

小米把房门一摔，走了。

大哥瞪起眼，小米爸爸安慰儿子：你别往心里去，小米现在年轻不懂事，满脑子只有爱情，等年纪大了，她就会懂得，房子比爱情重要。你别跟她一般见识。

大哥赌气道，以后她的事我再也不管了。真是狗咬吕洞宾，不识好人心。

搬迁那天，来了很多客人，每个人都是喜气洋洋的。大谢喝醉了，歪倒在厨房的椅子上，小米婆婆沏了一杯酽酽的浓茶给他喝。大谢和小顺是从小到大玩在一起的好兄弟，小米婆婆都把大谢当成半个儿子看了。大谢握着小米婆婆的手，一个劲地说谢谢。突然，他神秘地凑近小米婆婆：“阿姨，我跟你说件事。”

什么事？小米婆婆有些诧异。

这套新房子写的是小米的名字，还做了个人财产公证。

什么？小米婆婆简直不敢相信自己的耳朵，脸上的笑容全部冻结住了。买房子前，她对小顺千叮咛万嘱咐，房产一定要写上儿子的名字，小顺满口答应，一口一个妈妈你放心。没想到儿子竟是这样的孬种！小米婆婆追问道：真的吗？这事可不能胡说！

大谢使劲拍胸脯保证：阿姨，我要是胡说半个字，让我天打雷劈！我是实在看不过眼才告诉您的！

小米婆婆冲到儿子房间里翻箱倒柜起来。小米不知发生了什么事，跟进房间里，傻傻地站在旁边看着婆婆翻找。柜子就只有那么几个，全部没上锁，房产证和公证书很快就找到了。婆婆的脸绿了。小米的脸也绿了。

婆婆骇人地尖叫起来：小顺！你过来！

小顺听到母亲的声音瘆得慌，吓了一大跳，赶紧跑过来。母亲一把将公证书掷到小顺脸上：我没有你这个儿子呀！我养的儿子根本不是个男人！

事情闹大了。客人眼见这个家庭马上要爆发一场战争，纷纷告辞。

小米大哥也喝了些酒，站出来说话了：亲家母，你说清楚一些，小顺怎么不是个男人了？小米现在已经怀孕了，要是小顺不是个男人，难道我们家小米怀的是野种？

小米急了，冲上去将大哥往门外推：大哥，你喝醉了，你先回去休息，有什么话明天再说！

大哥的力气大，他虽然喝醉了，却用手抓住门框：怎么了？有了新房子就撵我走了？大哥指着小米的鼻尖：小米，你可别忘了，大哥给了你十五万，怎么着我待在这里喝喝茶总可以吧？我每天出车，还要帮忙卸货，每一张钞票上面都有我的汗珠瓣儿！

婆婆一把眼泪一把鼻涕地哭诉起来：谁叫我这当妈的没本事啊，没钱就叫人瞧不起，叫人欺负，活该让人欺负啊……小顺子，你要还是个男人，你要还是妈生的儿子，你就把你的大舅子撵出去！

小米一看架势不好，生拉硬拽把大哥弄上了一辆出租车。

第二天，嫂子传给亲戚朋友的话全变味了：我们家小米呀，她大哥给了她十五万买房子，可人家连沙发都不让他坐一坐，死活把他往外撵……

小米欲哭无泪，她无从辩解。当时的情形那个乱呀，要解释起来话得像长江黄河那样长，要从房子每人出了多少说起，要从房产公证说起，要从自己爸妈和小顺妈妈的态度说起，要从当时的冲突说起，说着说着就说不清了，小米一夜之间就变成了一个忘恩负义的女人，出嫁了，眼里只剩下婆家，娘家就踩在地上了。小米只能哭泣，这是她唯一能做的事。

小顺捂着头蹲在地上。母亲厉声喊：你给我起来！

小顺乖乖地站起来，坐到沙发上，心里直打鼓。

母亲开始发泄她内心的愤怒与失望了：小顺，我真是白养活你了，你什么时候开始当面一套背面一套了？你不是答应我房子要写你的名字吗？怎么变成小米的名字了？疼老婆也不是这种疼法呀，你把心肝掏给人家，可人家未必领情，嫌你的心脏腥臭也不一定。这件事你一定要给我个交代。你说，你准备怎么办？

小顺把皮球踢还给母亲：你说，要怎么办你才满意？

既然小米娘家算计得那么清楚，要把房产改成你的名字那是不可能的。可怎么说你也出了三分之一吧？那就让小米拿八万块钱给我藏着。

小顺有些啼笑皆非了，这是什么逻辑呀。母亲看似清醒，实则钻进牛角尖去了。小米身上哪有钱？除非再向她大哥伸手。可大舅子目前和他们闹得这么僵，不要说八万块钱，就是八块钱恐怕大舅子也不会给。小顺只好糊弄母亲：八万块不是个小数目，你总得给人一些时间吧。

母亲不依不饶：那你给我个具体期限。

半年，半年时间总可以吧？

不行，三个月。顶多三个月。三个月后叫小米给我拿八万块来。不然凭什么呀，凭什么房产就得写她的名字？

家里没有一个人有好心情。小米阴沉着脸责怪小顺：公证的事，你妈妈是怎么知道的？

我怎么知道妈妈是怎么知道的？

你还抵赖？肯定是你说给她的！小米愤怒地叫起来，你要是不愿意公证，你早跟我说，何必这样老大不情愿，在搬家这一天秋后总算账！所有的亲戚朋友都在看咱家的笑话，现在你光彩了吧！

小米这话真是冤枉小顺了，小顺睁大眼，好像不认识小米似的。他本就是一个闷葫芦，不爱说话，现在更厌倦了，他不想辩解，抱着被子自顾自睡了。其实两人心里都很苦，只是各自苦着自己的苦，体会不到他人的苦。

家里的空气令人窒息。小米觉得在家里待不下去了，她跑回了娘家。必须承认，一开始她有着赌气的意思，可回到娘家，她就想好好地跟大哥大嫂解释一下，她相信自己把现状摆出来，大哥大嫂是会理解她的，她甚至想着过后把房产证上的名字改过来，换成小顺的名字。

大哥还在为那天小米把他撵出来的事生气，说着说着嗓门就高起来：你还知道这个家？你眼里不是只有婆家吗？你还不赶紧回你婆家去？大哥甚至动手推了小米一把。小米没防备，跌倒了，小腹一阵剧痛，一条血蚯蚓从小米裤管里蜿蜒爬了出来。全家人都慌了，大哥赶紧把小米抱上车直奔医院，一边开车一边打自己的嘴巴。

孩子没有了。小米苍白着脸在床上躺了几天。小顺应该出现的，可是小顺没有出现。小米的心很冷，可她还想挽救和小顺的爱情。她知道自己也有错，一开始她应该坚持不听爸妈的话；如果不去房产公证，就没有后来这么多是是非非了。

小米回到新房，小顺正在沙发上抽烟，烟灰缸里烟蒂堆得高高的，整个房间里都是呛人的烟雾。小米呛了一下，眼泪都咳出来了：小顺，咱们的孩子没有了。

我知道，你是故意的！你杀死了我的孩子！你这是在报复！你报复我什么不行啊，为什么非得拿我们的孩子来报复！小顺突然间爆发了：离婚！马上离！带着你的房产公证书滚回家去吧！没人稀罕你的房子！

小米整个人都蒙住了。委屈，愤怒，伤心一起涌上心头。多可笑啊，几个月前她还在想入非非，什么执子之手与子偕老啊，什么冬雷震震夏雨雪啊，都是他妈的胡扯蛋。小米哭了，她很想说，滚就滚吧，离婚就离婚吧，谁离了谁不能过啊。可她知道她现在不能任性，一任性，她的婚姻就毁了。她哭着屈膝蹲在小顺面前，双手抓住小顺的手：孩子的事是个意外！小顺，相信我，真的是个意外！我怎么会那么残忍来杀死我们的孩子呢？

小顺冷冷地看了小米一眼：我最讨厌动不动就哭的女人了。他走到房间里去了。小米哭倒在地上。

第二天各自去上班，晚上回来，小顺问：什么时候去办手续？

随时都可以。小米的心也冷了，破罐子破摔吧。

那就明天早上吧，刚好是星期六，我们都有空。

小米躺到床上，被子里填满她的哭声。直到要憋过气了，她把头伸出来。她凝视着卧室里的淡紫色窗帘，那是她跑了七八家布艺店才买来的，每天早上醒来，看到淡紫色窗帘静静地立在那里，心里就有无比的喜悦。没想到这么快就要跟它说再见了。粉红色床套上的郁金香图案非常精美，每天早上，小米躺在温馨的床上都不想起来，每次都要小顺拉她，她才起来。包括那天蓝色的瘦腰花瓶，搬迁那天买的玫瑰尚未凋谢，没想到戏就要匆匆落幕了。小米盯着那闪着金粉的玫瑰花瓣，神经质地轻笑起来：当爱情遭遇一地鸡毛的时候，爱情如此轻易地溃退，一地鸡毛不费吹灰之力就成为了胜利者。原以为彼此已深深地嵌进对方的生命里，没想到剥离开来竟是这样简单。

小米回到家，对大哥说，这下你满意了，小顺要跟我离婚，他让我带着房产公证书滚回家。你瞧，我还给你们多赚了八万块回来。

大哥愣住了，他抓起小米的手狠命地打自己的头：小米，对不起！对不起！大哥不想这样的！大哥是穷怕了，一辈子奋斗一套房子和一点钱，老想把这点东西抓在手里……不行，我带你找小顺去！

大哥抓着小米的手找到小顺：小顺，大哥求你了，房产改成你的名字行了吧？你和小米自由恋爱了两年多，哭着喊着要结婚，怎能这样刚结了就要离，不让人笑话死了……

笑话？早在房产公证的时候，这件事就是一个笑话了。既然已是笑话，管它这个笑话是大是小？小顺的腔调很冷，看样子，他真是伤透了。

大哥懊恼地拍了自己一巴掌：真是作孽呀！小米，大哥先回家了，你就留在这儿，晚上和小顺好好谈谈。

小顺躺在沙发上，电视频道换了一台又一台。这沙发坐起来舒服，躺了不一会儿就全身不舒服了。小顺不断地变换姿势，迷迷糊糊睡着了。

半夜里噩梦连连，小顺都快喘不过气来了。凌晨五点，小顺被电话铃声惊醒，他发现自己身上不知何时多了一条薄被，显然是小米帮他盖上去的，小顺鼻尖里一阵酸楚。电话那头说，大伯父去世了，要他回乡下奔丧。小顺呆呆地拿着电话筒，大伯父去世了？他追问着：我结婚时大伯来喝喜酒不是还好好的吗？几个月前还谈笑风生的人怎么说去就去了？那边说，突发性心肌梗塞。小顺的身体冷得发抖。

小米也被惊醒了。她站在小顺身边。小顺说，今天去不了民政局了，改天吧。

小米低声说：我跟你一起去参加大伯父的葬礼。小顺诧异地看了小米一眼，慢慢地，他的眼神柔软了，感激涌上他的脸。在这个时候，小米还能照顾他的面子，也真是难为她了。要是小米不出面，那么多亲戚一人问一句，他恐怕得难堪得钻到地底下去了。离婚和房产公证的事说来话长，他不想说，也说不清，也不愿意把这件事情扩散，一传千里。

颠簸了五十多公里的山路，终于到了乡下。大伯父家建在半山坡上，破败的木屋在寒风中更显萧瑟。大堂兄头上扎着白色的孝巾，拿着一把柴刀正在砍竹子，竹子是用来举灵幡用的，大堂兄仔细地削着。请来了惯常做白事厨子的阿三伯。阿三伯指挥着一个小伙子和三个中年媳妇儿置办酒席，从买菜，到烧汰，到洗涮，他里里外外一把手。阿三伯系着白围裙在灶间忙碌，大声吆喝着，身上滋滋地冒着汗珠。偶尔闲下来，他在庭院里站着，静静地点燃了一根烟。他倚在廊柱上，噘着嘴逗树杈间的鸟雀说话。

有三两个人蹲在杉树底下。乐队敲打起来，哭丧歌唱起来，小顺跪着，看见浑身僵硬的大伯父直挺挺地躺着，小屋子很矮，拉满了密密麻麻的电线，一条是照明用的，好几条接在电视的屁股后面。几个堂嫂凄厉地哭着，大堂嫂哭得跌倒在地。所有人的眼泪都被勾出来了，也许大家没有死者配偶和子女的伤心，却想到人人难逃一死，人人都要有这么一次，未免兔死狐悲。大伯母哭得浑身抽搐，反反复复哭诉：你怎么扔下我一个人呢。大伯父大伯母参加小米婚礼的时候，大伯母还满脸红光，现在像一下子老了十几岁。小米的心一惊，原来女人是死不起丈夫的。婚姻也许会将爱情的兴奋与热情绞干，可它蒸发后会留下斩不断理还乱的亲情，化作血液流淌进彼此的身体里。你如果硬把它扯开，你会揪心地疼痛。假如你为了一时之快一己之私将双方的血脉斩断，在命运的尽头，你可能会孤独地回到出发的地方，所有的温暖四散，最终只能和孤独的自己相遇。

阿三伯对小顺叹道，你大伯父也算走得平静，有你大伯母和堂兄堂姐为他送终。小顺点点头。人世间有大伯父的血脉在牵挂他，大伯父也不枉在人世间走这一遭。小顺的心抽痛，大伯母像一只丧偶的孤雁哀鸣着，他下意识地看了小米一眼，小米也睁着一双红肿的眼睛正在看他。刹那间两双眼睛说了千言万语，小顺知道，小米懂得了他眼睛里说的话，小顺也懂了小米眼睛里说的话。命运像书卷，一点一点地展开，一点一点地铺陈，有时来不及合起，就这样摊在那里，任漫天寒风吹，吹得纷纷扬扬。人生的书卷要读到哪里翻到哪里，没有人知道答案，更不知道最后那一页会有什么在等待自己。年复一年的翻读，能读到什么故事，能参透什么因果，并不一定有答案的。在这个漫长的翻读过程中，可以中途将书合上吗？谁能预料得到这本书什么时候读完？命运这本书是一个谜，和书中意外的苦痛相撞，就多出了很多的怅惘。

死亡是生命中最重大的事情，它突现在时间的任何一个点，迫使人不得不面对。无常的命运不知道会把每一个人带到哪里。小顺握紧了小米的手，两个人十指紧紧相扣，彼此的手心沉静，温绵。小米流产后体质还很虚，腿软软的，小顺半扶住小米。送别的队伍不长，大伯父只是一个无名的农民，来的只有至亲与邻居。他们一直把大伯父送到了村口，大伯父的孙子拿着玻璃镜框遗照走在最前头，两个年轻小伙子一左一右举着灵幡，队伍慢慢地向前挪动。所有人的身体像割过的稻茬一样立在虚空里。路边几朵淡紫色的野花惨淡地开着。大伯母、堂兄、堂嫂、堂姐推着殡仪车哀哀地哭。白色殡仪车上的字十分刺眼：一别千古，音容宛在。多么触目惊心的八个字，阴阳相隔，一具活生生的有温度的血肉将被送入燃烧着熊熊大火的火炉，眨眼间剩下一小撮骨灰，装在盒子里。那个人的故事就这样被一起装进盒子里了，剩下一小段故事流传在世上，传着传着，渐渐就无人知晓了。

小米婆婆交代他们：待会儿回转的时候，不能说出“回去吧”之类的话，免得死者的灵魂追随着人回家。

跪别的时候，队伍跪在荒落的山路中间。大伯父五岁的孙子跪在前头，稀里哗啦地哭着，鼻子里的鼻涕冒出咕嘟咕嘟的气泡。他再也没有爷爷了。堂兄哭泣着，他的手深深地插进松软的泥土里。

脱下孝服，小米和小顺跟随着人群默默地走着，正午的阳光照射下来，影子也默默地跟随着移动。路边，大伯父用过的草席和棉被正在火光中一点一点地化为灰烬，几片烟灰黑蝴蝶似地飞舞着，混沌，远古，荒凉，飞过树梢，飞过光秃秃的田野，有几片慢慢地落到人的头上肩上身上。有说话声，低低的，嗡嗡的，像无数秋虫在沉吟。小米婆婆帮小米掸了掸烟灰，拿过小米手中的孝帽，将缝着的线撕开。小米知道婆婆这是在向自己道歉了，她的眼眶又红了，她揽住婆婆的肩膀。婆婆也抱住了小米的腰。